Beatrix Gurian

STIGMATA

Nichts bleibt verborgen

Arena

FSC
www.fsc.org
MIX
Papier aus verantwortungsvollen Quellen
FSC® C110508

1. Auflage als Sonderausgabe 2016

Covergestaltung: Frauke Schneider
Fotografien: Erol Gurian
Umschlagtypografie: KCS GmbH · Verlagsservice
& Medienproduktion, Stelle/Hamburg
Gesamtherstellung: Westermann Druck Zwickau GmbH
ISSN 0518-4002
ISBN 978-3-401-50830-6

www.stigmata-buch.de
Besuche uns unter:
www.arena-verlag.de
www.twitter.com/arenaverlag
www.facebook.com/arenaverlagfans

Jeder ist ein Mond und
hat eine dunkle Seite, die er nicht zeigt.
Mark Twain (1835-1910)

✦

Zu vergessen und zu lächeln ist weit besser,
als sich zu erinnern und traurig zu sein.
Christina Georgina Rossetti (1830-1894)

Prolog

Sie versteckte den Brief in ihrer Rocktasche und eilte in ihr Büro im oberen Stockwerk, von dem aus sie einen guten Überblick über das Gelände hatte und jede Drückebergerin sofort entdecken konnte. Doch heute musste sie sich zu dem obligatorischen Kontrollblick aus dem Fenster geradezu zwingen und sah nur flüchtig nach draußen.

Missbilligend bemerkte sie, dass ihr Körper sich in einem Zustand der Erregung befand, der ihr immer schon ein Gräuel war, doch sie war sicher, der Herr würde ihr in diesem speziellen Fall verzeihen.

Ihr Herz schlug viel zu schnell, in ihren Ohren summte es und ihre linke Hand, die das Schreiben in der Tasche umklammerte, zitterte. Auch die rechte bebte so stark, dass der mächtige Schlüsselbund leise klirrte. Wenn Pfarrer Braun davon erführe, wäre ihre Zeit hier vorüber, selbst dann, wenn ihre Mitschwestern sich in dieser Sache hinter sie stellen würden.

Sie packte den dolchartigen Brieföffner, schlitzte den Brief auf und las.

Rom, den 10. Oktober 1968

Betreff: Aktenzeichen Avrs/4O7r/Exrz.
Ihr Ansuchen vom 16. September 1968

Verehrte Mutter Oberin,

wir sind trotz all unserer konfessionellen Unterschiede mit Euch darin vollkommen einig, dass Satan ein wirkliches, persönlich geistiges Wesen ist und zu den Abertausenden von Gott geschaffenen Engeln gehört. Wie alle Engel war der Teufel einmal glücklich und gut, erlag dann aber einer Versuchung. Es steht fest, dass sich Satan und seine Anhänger aus eigener Schuld in Dämonen verwandelten, weil sie sich nicht in den Dienst Christi stellen wollten. Die Dämonen sind persönliche Wesen mit einem eigenen Willen. Weil sie keine Seele und keinen Leib haben wie der Mensch, also reine Geistwesen sind, bedienen sie sich manchmal der Körper der Menschen.

Was sollte diese lächerliche Belehrung? Sie wusste sehr wohl, was es mit Satan auf sich hatte. Deshalb hatte sie Hilfe gesucht und jetzt beleidigte man ihre Intelligenz. Sie überflog den Brief, um an die entscheidende Stelle zu gelangen.

Doch in dem uns hier vorliegenden, von Ihnen geschilderten Fall des Mädchens sehen wir uns gezwungen, Ihnen eine abschlägige Antwort zu erteilen.

Diese ... diese ... Sie fluchte niemals, niemals, niemals. Nicht einmal in Gedanken. Nur deshalb entwischte ihr auch jetzt kein Wort. Zitternd vor Zorn las sie weiter.

Auch wenn wir sicher sind, dass Ihr nur von Sorge und Mitgefühl getragen gewesen seid und nicht übereilt und leichtgläubig angenommen habt, dieses Mädchen sei von einem bösen Geist besessen, möchten wir Euch bitten, von einem ordentlichen Mediziner überprüfen zu lassen, ob die Betreffende nicht doch nur unter einer Geisteskrankheit leidet. Ihr habt sicher Kenntnis davon, dass es in solchen Fällen verboten ist, einen Exorzismus zu vollziehen.

Zu welchen Frechheiten verstiegen sich diese Leute in Rom denn noch? Für wen hielten sie sich eigentlich, ihre Urteilskraft anzuzweifeln?

Da es sich um eine Schutzbefohlene von Euch handelt, dürfte es leicht sein, sie unter Eure besondere Beobachtung und Fürsorge zu stellen.

Oh ja, da konnten sie sicher sein. Dieses Mädchen würde ihre besondere Beobachtung und Fürsorge bekommen. Sie würde all ihr Können aufbieten, um sie aus den Klauen des Teufels zu retten. Auch wenn sie dabei wieder auf sich allein gestellt war.

Es bleibt Euch natürlich unbenommen, für sie zu beten, denn ein Laie, der die Befreiungsgebete mit all sei-

ner Glaubenskraft spricht, kann mehr bewirken, als Ihr glaubt! Erinnern wir uns an die heilige Katharina von Siena, welche die Besessenen empfing, die von den Exorzisten ihrer Zeit nicht geheilt werden konnten. Sie betete über sie und verschaffte ihnen Befreiung.

»Die Gnade des Herrn Jesus Christus und die Liebe Gottes und die Gemeinschaft des Heiligen Geistes sei mit euch allen« (2. Kor)

und besonders mit Ihnen, verehrte Mutter Gertrud, und den Euch anvertrauten Schafen,

† *Franz Johannes Weihbischof Lechner*

Sie zerknüllte den Brief und schleuderte ihn in den Mülleimer. Empört schritt sie vor ihrem Schreibtisch auf und ab. Diese elenden Schwätzer in Rom! Heutzutage hatte niemand mehr Mumm. Es war wie so oft in den letzten Jahren – sie musste es wieder einmal selbst in die Hand nehmen, schließlich hatte sie eine Anstalt zu führen und konnte nicht riskieren, dass auch nur ein Funke ihre Herde mit dem dämonischen Geist der Rebellion infizieren würde.

Sie öffnete das Fenster und zwang sich, tief Luft zu holen, gab es aber angesichts der ungewöhnlichen Hitze, die ihr entgegenschlug, gleich wieder auf und schloss das Fenster.

Nun gut.

Gott hatte ihr genug Verstand mitgegeben. Sie würde ihn nutzen.

1. Kapitel

Es ist so still hier. Die Blätter der gewaltigen Buchen hängen schlapp an den Bäumen, weder zwitschert ein Vogel, noch summt auch nur eine einzige Mücke in der Hitze. Nur mein unnatürlich lautes Keuchen ist zu hören, während ich so schnell wie möglich über den mit Steinen und Wurzeln durchsetzten Waldboden bergaufwärts laufe. Kein Schmetterling ist zu sehen, keine Blume, nicht mal ein Käfer, nur Erde.

Ich hasse Sport und ich hasse die Berge. Aber am meisten hasse ich mich selbst und das, was passiert ist, und genau deshalb muss ich das hier tun.

Hoch, immer weiter hoch, bis hinauf zum Jagdschloss, wo ich hoffentlich Antworten finden werde. Ständig habe ich das Gefühl, jemand würde mir folgen, aber jedes Mal, wenn ich mich umdrehe, ist da niemand und jetzt, als ich aus dem Wald hinaustrete und auf ein steiniges Geröllfeld sehe, gibt es auch nichts, wohinter man sich verbergen könnte.

Hirngespinste also, nichts als Einbildungen, und vor denen muss ich mich hüten, wenn ich wirklich etwas herausfinden will.

Ich beiße die Zähne zusammen, ignoriere den Rucksack, der mit jedem Kilometer schwerer auf meinem schweißnassen Rücken lastet, ich ignoriere die Blasen, die sich an meinen Füßen gebildet haben, und ganz sicher ignoriere ich den inneren Schweinehund, der mich ständig in Versuchung führen will, auszuruhen, in das dunkle Tal hinunterzustarren und loszuheulen. Ich habe genug geweint, nun muss ich wissen, was hier gespielt wird.

Stunde um Stunde kämpfe ich mich bergauf und dann wieder bergab durch eine Schlucht hindurch und von Neuem hoch zu meinem Ziel. Nur selten bietet ein Waldstück Schatten, meist laufe ich durch Geröllwüsten, bis ich endlich den Gipfel vor mir sehe. Der Weg mündet in einem schmalen Felsengrat, der von Überhängen und Steinbrocken gesäumt ist. Zu meiner Rechten geht es steil bergab.

Die Sonne steht schon tief und bringt die graublauen Adern in den Felsen zum Leuchten. Ich bleibe für einen Moment stehen, um kurz durchzuatmen.

In diesem Moment sehe ich das erste lebendige Wesen, seit ich vom Tal aufgebrochen bin. Ein Adler kreist über dem Abgrund und setzt zu einem Sturzflug an.

Gleich darauf kracht es plötzlich über mir. Ich springe instinktiv nach links und kann mich gerade noch vor den Steinen in Sicherheit bringen, die von der Felskante über mir herunterprasseln.

Fassungslos beobachte ich, wie einige der dicken Brocken tief ins Tal hinabstürzen. Mein Herz rast. Ich laufe los, suche Schutz unter dem nächsten großen Felsüberhang und spähe nach oben, um zu sehen, wodurch der

Steinschlag ausgelöst wurde. Ein Steinbock vielleicht oder ein Gämse? Aber da ist kein Tier in Sicht und auch kein Mensch. Nur wieder diese Stille, durch die der Adler segelt. Seine Beute zappelt im Schnabel.

Ist vorhin doch jemand hinter mir auf dem Weg gewesen? Aber selbst wenn es einen Verfolger gegeben hätte, er hätte mich überholen müssen, um den Steinschlag auszulösen, oder? Soweit ich weiß, gibt es nur diesen Weg über den Felsgrat, um in das nächste Tal zu gelangen, wo sich das Jagdschloss befindet.

Nicoletta hat mir geraten, meine Augen offen zu halten und immer aufmerksam zu bleiben, weil das Gelände unübersichtlich und an einigen exponierten Stellen auch gefährlich sei. Aber was, wenn der Steinschlag tatsächlich kein Zufall ist? Wenn mich jemand daran hindern will herauszufinden, was passiert ist? Dann wäre das ein Beweis dafür, dass ich auf dem richtigen Weg bin.

Ich straffe meine schmerzenden Schultern. Kein Steinschlag der Welt wird mich daran hindern, das durchzuziehen. Ich habe unterschrieben und ich werde nicht aufgeben, niemals.

Das bin ich ihr schuldig.

2. Kapitel
Sechs Wochen zuvor

Alles hatte damit begonnen, dass ich meine wirklich sanfte Mutter mit bohrenden Fragen und gebrüllten Beschuldigungen so wütend gemacht hatte, dass sie aus dem Haus gerannt und ein paar Stunden später in den Tod gerast war. Das dachte ich jedenfalls, bis es zwei Wochen nach ihrem Unfall an der Tür klingelte.

Ich erwartete niemanden und wollte auch nicht aufmachen, denn seit dem Unfall verbrachte ich meine Tage im Bett. Ich wollte keinen sehen und schon gar nicht mit jemandem reden. Es war nicht mein Bett, in dem ich lag, sondern ihres, in dem winzigen Zimmer, das sie freiwillig bewohnt hatte.

Eigentlich handelte es sich nur um eine Abstellkammer, aber sie schlief darin, damit wir ein gemeinsames Wohnzimmer und ich ein eigenes Zimmer haben konnten. Das größte Zimmer. Sie behauptete, sie würde enge Räume lieben, und außerdem könnte sie das Zimmer so problemlos in immer wieder neuen Farben streichen. Mit der Zeit war mir klar geworden, dass sie immer genau dann damit anfing, wenn sie sich über etwas aufgeregt hatte, aber nicht darüber sprechen wollte. Und sie sprach nie mit mir über den Ärger, den sie in der Arbeit oder mit sonst wem gehabt hatte. Sie wollte mich nicht damit belasten.

Am Tag vor ihrem Unfall war sie gerade damit fertig geworden, das Zimmer minzgrün zu streichen. Sogar über ihre Farbwahl hatten wir gestritten. Oder vielmehr hatte ich gestritten, sie schwieg größtenteils. Dieses halbherzige Minzgrün war für mich ein Ausdruck ihrer Feigheit. Nie stellte sie sich auf die Hinterbeine, nie diskutierte sie mit ihrer Chefin in der Klinik oder kämpfte darum, eine größere Wohnung zu bekommen, nein, sie arrangierte sich mit jedem Mist. Sie hätte ihr Zimmer nie in einer Farbe gestrichen, die ein Statement darstellte: Feuerwehrrot oder Sonnenorange, Ozeanblau oder Moosgrün.

Wenn ich heute daran zurückdenke, schäme ich mich in Grund und Boden, vor allem weil ich mich seit ihrem Unfall nur noch in ihrer Kammer sicher fühlte. Tagelang lag ich auf ihrem Bett, eng umschlossen von den Wänden in Minzgrün, das auf ewig die Farbe meiner Mutter sein würde, und inhalierte den Geruch der Bettwäsche, die immer noch leicht nach ihr duftete: nach einer Mischung aus Mandarine und Hautcreme, die sie nach jeder Schicht als Krankenschwester in ihre ausgetrockneten Hände einmassierte.

Als es an jenem Tag, vierzehn Tage nach dem Tod meiner Mutter, klingelte, wollte ich erst gar nicht aufmachen. Der Vormund, den Mam für mich bestimmt hatte, ein komischer Vogel namens Dr. Grünbein, hatte einen Schlüssel, und Lisa, meine allerbeste Freundin, hätte vorher angerufen.

Aber das Klingeln ging weiter und weiter. Für einen Klingelstreich wohnten wir nicht in der richtigen Gegend, also war das alte Ding höchstwahrscheinlich kaputt, so wie der Aufzug und die Treppenhausbeleuchtung. Ich ignorierte es eine Weile, auch wenn das Schrillen meinen Kopf massakrierte. Es kam mir nur gerecht vor, ich hatte nichts anderes verdient. Nur meinetwegen war sie in den Tod gerast!

Endlich hörte das Klingeln auf, aber dafür hämmerte jemand an die Wohnungstür und schließlich brüllte Frau Schmitt, die Hausmeisterin, durch den Briefschlitz in der Wohnungstür, dass sie sich Sorgen um mich mache und hier ein Päckchen auf der Matte läge. Frau Schmitt war zäh, sie würde erst dann weggehen, wenn ich aufgemacht hatte. Ich quälte mich zur Tür, öffnete sie aber nur einen Spalt und nahm ihr das Päckchen ab. Sie sollte nicht sehen oder riechen, dass ich seit zwei Wochen weder geduscht noch Kleider gewechselt hatte.

Sie hatte mir auch noch eine Tupperdose mit Blaubeermuffins mitgebracht. Ich nahm sie entgegen, um sie nicht zu kränken. Aber ich wusste, dass ich sie wahrscheinlich eher an die Vögel verfüttern würde, als sie selbst zu essen. Denn erstens hatte ich keinen Kuchen verdient und zweitens würde mir nur übel davon werden, wie von allem, was ich seit Mams Unfall versucht hatte zu essen.

Ich bedankte mich bei Frau Schmitt, murmelte etwas von einer Erkältung, schloss die Tür, lehnte mich von innen dagegen und rutschte mit dem Rücken an der Tür auf den Boden. So blieb ich sitzen, rechts von mir die Muffins, links das kleine Postpaket, das ordentlich in altmodisches Packpapier eingewickelt war und das ich nicht weiter beachtete. Stattdessen starrte ich auf das düstere Schwarz-Weiß-Foto an der Wand gegenüber der Tür, vor dem ich als Kind immer solche Angst gehabt hatte, obwohl es völlig harmlos war. Natürlich hatte ich mir nie die Mühe gemacht, meine Mutter zu fragen, warum sie das Bild so gernhatte.

Schließlich schloss ich die Augen, weil ich es nicht aushielt, dieses alte Karussellfoto anzuschauen und mit meinem grandiosen Desinteresse konfrontiert zu werden.

Keine Ahnung, wie lange ich so saß, unfähig, mich zu rühren, als wären meine Muskeln gelähmt und mein Blut verdunstet. Ich war nur noch ein atmender Haufen von Haut und Knochen, und das war auch gut so. Meine Zeit war zusammen mit ihrer abgelaufen.

Warum hatte ich sie auch so angebrüllt, warum hatte ich ihre Fürsorge mit Füßen getreten, warum war ich so ungeduldig mit ihrer alles verzeihenden Sanftmut, warum nur, warum?

Niemand würde je wieder den übelsten Morgenmuffel aller Zeiten mit einem Kaffee und mit einem Lächeln besänftigen, niemand würde mich in den Arm nehmen und sagen, *doch, Emma, du bist hübsch, doch, Emma, wirklich! Und wenn der Typ dich nicht zu schätzen weiß, dann hat er dich nicht verdient.* Niemand würde mich ausschimpfen, weil ich Pizza auf dem weißen Sofa vor dem Fernseher aß, niemand würde meine Zigaretten im Klo runterspülen und niemand würde bei irgendeiner lächerlichen Sache sagen: *Emma, das hast du gut gemacht,* und mich dann in den Arm nehmen. Denn ich hatte keine anderen Verwandten, es gab nur uns beide. Und so jemanden wie meine Mutter gab es sowieso nicht.

Irgendwann wachte ich an der Haustür wieder auf, weil mir so kalt war. Steif vom Sitzen nahm ich das kleine Päckchen und die Muffins und stolperte in die Küche, wo ich alles auf dem alten Resopaltisch ablegte und einen Schluck Wasser aus dem Hahn trank.

Ich rieb mir die Augen und betrachtete das Päckchen. Es war an mich adressiert, allerdings kannte ich die Handschrift nicht. Ich wusste nicht, wovor ich mehr Angst hatte. Vor noch einer gut gemeinten Beileidsbekundung, von denen so viele nach ihrem Unfall an mich geschickt worden waren? Vor weiteren Unterlagen von Mam, die ich nach dem Unfall mit Dr. Grünbein durchgehen musste? So oder so fühlte ich mich dem nicht gewachsen.

Trotzdem riss ich schließlich das Packpapier auf. Etwas Längliches graublau Gepolstertes kam zum Vorschein.

Ein altes Fotoalbum.

Zum ersten Mal seit Mams Unfall erwachte ich aus meinem starren Schattendasein. Wer schickte mir so etwas? Ich hatte keine Verwandten außer Mam, deshalb hatte sie gleich nach meiner Geburt Dr. Grünbein zu meinem Vormund bestimmt, nur für den Fall, dass ihr etwas zustoßen könnte. Vielleicht war das Album von einer alten Freundin, die es mir als Trost geschickt hatte? Aber welche Freundin sollte das sein? Die meisten Beileidsschreiben waren von ehemaligen Patienten und Menschen gekommen, denen sie so zahlreich aus der Patsche geholfen hatte. Außerdem hatten Mams Kollegen mir eine schöne Karte mit einem uralten Baum geschickt, die ihr bestimmt gefallen hätte. Auch von den Eltern meiner Freundinnen kamen sehr mitfühlende Briefe. Und das hatte mir wieder gezeigt, wie wichtig Freundinnen sind, und ich war traurig darüber, dass Mam keine echte Freundin gehabt hatte. Obwohl alle sie mochten, war sie sich selbst immer genug gewesen. Auch so ein Umstand, der mich wahnsinnig gemacht hatte. Wie konnte irgendein Mensch auf der Welt ohne Freunde überhaupt existieren?

Ein Fotoalbum! Ich setzte mich an den Tisch, wo ich langsam die erste Seite aufschlug. Es knisterte, zwischen dem schwarzen Karton war dünnes Pergamentpapier. Ich betrachtete die erste Seite.

Sie war leer.

Im ersten Moment war ich enttäuscht, doch dann sah ich genauer hin und entdeckte, dass sie nicht immer leer gewesen war. Hier hatte einmal ein Bild geklebt, das man herausgerissen hatte. Ich strich über die Stellen, an denen sich noch silbrige Spuren von Kleber befanden. Er fühlte sich seltsam höckerig unter meinen Fingerkuppen an und es gab kleine Löcher in der Pappe, von denen sich schwarze Fetzchen lösten. Die Seite war also nicht wirklich leer, sondern verwundet, beraubt. Ich blätterte zur nächsten Seite, zur nächsten und nächsten, immer schneller und immer wütender. Was sollte das denn?

Da endlich, auf der letzten Seite, klebte ein Bild.

Ich betrachtete das Bild so lange, dass ich fast die weiße Schrift übersehen hätte, die darunter stand, Druckbuchstaben, die teilweise ineinander übergingen. Ich musste mich dicht über das Album beugen, um sie lesen zu können.

Wenn du wissen willst, wer die Mörder deiner Mutter sind, dann meldest du dich an. Am besten heute noch.

3. Kapitel

Noch immer ist keine Spur von dem Jagdschloss zu sehen, dabei senkt sich langsam und stetig die Dämmerung herab. Der Abendstern blinkt vom Himmel wie eine Mahnung, sich zu beeilen, bevor es völlig dunkel wird. Denn der Weg zieht sich in kaum fußbreiten Serpentinen den Berg entlang. Kleine Steinchen lösen sich unter den Sohlen meiner Wanderschuhe und stürzen bei jedem Schritt in den Abgrund unter mir. Nackte Felsen versperren mir fortwährend den Blick nach oben. Ständig bin ich auf der Hut, schaue mich um und lausche, um auch noch den kleinsten Stein zu hören, der sich über mir aus dem Felsen lösen könnte.

Bei jeder Biegung wünsche ich mir, dass endlich das Schloss auftaucht und mich für diesen einsamen anstrengenden Anstieg belohnt, aber wieder und wieder ist es nur der Pfad, der sich jetzt bergab schlängelt. Und langsam bekomme ich Angst, es nicht vor Einbruch der Dunkelheit zu schaffen. Selbst mit meiner Taschenlampe ist dieser schmale Weg nachts zu gefährlich. Hier geht es um Zentimeter, die darüber entscheiden, ob man abstürzt oder weiterkommt.

Ich habe Angst, dass ich irgendwo eine falsche Abzweigung genommen habe und zu spät kommen werde. Falls ich es nicht rechtzeitig nach oben schaffe, fliege ich aus dem Camp, ehe es richtig angefangen hat, und das will ich auf keinen Fall. Ich muss erfahren, was mit meiner Mutter passiert ist und was es mit dem geheimnisvollen Album auf sich hat.

Ich habe schon versucht, über das Navi in meinem Handy zu prüfen, ob ich auf dem richtigen Weg bin, aber ich kriege hier zwischen den Bergen keinen Empfang.

Meine Füße und Knie schmerzen von dem steilen Abstieg und trotz des Sonnenuntergangs ist es nicht kühler geworden, ganz im Gegenteil, die Luft steht drückend und schwül zwischen den Berggipfeln. Noch immer bin ich schweißüberströmt, aber meine Wut, meine Trauer und meine Neugier treiben mich weiter vorwärts. Und ich verbiete mir, darüber nachzudenken, ob es leichtsinnig war, der Sache allein auf den Grund gehen zu wollen.

Als ich heute Morgen unten im Tal aus dem Bus gestiegen bin, hatte ich eigentlich erwartet, dass ich gleich an der Haltestelle die Gruppe kennenlernen würde, die zusammen mit mir für das Qualifikationscamp der »Transnational Youth Foundation« eingeteilt ist.

Stattdessen stand da nur eine hübsche durchtrainierte Brünette, Dr. Nicoletta Bruns, die sich breit lächelnd als eine unserer Camp Betreuerinnen vorstellte. Sie erklärte mir nach der knappen Begrüßung, dass es zu meiner ersten Qualifikationsaufgabe gehörte, allein den Weg zum Schloss zu finden. Allein und auf Zeit, wie sie betonte.

Nur wer rechtzeitig oben ankäme, dürfe weiter bleiben. Ich schätzte sie etwa doppelt so alt wie mich selbst und sicher auch doppelt so sportlich.

Niemand, der mich kennt, hätte auch nur einen Cent darauf gewettet, dass ich es überhaupt bis zur Hälfte schaffe, geschweige denn bis hierher, aber ich werde es sogar noch weiter schaffen, und wenn es sein muss, auch durch Blitz und Donner, Hagel- und Steinschlag.

Ich schaue mich um und versuche noch einmal, einen Schritt zuzulegen, halte das Tempo aber nicht lange durch. Als ich schon ziemlich sicher bin, dass ich schmählich versagt habe und mich nur noch nach einem Ort sehne, an dem ich gefahrlos die Nacht verbringen kann, erreiche ich die nächste Biegung und halte drei Schritte weiter völlig überrascht inne. Der Weg vor mir mündet in ein unerwartet breites mit Gras bewachsenes Bergplateau. In der Mitte dieser Ebene erhebt sich wie aus dem Nichts ein gigantisches Gebäude. Nicht viel mehr als ein bedrohlicher Schatten, der im silbrigen Mondlicht aussieht, als wäre er gerade eben erst aus einem Albtraum auf die Erde gefallen. Es kommt mir weniger wie ein Gebäude, sondern mehr wie ein atmender Organismus vor, eine bösartige umgekehrte Riesenqualle, aus deren Mitte die Türmchen in den klaren Sternenhimmel ragen wie tödliche Tentakel.

Nur zögernd gehe ich weiter. So habe ich mir mein Ziel, »das Jagdschloss«, nicht vorgestellt. Es wirkt vollkommen verlassen, kein Lichtschimmer dringt vom Schloss durch die Dunkelheit zu mir. Und es ist so still, als ob hier außer mir kein Mensch wäre, dabei hatte ich angenommen, dass viele andere Jugendliche hier oben sein würden.

Plötzlich kracht und donnert es, ich zucke zusammen und für einen Moment gerate ich in Panik, weil es sich wie ein Bombenangriff anhört. Dann erst wird mir klar, dass es nur ein Feuerwerk ist.

Raketen rasen in den Himmel, Funken sprühen durch die Nacht, färben sich von Gold zu Grün und Rosarot, verwandeln sich in Sterne und Kometen und Blumen.

Ich weiß nicht, ob es an meiner Erschöpfung liegt oder an dem Gedanken daran, dass ich nie wieder ein Silvester mit Mam erleben werde, jedenfalls bin ich zu Tränen gerührt, vergesse Schmerzen und Hunger und Durst und starre in den Himmel.

»Herzlich willkommen!«, donnert eine dunkle, angenehm warme Männerstimme, noch bevor die letzte Rakete erloschen ist. Und dann höre ich ein merkwürdig monotones Klatschen.

Ich wende meinen Blick vom Himmel und schaue wieder zum Schloss.

Das eben noch in völliger Dunkelheit daliegende Gebäude ist nun von innen erleuchtet, als hätte es nur auf mich gewartet. Von der mächtigen Eingangstreppe winkt mir ein Mann mit einer leichten Verbeugung zu. Seine Brille blitzt silbern im Mondlicht auf und wirft einen Schimmer auf sein gut geschnittenes Gesicht. Links vor ihm stehen Nicoletta, die Betreuerin, die mich im Tal begrüßt hat, und ein blondes Mädchen, etwa in meinem Alter. Zu der Rechten des Manns stehen zwei Jungs. In dem Licht kann ich nur ihre Silhouetten erkennen, aber mir fällt ins Auge, dass der eine mindestens zwei Köpfe größer ist als der andere.

Sie alle klatschen, aber eben nicht wie ein begeistertes Publikum, das seinen Favoriten auf den letzten Metern zu Höchstleistungen anfeuert, sondern so eintönig, als wären sie Marionetten, die applaudieren, weil man es ihnen befohlen hat.

Zögernd gehe ich zur löchrigen, mit Unkraut überwucherten Steintreppe und steige an den Klatschenden vorbei hoch zu dem Mann in ihrer Mitte.

Als ich direkt vor ihm stehe, erkenne ich sein Gesicht wieder, das ich nach meiner erfolgreichen Anmeldung zu diesem Camp auf der Homepage der *Transnational Youth Foundation* angeklickt habe. Dr. Michael M. Becker. Er ist groß und schlank, nur seine Schultern sind ein wenig nach vorne gebeugt. Seine blonden Haare sind teilweise schon grau und stark zurückgewichen, was seine hohe Stirn noch betont. Sein Mund sieht so aus, als ob er ihn oft in leisem Spott nach links ziehen würde.

Das also ist der leitende Betreuer in diesem Camp. Während die anderen schweigen, begrüßt er mich mit seiner freundlichen Stimme, mustert mich neugierig und winkt mich dann hinein.

Über einen düster und abweisend wirkenden Flur, der halbhoch mit blauen Fliesen gekachelt ist, führt er mich in das Innere des Schlosses. Dort verbreitert sich der Flur zu einem gigantischen Treppenhaus, das sogar in dem spärlichen Licht beeindruckend wirkt. Staunend schaue ich mich um. Rechts und links führen die mit Teppich bedeckten Stufen neben dem steinernen Treppengeländer zu den Fluren der oberen Stockwerke, die mit seltsam schillernden Säulen gesäumt sind. Unwillkürlich fühle ich mich an Kreuzwege in einem Kloster erinnert.

An den Treppenabsätzen hängen riesige Gemälde und oben in den Gängen erkenne ich in den Wänden halbrunde Nischen, die verlassen wirken, weil die Statuen fehlen, die dort einmal gestanden haben.

Als ich dann aber genauer hinschaue, bemerke ich, dass der erste herrschaftliche Schein trügt. Aus dem Geländer haben sich Steine gelöst, die Läufer in der Mitte der Stufen weisen Löcher auf und das, was ich für schillernden Glanz gehalten habe, entpuppt sich als feuchter Schimmel, der die Säulen überzogen hat.

Becker und die anderen warten hinter mir, bis ich alles aufgenommen habe. Sie schweigen noch immer und ich fühle mich unbehaglich, als würde hinter meinem Rücken etwas vorgehen, von dem ich keine Ahnung habe. Als ich mich umdrehe, durchbohren mich die Blicke wie Dolche und plötzlich sehe ich die Worte in dem leeren Fotoalbum wieder deutlich vor mir. Die Mörder meiner Mutter.

Was zum Teufel habe ich mir nur gedacht? Offensichtlich viel zu wenig, denn ich habe total aus dem Bauch heraus gehandelt und mir dämmert gerade, dass sich das bitter rächen könnte. Ich mustere die anderen noch einmal. Schätzungsweise sind wir alle etwa gleich alt. Der größere der beiden Jungen ist schmal und sein Kopf erscheint mir viel zu mächtig für seinen langen dünnen Hals. Der Kleinere, der immerhin so groß ist wie ich, wirkt durchtrainiert und dabei so angespannt, als ob er nur auf das Startsignal zum ultimativen Kampf wartet.

Das blonde Mädchen schließlich ist zart und feingliedrig, nur ihre vollen runden Wangen passen nicht ins Gesamtbild. Aus irgendeinem Grund kommt sie mir bekannt vor.

Ich räuspere mich und überlege, was ich sagen könnte, um diese merkwürdige Stille zu durchbrechen, aber Becker kommt mir zuvor. Er geht an mir vorbei und öffnet eine Tür, die sich unter der großen Freitreppe befindet. Dahinter erstreckt sich ein riesiger Saal und mir verschlägt es mit einem Mal den Atem.

»Noch einmal willkommen«, sagt Becker. »Das gilt für euch alle.«

Überall in dem großen Raum stehen große weiße Kerzen und Teelichter: auf den Fenstersimsen, auf dem langen altertümlichen Tisch aus schimmerndem schwarzem Holz, der mit weißem Geschirr und Silberbesteck gedeckt ist, auf dem Marmorfußboden, in den Nischen am hinteren Ende des Saals. Das flackernde Licht wirft magische Schatten an die Wände und erst auf den zweiten Blick sehe ich hinter all dem goldenen Schimmer, dass der Saal genauso wie das Treppenhaus in völlig marodem Zustand ist. Teilweise bröckelt von den Wänden der Putz ab und man kann die roten Ziegelsteine darunter erkennen, an anderen Stellen schimmert die Bemalung auf dem Putz feucht.

Was hat es zu bedeuten, dass dieses ganze Schloss nur schöner Schein ist? Warum findet hier so ein wichtiges Auswahlcamp statt?

Ich drehe mich zu den anderen um. Ihnen hat es ganz offensichtlich auch die Sprache verschlagen.

»Wo sind denn die Toiletten?«, frage ich und höre, wie meine Stimme in dem Saal einen fremden Klang bekommt. Aber ich spüre, wie erleichtert alle sind, dass jemand die Stille durchbrochen hat.

Nicoletta tritt vor und schenkt mir ein breites Filmstarlächeln, das gut zu ihrem ebenmäßigen Gesicht passt. Sie hat ihre Jeans und das Top von heute Morgen mit einem geblümten Sommerkleid und Ballerinas vertauscht und jetzt erst wird mir bewusst, dass sie vor mir hier oben angekommen ist. Entweder ist sie mir aus dem Tal gefolgt und hat mich auf dem Weg irgendwo überholt oder es gibt doch noch einen anderen schnelleren Weg hier hoch.

Gerade als ich sie danach fragen will, winkt sie mir, ihr zu folgen, und das blonde Mädchen schließt sich uns an. Woher kenne ich sie? Ich werde den Eindruck nicht mehr los, dass wir uns schon einmal begegnet sind.

Das Mädchen reicht mir ihre Hand und schüttelt sie. »Ich bin Sophia Ritter. Du bist ganz schön spät dran!« Sie zwinkert mir zu. »Aber hey, mach dir nichts draus, ich war Vorletzte und kaum schneller als du. Außerdem hast du als Einzige ein Feuerwerk bekommen!«

Ich begreife noch nicht ganz. Wie lange sind die anderen denn schon im Schloss? Sind sie alle heute hier hochgegangen? Das würde auch mein unbestimmtes Gefühl am Berg erklären.

Wir folgen Nicoletta durch das Gebäude. Als ich das erste Mal von den Qualifikationscamps las, hatte ich mir unwillkürlich eine Zeltstadt vorgestellt oder so etwas wie eine Jugendherberge. Stattdessen sind wir in diesem Gemäuer gelandet und ich frage mich, wie lange es schon unbewohnt ist.

Während wir den Flur durchqueren, bittet uns Nicoletta darum, den Nordflügel des Schlosses nicht zu betreten, weil der in einem noch schlechteren Zustand als der Südflügel sei. Teilweise bestünde Lebensgefahr.

So gelangen wir in eine Küche, die so groß ist wie unsere ganze Wohnung, allein der grüne Kachelofen in der linken Ecke wirkt, als könnte man mit ihm das gesamte Schloss heizen. Aus den Augenwinkeln bemerke ich Fotos, die teils an der Wand hängen oder an ein altes Küchenbüfett hingepinnt worden sind, aber Nicoletta legt ein ziemliches Tempo vor und öffnet schon eine Holztür, deren schmutzig gelber Lack abgeblättert ist. Dahinter erkenne ich eine Steintreppe, die in den Keller führt. An den Wänden baumeln nackte, offenbar nur provisorisch angeschraubte Glühbirnen, die nicht mal alle funktionieren.

Unten riecht es modrig. Die Wände sind aus grob behauenem Fels, als hätte man den Gang gegen den Willen des Berges in den Stein geschlagen. Der Hauptgang ist so breit, dass Sophia und ich nebeneinanderher gehen können, und die wenigen Glühbirnen geben immerhin etwas Licht, aber die zahllosen, sehr viel schmaleren Nebengänge verlieren sich in völliger Finsternis. Einige dieser Gänge hat man mit Lattentüren versperrt, andere mit halbhohen Gattern ähnlich wie Weidezäune.

Von Nicoletta erfahren wir, dass nur der Hauptgang

zuverlässig über Strom verfügt, die Nebengänge sollten wir wie den Nordflügel besser nicht betreten.

Schließlich landen wir bei den sanitären Anlagen, streng getrennt nach Männern und Frauen.

Sanitäre Anlagen! Genauer gesagt handelt es sich bei dem Bad für Frauen um einen modrig riechenden Raum, dessen Feuchtigkeit sich sofort auf meine verschwitzte Haut legt wie ein muffiger Waschlappen. Hier sieht es tatsächlich ein bisschen nach Jugendherberge aus, allerdings nach einer Jugendherberge, die längst geschlossen hätte werden müssen. Stumpfe graue Kacheln bedecken den Boden und die Wände etwa bis auf Schulterhöhe. Darüber wirft die gebissgelbe Wandfarbe Blasen und ist an vielen Stellen abgeblättert. Das Waschbecken zieht sich direkt vor uns quer über den ganzen Raum. In der aufgerauten Mitte hat sich eine rostige Wasserspur eingegraben. Alle fünfzig Zentimeter ist ein Wasserhahn aus blindem Metall angebracht. Als ich einen davon aufdrehe, weil ich mir die Hände mit der Seife waschen will, die am Beckenrand in einer schmierigen Pfütze liegt, tröpfelt nur ein kaltes Rinnsal heraus.

Sophia stöhnt. »Das ist ja schlimmer als das Loch, in dem wir auf der letzten Klassenfahrt gehaust haben!«

Nicoletta ignoriert sie und zeigt auf die linke Ecke das Raumes. »Dort drüben findet ihr die Duschkabinen.« Dann verschwindet sie um eine Ecke. »Und die Toiletten sind hier hinten«, ruft sie lächelnd, als würde sie auf dem Jahrmarkt die neueste Sensation anpreisen.

Wir laufen hinter ihr her, begutachten die Toiletten,

dann folgen wir ihr zurück zum Hauptraum bis vor die zwei schiefen Duschkabinen, deren Türen man von innen verriegeln kann. Nicoletta drückt eine von ihnen auf und gibt den Blick frei auf einen schönen nackten Mann, aus dessen schwarzen lockigen Haaren noch das Wasser tropft. Er steht auf dem splittrigen Holzrost in der Kabine, schaut uns vergnügt und ohne jede Scheu an und reibt sich dabei mit einem Handtuch genüsslich trocken.

Nicolettas Lächeln fällt so plötzlich aus ihrem Gesicht, dass es mir Angst macht. Ihre schönen Lippen werden zu einer harten Linie. Mit einem Mal sieht sie aus wie jemand, der problemlos Steine über eine Felskante werfen kann, um jemanden tödlich zu treffen.

»Sebastian, was machst du hier? Raus!«

Der so Angesprochene steigt provozierend langsam in karierte Boxershorts und zieht dann ein rotes T-Shirt über den Kopf. Er ist muskulös und ich entdecke ein kleines Wellen-Tattoo unterhalb seines gut sichtbaren Sixpacks.

Er sucht meinen Blick und lächelt mich aus undefinierbar dunklen Augen an, als würde er mich gut kennen oder als wüsste er etwas über mich, das ihn amüsiert.

»Du bist sicher Emma!«, sagt er. »Genau wie ich mir dich vorgestellt habe.« Er zwinkert Nicoletta zu, die fast unmerklich den Kopf schüttelt.

Ich weiß nicht, was ich sagen soll, alles kommt mir wie einstudiert vor. Die Tatsache, dass wir ihn nackt in der Dusche überraschen, seine komische Begrüßung, dazu sein engelhaft hübsches Gesicht. Es wirkt wie ein seltsames Theaterstück auf mich, in dem ich eine Rolle spielen soll, die ich nicht kenne. Dabei weiß ich, welche Rolle ich spielen will, und die verlangt, dass ich wachsam bleibe, bei mir bleibe, sonst werde ich nie herausfinden, *wer die Mörder meiner Mutter sind.*

»Wir haben lange auf dich gewartet«, sagt Sebastian.

Und ich sehe aus den Augenwinkeln, wie jetzt Nicoletta und Sophia einen Blick tauschen und ihm dann etwas signalisieren. Aber was? Ganz offensichtlich kennt Sophia diesen Sebastian schon und noch offensichtlicher werde ich hier gerade vorgeführt.

Das gefällt mir nicht und ich entscheide mich dafür, ihr merkwürdiges Stück zu torpedieren, die Regie zu übernehmen und mich in eine bessere Position zu bringen. Ich muss etwas tun, mit dem sie nicht rechnen, und schauen, was passiert.

Unvermittelt lasse ich die drei stehen und renne aus dem Bad hinaus in den Kellergang, wo mich undurchdringliche Finsternis umfängt.

4. Kapitel
Sechs Wochen zuvor

Das Päckchen mit dem Fotoalbum war wie die Erlösung aus der verzweifelten Finsternis nach Mams Unfall, aber das wurde mir nicht sofort klar. Immer wieder starrte ich das Foto auf der letzten Seite des Albums an und fühlte zunächst nichts. Ich wusste, ich sollte empört sein, ich sollte mich aufregen, aber ich war wie abgeschnitten von mir selbst.

Meine Hände strichen über das Kindergesicht auf dem Foto und versuchten zu verstehen. *Die Mörder* meiner Mutter? Die Mörder, auch noch im Plural? Was sollte das?

Unsinn, Mam hatte auf dem Weg nach Hause die Kontrolle über ihren Wagen verloren und war in den See gestürzt. Die Polizei hatte keinen Beweis dafür, dass der Unfall getürkt war, und sie hatten auch keine Manipulation am Unfallauto feststellen können.

Die Mörder …? Was für ein Schwachsinn! Warum nicht gleich die CIA, die Mams Unfall nur vorgetäuscht und ihr eine neue Identität verpasst hatte, weil sie in der Klinik Zeugin von brandheißen terroristischen Verschwörungen geworden war? Oder Aliens, die sie entführt hatten?

Sie hatte mit mir nur wenig über ihre Kindheit gesprochen, aber ich hatte sie auch selten danach gefragt. Ich wollte lieber, dass sie mir Abenteuer von Prinzessinnen erzählte oder von meinem Vater Philippe, dem Helden. Davon konnte ich nie genug bekommen. Die Geschichten von Mamas Großmutter Anna-Maria, bei der meine Mutter aufgewachsen und die vor dem Krieg Bäuerin auf dem Lambert-Hof gewesen war, hatte ich dagegen langweilig gefunden.

Plötzlich sah ich Mams abgearbeitete, vernarbte Hände vor mir und mir wurde wieder klar, was für ein selbstsüchtiges Monstrum ich gewesen war. Wie wenig ich von ihr gewusst hatte, und schlimmer noch, wie wenig ich über sie hatte wissen wollen.

Ich sah mir das Bild genauer an, die altmodische Kleidung des Kindes, die gut aus den Sechzigern stammen konnte, als meine Mam klein gewesen war. Ich spürte den rundlichen Gesichtszügen nach, verlor mich in den Proportionen und vor allem in den Augen und war mir mit einmal sicher: Das Kind auf dem Bild war tatsächlich meine Mutter. Diese Einsicht durchfuhr mich wie ein Blitz, der in eine dicke Eisschicht einschlägt. Mir wurde schlagartig heiß, meine Kehle verengte sich und dann strömten Tränen durch meine Adern, brachten meine Schultern zum Beben, während hässliche, wie erstickte Laute ihren Weg durch meinen Mund erzwangen.

Zum ersten Mal seit Mams schrecklichem Unfall musste ich, konnte ich, durfte ich um sie weinen. Ihr Leben war vorbei und alles, was ich von ihr wusste, war, dass sie mich geliebt, behütet und beschützt hatte. Für sie hatte ich mich nie interessiert. Und jetzt war es zu spät.

Nachdem ich die ganze Nacht weinend neben dem Fotoalbum verbracht hatte, fühlte ich mich wieder wie ein Mensch. Auch das zum ersten Mal seit dem Unfall. Es war zwar schmerzhaft, doch alles war besser als diese schwarze Starre. Ich wusste noch nicht, was ich mit dem Album machen sollte, und auch mit dem Zusatz, dass ich mich anmelden sollte, konnte ich nichts anfangen. Aber so seltsam und geschmacklos das Päckchen auch war, es hatte etwas in mir aufgebrochen und das war ein Fortschritt gegenüber den letzten Wochen.

Ich beschloss, zu duschen und dann endlich etwas zu essen. Vorher räumte ich die Küche auf und warf das Packpapier in den Müll. Dabei flatterte ein Prospekt heraus. Zuerst warf ich ihn gedankenlos zum Altpapier, weil ich dachte, es wäre Füllmaterial, aber dann wurde mir klar, dass nichts an diesem Päckchen Zufall war, und ich bückte mich, um ihn genauer anzuschauen. Es war ein Hochglanzprospekt der *Transnational Youth Foundation.*

Davon hatte ich noch nie gehört. Ich sah im Internet nach und stieß auf mehrere Tausend Treffer, bei dem obersten handelte es sich um die Homepage der Stiftung. Offenbar ging es um eine Art subventioniertes Jugendprogramm, das sich die Völkerverständigung auf die Fahnen geschrieben hatte und das ziemlich prominente Fürsprecher zu haben schien. Die erste Seite wurde von einem Grußwort des Bundeskanzleramts eingeleitet. Was zur Hölle hatte das mit dem Tod meiner Mutter zu tun?

Gereizt las ich weiter, immer auf der Suche nach Hinweisen auf meine Mutter, aber selbst nachdem ich alles dreimal durchgearbeitet hatte, hatte ich nicht die leiseste Ahnung, was das mit uns zu tun haben könnte.

Offenbar veranstaltete die *Transnational Youth Foundation,* kurz TYF, Camps für Jugendliche aus aller Welt zwischen sechzehn und achtzehn Jahren. Es wurde behauptet, dass alle, die bei dem *Transnational Youth Award* mitmachten, in jeder Hinsicht profitieren. Man lernte Menschen kennen, die man sonst nie getroffen hätte, musste sich in Fremdsprachen üben und ging an seine Grenzen. Das hätte meiner Mutter zwar für mich gefallen, aber wie sollte das mit ihrem Tod zusammenhängen?

Man konnte sich in Deutschland für vier verschiedene Camps bewerben, die in Berlin, Hamburg, Nordrhein-Westfalen und Bayern stattfanden. Dort erfolgte dann die eigentliche Qualifizierung. Nur die besten Teilnehmer aus Deutschland schafften es nach Australien in das internationale Camp. Die Kosten übernahmen verschiedene Stellen, Sponsoren aus der Wirtschaft, die Bundesregierung sowie Wohltätigkeitsorganisationen.

Ich klickte mich durch alle Unterpunkte, fand Organigramme, dann Abläufe der Camps und außerdem Informationen zu den Betreuern, ausgebildete Psychologen und Pädagogen, die meisten mit Doktortitel. Maxime Fabré, Michael M. Becker, Janis Smith, Thabo Malewi, Nicoletta Bruns, Roswitha Müller. Und am Ende jeder Seite befanden sich Anmeldeformulare. Auch bei Facebook gab es eine Seite, hier fanden sich auch noch Verlinkungen zu

UNICEF. Außerdem zahlreiche Kommentare von Teilnehmern, die sich in der Mehrzahl positiv über ihre Erfahrungen mit den Camps äußerten. Was sollte diese elitär wirkende Organisation mit meiner Mutter zu tun haben?

Ich ging duschen, danach aß ich drei Blaubeermuffins und mir wurde zum ersten Mal seit dem Unfall nicht schlecht vom Essen. Dabei dachte ich darüber nach, ob ich mit jemandem über dieses Päckchen reden sollte, mit Lisa oder Dr. Grünbein, aber es klang einfach zu absurd. Sie würden sich nur um meinen Geisteszustand sorgen.

Nachdem ich die Muffins gegessen hatte, setzte ich mich wieder an den Computer. Mir war noch ein anderer Verdacht gekommen. Dieses *Transnational Camp* klang so verdächtig glatt, geradezu klinisch. Vielleicht war das eine neue Methode von Scientology oder einer anderen Sekte, neue Mitglieder zu generieren: sich an trauernde Kids ranzumachen. Ich durchforstete noch einmal das Netz, ging allen Querverweisen, Stimmen und Quellen nach, aber so gründlich ich auch suchte, das Ganze schien tatsächlich einen seriösen Eindruck zu machen. Während ich recherchierte, kam eine Mail an meine Webadresse, die eigentlich nur meine Freunde kannten.

Aber dieser Absender war kein Freund von mir. Es war die *Transnational Youth Foundation* und in der Betreffzeile stand »Zögere nicht, das Camp erwartet dich!«.

Ich klickte die Mail an und fand zwei Anhänge. Einen Anmeldebogen und eine Datei mit dem Namen *Bergmann 1969*.

Es war ein Foto.

Ein Foto, von einer Puppe, die mir sehr bekannt vorkam. Sie war mit Leukoplaststreifen geflickt und ihre Haare waren abgeschnitten. Mein Leben lang saß sie schon auf ihrem Platz auf dem Kleiderschrank meiner Mutter. Aber hier auf dem Foto lag die Puppe mit dem Kopf auf dem Rand eines Beckens oder Brunnens, als ob man sie ertränken wollte.

Ich lief in Mams Kammer, um das Foto vorsichtshalber noch einmal mit der Puppe zu vergleichen, aber sie war nicht mehr da.

Ich suchte die ganze Wohnung nach ihr ab.

Ergebnislos. Ich fragte nach, ob Mam die Puppe vielleicht für ein krankes Kind mit ins Krankenhaus genommen hatte. Fehlanzeige.

Die Puppe war und blieb spurlos verschwunden.

5. Kapitel

Ich stehe mit klopfendem Herzen in der Dunkelheit neben dem Waschraum und lausche an der Tür, die ich hinter mir zugeworfen habe, in der Hoffnung, dass ich so wenigstens einen kleinen Hinweis darauf bekomme, ob und was hier gespielt wird.

Aber viel mehr als Nicolettas Fluchen kann ich nicht hören, dann redet Sebastian und bringt offensichtlich alle zum Lachen. Das klingt nicht gerade nach Verschwörern und ich komme mir ziemlich dumm vor, dass ich so überstürzt weggerannt bin.

Trotzdem finde ich es seltsam, dass Sebastian bei den Mädchen geduscht hat. Vielleicht hat er es darauf abgesehen gehabt, dass wir ihn nackt überraschen? Wieder sehe ich sein lächelndes Gesicht und das von Nicoletta vor mir, beide mit diesem Ausdruck, den ich nur schwer einschätzen kann.

Plötzlich schiebt sich die Tür auf. Bevor ich reagieren kann, tritt Nicoletta schon auf den Flur hinaus. Licht flammt auf. Als sie mich entdeckt, schüttelt sie den Kopf und runzelt die Stirn, sie geht einen Schritt auf mich zu.

»Emma, was stehst du hier im Dunkeln?« Dann entspannt sie sich. Ein leises Lächeln erscheint auf ihren Lippen. »So viel Mut hätte ich dir gar nicht zugetraut. Aber stille Seen sind manchmal tief.«

Sofort kommen in mir die Bilder hoch, still und tief, so stelle ich mir den See vor, in dem Mams Wagen versunken ist. Hat sie das Sprichwort absichtlich falsch zitiert? Es heißt doch, stille Wasser sind tief. War das eine Anspielung?

Sophie mustert mich nachdenklich, es liegt ihr etwas auf der Zunge, aber Nicoletta treibt uns an und ich bin froh, diesem modrigen Keller endlich zu entrinnen.

Im Esssaal warten schon alle auf uns. Dr. Becker sitzt am rechten Kopfende, links neben ihm nimmt Nicoletta Platz. Die Jungs haben die eine Längsseite eingenommen, für Sophia und mich bleibt die andere.

Ich ziehe meinen Stuhl zurück und betrachte das Essen und spüre, wie hungrig ich trotz aller Aufregung bin. Es gibt Sandwiches, Tomaten mit Mozzarella, winzige Quiches, alles vom Feinsten, ein Festmahl, das so gar nicht zu dem maroden Saal passen will, in dem wir essen. Andererseits: Nichts hier in diesem Schloss passt zusammen. Die vielen Kerzen nicht zu dem Jugendherbergsklo, der polierte Tisch und das Silberbesteck nicht zum bröckelnden Putz. Und wie passen Mams Mörder hierher? Und ich?

Sebastian, der Typ aus dem Bad, ist jetzt bekleidet mit Jeans und T-Shirt und entpuppt sich als Assistent von Nicoletta und Becker. Er trägt noch mehr Platten mit Essen in den Saal und setzt sich dann ans freie Kopfende. Ich nehme mir noch ein paar Sandwiches, auch weil es leichter ist, zu essen als zu reden, denn das Gespräch kommt nur stockend in Gang, so als ob wir alle von der lächerlich pompösen Atmosphäre eingeschüchtert wären. Die beiden Jungs machen halbherzig Homer-Simpson-Witze, lachen viel zu laut, während Becker und Nicoletta uns durchdringend mustern. Sophia schielt ein bisschen zu oft zu dem gut aussehenden Sebastian, der wiederum seine Aufmerksamkeit sehr gerecht zwischen Nicoletta, Sophia und mir verteilt.

Ich weiß nicht, was ich eigentlich erwartet habe, aber das jedenfalls nicht. Das Camp habe ich mir sehr viel größer vorgestellt. Nicht so intim wie hier. Und was, wenn das hier gar nicht das echte Camp ist?

Aber das ist unmöglich. Dr. Becker und Nicoletta waren beide auf den Internetseiten abgebildet und sie wurden uns in den Anmeldeunterlagen als Betreuer angekündigt. Dr. Grünbein persönlich hat sie und das Camp abgecheckt, ehe er mich hat fahren lassen. Allerdings hätte er mir die Erlaubnis dazu nie im Leben gegeben, wenn er von dem Fotoalbum und der Botschaft gewusst hätte. Genau deswegen habe ich es ja auch vor ihm verheimlicht.

Außerdem sollte ich mich nicht zu sehr von meinen Erwartungen leiten lassen. In den Unterlagen war immer wieder betont worden, was für unkonventionelle Methoden bei der *Transnational Youth Foundation* angewendet werden. Man wurde geradezu gewarnt und darauf hingewiesen, dass man als Teilnehmer auf Überraschungen und Herausforderungen gefasst sein sollte, mit denen man niemals gerechnet hätte.

Ich drehe den Kopf zur Seite und blicke direkt in Sophias Augen, die mir ertappt zulächelt. Woher kenne ich sie bloß?

Nach dem sich unerträglich lang hinziehenden Essen läutet Dr. Becker eine Vorstellungsrunde ein und schon bekomme ich ein Gefühl dafür, was man sich hier im Camp unter unkonventionellen Methoden vorzustellen hat. Noch immer sitzen wir im schimmernden Kerzenschein, doch einige Teelichter sind bereits heruntergebrannt und die Schatten im Saal nehmen merklich zu. Ich spüre die Müdigkeit und Erschöpfung in allen Knochen, es ist eine körperliche Müdigkeit, aber keine wohlige.

»Jeder nur einen Satz.« Becker schaut in die Runde. »Jeder hat genau einen Satz, um uns zu veranschaulichen, warum er hier ist. Ein persönliches Statement. Ein Motto.«

Keiner sagt etwas und ich überrasche mich selbst, als ich als Erste meinen Mund öffne. »Man muss den Mut haben, alle Schatten hinter sich zu lassen, und nach vorne schauen.«

Das kommt nicht von mir, sondern ich zitiere einen Satz, der von Mam stammt und der mich früher zur Weißglut gebracht hat. Aber erstaunlicherweise passt es jetzt für mich. Und für dich, flüstere ich Mam in Gedanken zu und hoffe einen Moment lang, dass sie in meiner Nähe ist und mich wie ein Schutzengel nicht nur vor Felsbrocken, sondern auch vor allem anderen Übel bewahren kann.

Philipp ist der Nächste. Er schluckt noch einen Bissen herunter, zerbröselt mit der rechten Hand etwas Weißbrot, dann schaut er uns alle entschlossen der Reihe nach an und lächelt. Es zaubert ein Leuchten auf sein Gesicht, das nicht von den Kerzen kommt, und plötzlich finde ich sein leicht asymmetrisches Gesicht mit der schiefen Nase sehr sympathisch. Nervös streicht er sich mit allen zehn Fingern durch seine Haare, die so kurz sind, als ob er bis letzte Woche noch eine Glatze gehabt hätte. Dabei bleiben ein paar winzige Krümel in seinen dunklen Haaren hängen, was ihn auf einmal verwundbar aussehen läßt. Dann holt er tief Luft, als hätte er einen Geistesblitz. »Eine mächtige Flamme entsteht aus einem winzigen Funken«, sagt er und fügt hinzu: »Ist nicht von mir, ist von Dante.«

Dante? Wie passt das zu dieser Sportskanone? Jetzt betrachte ich ihn mit noch mehr Interesse.

Nun ist Tom an der Reihe und ich werfe zwischendurch einen kurzen Blick auf unsere Betreuer. Nicoletta, Sebastian und Becker konzentrieren sich auf Tom, aber ich kann ihre Mimik nicht deuten. Sie wirken interessiert, professionell. Ich ärgere mich darüber, dass ich bei meiner eigenen Vorstellung nicht auch schon auf die drei geachtet habe.

Tom wackelt mit seinem zu großen Kopf, bringt seine kinnlangen hellbraunen Haare zum Schwingen und grinst mit seinen dunklen Augen unsicher in die Runde. Obwohl er rein äußerlich etwas von einem Nerd hat, wirkt auch er nicht unsympathisch, er erinnert mich ein bisschen an einen Riesen-Wackeldackel. Harmlos also.

Weniger harmlos allerdings ist sein Motto, das er mit

erstaunlich tiefer, ziemlich sonorer Stimme vorträgt. »Das Leben ist ein Sterben. Es sind die vielen kleinen Tode, die dem Leben einen Sinn geben.«

Ich bekomme nur am Rand mit, wie Becker trocken anmerkt, dass Tom damit genau genommen zwei Sätze gewählt hat, man aber am ersten Abend nicht alles auf die Goldwaage legen wolle. *Das Leben ist ein Sterben.*

Ich starre auf die Wand und sehe dort unsere flackernden Schatten auf dem maroden Putz und wieder kommt es mir so vor, als ob dieses Schloss ein lebendiges Wesen wäre, eines, das seine Kinder fressen muss, um nicht auseinanderzufallen.

Mit einem flauen Gefühl im Bauch versuche ich, Toms freundliches Gesicht zu ergründen. Was meint er damit – es sind die vielen kleinen Tode? Das könnte schon wieder eine Anspielung sein.

Kann es wirklich sein, dass einer der Campteilnehmer oder jemand von unseren Betreuern die Mörder meiner Mutter sind? Was sollten sie denn für ein Motiv haben? Sosehr ich mich auch anstrenge, ich kann mir einfach keine Berührungspunkte vorstellen. Andererseits bin ich genau deshalb hier. Und es ist gut, wenn ich wachsam bin.

Weil ich so in meine Gedanken vertieft war, bekomme ich nichts mit von Beckers weiteren Kommentaren zu Toms merkwürdigem Motto. Und horche erst dann auf, als Sophia etwas von einem Stern erzählt, der genügt, um an das Licht zu glauben. Das hätte Mam sicher gemocht, denke ich unwillkürlich und vermeide es, an die Wand mit den flackernden Schatten zu schauen.

Am Schluss stellen sich Michael Becker, Nicoletta und Sebastian vor. Aber das mit dem persönlichen Motto gilt offenbar nicht für sie. Von Dr. Becker erfahren wir lediglich, dass er eigentlich Mediziner ist. Die Psychologie als Interessensgebiet war später dazugekommen und deshalb hatte er noch ein Zweitstudium drangehängt.

Philipp rollt an dieser Stelle mit den Augen und ich kann nachfühlen, was er denkt, vor allem als Becker noch hinzufügt, es sei nie zu spät, seine Träume zu verwirklichen. Oh Mann, offenbar ist er einer von diesen Sprücheklopfern, die Ratgeberbücher schreiben. Solche, wie Mam sie immer verschlungen hat.

Mam. Viele Tode sterben und manche Seen sind tief. In meinem Kopf dreht sich alles, aber ich zwinge mich, weiter zuzuhören, damit mir nichts Wichtiges entgeht.

Sebastian ist Beckers Assistent und Nicoletta hat gerade ihre Doktorarbeit beendet. Sie ist die Letzte, die sich vorstellt, und erklärt uns, wieder mit diesem wie eingefroren wirkenden Lächeln, dass die Arbeit für das Camp auf ehrenamtlicher Basis stattfindet.

»Haben Sie denn keine Familie?«, fragt Sophia und das interessiert mich jetzt auch.

Über Dr. Beckers Gesicht zuckt etwas, das ich nicht deuten kann. »Diese Camps sind meine Familie!«

Aber ganz sicher nicht meine! Ich muss gerade wieder an meine Sektentheorie denken, als Nicoletta die Herausgabe unserer Handys verlangt. Einfach so.

Sofort und ohne Diskussion.

Wir schauen uns verblüfft an.

»Hier hat man ja eh keinen Empfang«, verkündet Philipp, »dann könnten wir unsere Telefone doch behalten, oder nicht?«

»Nein.« Kein Zusatz, keine Erklärung.

Stille breitet sich aus, verwandelt alles in Zeitlupe, man sieht, wie eine Kerze erlischt, man hört, wie flüssiges Wachs auf den Boden tropft, man riecht, wie leise zischend eine Mücke in der Flamme einer Kerze verglüht.

Doch dann schlägt in meinem Kopf eine große laute Sirene Alarm. Kein Handy heißt keinen Kontakt mit der Außenwelt. Keine Fotos. Keine Aufnahmen. Vielleicht auch keine Beweise.

Nicoletta streckt unerbittlich ihre Hand aus.

»Aber das ist, als müssten wir unsere Nabelschnur durchschneiden!«, murrt Philipp, reicht Nicoletta dann allerdings widerstrebend sein Handy, ein verbeultes altes Ding voller Simpsons-Aufkleber.

»Welches ist deine Lieblingsfolge?«, fragt Tom, während er sein Smartphone in Bayern-München-Fan-Hülle hervorholt.

»Es gibt 'ne Menge richtig geile Folgen, aber ich steh auf *One fish, two fish, blowfish.*«

»Ist das die, in der Homer denkt, dass er sterben muss, weil er was mit dem Kugelfisch verdaddelt hat?«

»Ich verstehe, dass es euch so vorkommt, als würdet ihr vom Rest der Welt getrennt.« Nicoletta verströmt ihr falsches Lachen in alle Richtungen. »Seht es einfach als ultimativen Test zum Erwachsenwerden. Ohne euer Handy seid ihr nur noch auf euch selbst gestellt.«

»Ich bin erwachsen«, murmelt Sophia, während sie in ihrer Tasche nach dem Handy kramt.

Ich frage mich, warum Sophia ein so auffälliges Handy nicht griffbereit hat. Es ist ein nagelneues Smartphone in einer Hülle aus rosa Strasssteinchen, die im Kerzenlicht funkeln wie blutige Wassertropfen.

Schließlich gebe auch ich mein Handy ab, ich tue es voller Trauer. Die letzten Fotos von Mam sind darauf, sogar welche von uns beiden. Sie aus der Hand zu geben, ist, als würde ich Mam noch einmal verlieren.

Danach will ich nur noch allein sein. Ich fühle, dass ich langsam ans Ende meiner Kraft komme. Ich bin völlig erschöpft von der Wanderung, davon, dass ich keinen Moment verpassen darf, weil alles ein Hinweis sein kann. Und deswegen unterdrücke ich nur mit Mühe ein Stöhnen, als ich erfahre, dass Sophia und ich zusammen einen Raum oder vielmehr einen Schlafsaal teilen werden. Wieder aufpassen, wieder zuhören müssen.

Unser Schlafsaal liegt im dritten Stock, die Zimmer von unseren Betreuern im zweiten, und wie Nicoletta mit einem besonders breiten Lächeln erläutert, haben sie immer ein offenes Ohr für uns und wir dürfen sie jederzeit dort aufsuchen. Aus den Augenwinkeln sehe ich, wie ein verstohlenes Lächeln über Sophias Gesicht huscht, und ich könnte mir vorstellen, sie hat gerade darüber nachgedacht, wie offen Sebastian wohl wäre, wenn sie an seiner Tür anklopfen würde.

Nachdem Nicoletta einen altmodischen Drehschalter eingeschaltet hat, der den Raum nur in trübes Licht taucht, sehe ich zehn Metalleinzelbetten, die aufgereiht an der Wand stehen, mit je einem Kissen und einer Decke, alles ordentlich gefaltet wie beim Militär. Dann fällt mein Blick auf das kleine Fenster, unter dem sich ein zierlicher Tisch mit einem Holzhocker befindet und ein Mülleimer. In der Mauer neben dem Fenster erkenne ich eine kleine Nische, die mir sofort bekannt vorkommt.

Ohne mich um Sophie und Nicoletta zu kümmern, strebe ich darauf zu.

In die dicke Wand ist eine kleine, tiefe, ovale Nische eingelassen, die rundherum mit dicken Glasperlen verziert ist, und meine erste Vermutung wird zu einer Gewissheit, die mich fast überwältigt. Ich bin ganz sicher, hier ist das Bild aufgenommen worden, das ich im Fotoalbum gefunden habe. Die Perlen verzieren den Rand der Nische, in der das Foto von dem Kind mit der Spielhose und die kleine Ikone mit der Jungfrau Maria gestanden haben muss.

Aufgeregt berühre ich mit den Fingerkuppen die Glasperlen, die sich kalt anfühlen, eiskalt, und unvermittelt steigen Tränen in meine Augen. Ich habe den Ort gefunden, an dem ich nach den Mördern meiner Mutter suchen soll. Plötzlich fühle ich mich wieder wach und nehme mir vor, dieses Schloss genauer unter die Lupe zu nehmen, sobald Sophia eingeschlafen ist.

Aber Sophia plappert munter vor sich hin, darüber, dass jede abgerockte Jugendherberge noch komfortabler wäre als dieses Schloss und wie abgefahren sie das Abendessen mit all den Kerzen fand. Ich gebe mir Mühe, aber ich höre nicht wirklich zu. Alles in mir brennt darauf, das Schloss zu durchsuchen.

Also lege ich mich so schnell wie möglich ins Bett und schließe demonstrativ die Augen, doch da beugt sich Sophia noch einmal zu mir herüber und flüstert etwas. »Irgendwie kommt es mir so vor, als würden wir uns kennen. Ist dir das schon mal passiert?«

Ich antworte ihr nicht und simuliere tiefe Atemzüge, obwohl es mir mit ihr ja ganz genauso geht. Aber ich muss mich jetzt darauf konzentrieren herauszubekommen, was dieser seltsame Ort mit Mam zu tun hat. Und das muss ich ganz alleine tun.

6. Kapitel

Mitten in der Nacht schrecke ich verwirrt hoch, und als mir der Duft von Mandarine und Hautcreme in die Nase steigt, habe ich das unbestimmte Gefühl, dass Mam gerade eben noch hier gewesen ist. Ich würde dieses Gefühl so gern festhalten, aber ihr Duft wird von der staubigen warmen Luft verdrängt. Stattdessen sehe ich die Bilder meines Albtraums vor mir: Wie ihre schmale Gestalt mit den zierlichen Schultern, direkt hier, am Kopfende dieses metallenen Bettes gestanden hat, so als wolle sie mir unbedingt etwas sagen. Aber so verzweifelt sie es auch versucht hat, aus ihrem geöffneten Mund kamen keine Worte. Stattdessen wurde der Schatten, den sie an die Wand geworfen hat, größer und immer größer und es sah aus, als würde er sie beim ersten Ton, der über ihre Lippen kommt, verschlingen.

Ich atme tief ein und aus, versuche, mich zu beruhigen, und starre in die undurchdringliche Dunkelheit um mich herum. Ich muss sofort eingeschlafen sein, nachdem Sophia das Licht ausgemacht hat, obwohl ich doch nach der Entdeckung der Nische unbedingt das Schloss durchkämmen wollte.

Jetzt sehe ich zu Sophias Bett hinüber, kann aber in der Dunkelheit nichts erkennen. Wie lange habe ich geschlafen? Wie viel Zeit habe ich vergeudet? Ich habe keine Ahnung, aber ich ärgere mich, dass ich nicht wach geblieben bin, so wie ich es mir vorgenommen habe.

Ich taste nach meinem Rucksack, grabe mit der Hand nach der Taschenlampe und bin erleichtert, als ich sie auf Anhieb in einer der Außentaschen finde. In ihrem Schein erkenne ich, dass Sophia sich auf der Seite zusammengerollt hat wie ein Embryo, die Decke zwischen ihren Beinen festgeklemmt. Sie sieht verletzlich aus.

Vorsichtig schleiche ich zur Tür und versuche, mich zu orientieren. Nach unten, am besten fange ich unten an, und ich muss leise sein.

Ich leuchte den schmalen Gang mit den abblätternden Tapeten ab, erreiche die Treppe, laufe los, aber in der Mitte der Treppe rutsche ich von der Stufe ab, weil der zerschlissene Teppich in der Mitte nur lose aufliegt. Ich segle durch die Luft und kann mich gerade noch am Geländer festhalten, um zu verhindern, dass ich noch weiter abrutsche. Das Poltern scheint durch das gesamte Treppenhaus zu hallen. Ich erwarte, dass es gleich von Leuten wimmelt, aber es bleibt so still, als ob ich ganz allein hier wäre. Meine Lampe ist mir aus der Hand gefallen, doch sie ist zum Glück heil geblieben. Ich taste mich vorsichtig zu ihr. Mit der Lampe in der Hand stehe ich mühsam auf, der Sturz hat wehgetan, ich muss besser aufpassen. Sorgfältig leuchte ich alles ab. Dann komme ich zu dem letzten Treppenabsatz im ersten Stock, über dem ein riesiges Bild von Napoleon auf einem Pferd hängt. Mam mochte Pferde und sie war sehr enttäuscht, dass ich solche Angst vor ihnen hatte und auf keinen Fall reiten lernen wollte. Sie fand, Pferde wären die sanftesten Geschöpfe der Welt. Dabei war sie doch selbst das sanfteste Geschöpf überhaupt.

In der Halle überlege ich, wie ich vorgehen soll. Ich schaue in den Saal hinein, in dem wir gegessen haben. Im Schein der Taschenlampe wirkt er noch trauriger als von Kerzen erhellt und es kommt mir so vor, als würden kleine Wesen vor dem Licht weghuschen. Ich will lieber nicht wissen, welche es sind.

Über den Flur gelange ich weiter in die Küche.

Der Kachelofen wirkt in der Dunkelheit wie der Eingang zur Hölle, aber das ist nur ein Ofen, sage ich mir und taste mich weiter vor. Nur ein Ofen, Emma.

Aber dann streift mein Licht die Kellertür, die offen steht. Das gefällt mir nicht und ich komme erst nach ein paar Sekunden darauf, was daran merkwürdig ist. Wenn jemand unten in den Waschräumen wäre, dann müsste doch dort unten im Gang das Licht brennen, oder? Aber es ist stockdunkel!

Ich laufe zur Kellertreppe und höre ein leises Wimmern, wie von Wind, der durch die Gänge pfeift, aber da ist noch etwas, ein anderer Laut. Es ist ein Wispern. Ganz eindeutig, da unten flüstern zwei Menschen miteinander.

Ich überwinde meinen Widerwillen und schleiche die Treppe hinunter. *Die Mörder deiner Mutter ...*

Menschen, die im Dunklen miteinander flüstern, haben definitiv ein Geheimnis.

Meine Taschenlampe wirft ihr Licht auf die nackten Steinwände. Das Flüstern wird lauter, aber ich habe das Gefühl, das Geräusch kommt nicht aus Richtung der Waschräume, die links von mir liegen, sondern von rechts.

Ich taste mich voran, laufe an verzweigten Kellergängen vorbei und halte wieder inne, um mich zu vergewissern, dass ich richtig bin. Aber je weiter ich komme, desto leiser wird das Flüstern.

Und dann lande ich unversehens vor einer toten Wand. Sackgasse. Als ich umkehren will, erhebt sich abermals dieses merkwürdige Wimmern, diesmal lauter als vorhin auf der Treppe. Unwillkürlich bleibe ich stehen, das Geräusch jagt mir eine Gänsehaut über den Rücken und ich suche nach harmlosen Erklärungen.

Ist das wirklich der Wind, der durch die Gänge streicht? Und müsste ich ihn dann nicht spüren? Vielleicht gibt es hier irgendwo alte Kaminschächte, die dieses Phänomen verursachen. Da, es schwillt ab und kehrt gleich darauf zurück, laut, hoch und klagend. Plötzlich denke ich an kleine Kinder, die von ihren Müttern auf den Arm genommen werden wollen. Winzige, noch völlig verschrumpelte Neugeborene, die ihren ersten Atemzug machen.

Emma, reiß dich zusammen. Jedes Haus hat seine Geräusche, an die man sich erst gewöhnen muss. Es ist mitten in der Nacht, da hört man alles Mögliche, vor allem nach so einem entsetzlichen Albtraum.

Ich laufe zurück in Richtung Bad und versuche, mich wieder auf das Flüstern zu konzentrieren, aber da ist nichts mehr, nur dieses merkwürdige Heulen, mal lauter, mal leiser, und plötzlich bin ich mir nicht sicher, ob es wirklich real ist oder ob sich das alles vielleicht in meinem Kopf abspielt. Im Licht der Taschenlampe sieht jeder Kellergang gleich aus, ich kann nicht mehr richtig erkennen, was nun Hauptgang ist und was Seitengang. Ich laufe schneller und erneut lande ich in einer Sackgasse, diesmal vor einer verschlossenen Stahltür. Als ich dagegendrücke, spüren meine Hände, dass die Tür vibriert wie von lauten Paukenschlägen.

Verzweifelt presse ich meine Stirn gegen die Stahltür, um mir darüber klar zu werden, was hier los ist. Sind die Paukenschläge nur mein Herz, das hektisch versucht, meiner Aufregung Herr zu werden? Ich lege mein Ohr gegen die Stahltür und spüre die Kälte an meinem Ohrläppchen, aber das verwirrt mich nur noch mehr, denn ich kann nicht mehr unterscheiden, ob das, was ich höre, durch die Stahltür kommt oder ob ich mir das alles nur einbilde. Am liebsten würde ich meinen Kopf gegen die Tür schlagen, nur damit das aufhört. Mam, denke ich, Mam. Ich darf nicht durchdrehen! Gott im Himmel, ich sollte jetzt vernünftig sein, raus hier und hoch in die Sicherheit meines Betts, ich drehe mich um, renne los und lande in einer weichen warmen Masse. Ich schnappe nach Luft, aber mein Gesicht ist von Stoff umgeben.

»Hey, pass doch auf!«

Ein Deckenlicht flammt auf, es wird schlagartig hell und ich bin so geblendet, dass ich die Augen zukneifen muss. Dann erst erkenne ich Philipp. Er ist es, gegen den ich geprallt bin.

Ich atme tief durch und versuche, mich zu beruhigen. Mein Herz klopft immer noch heftig, aber die Geräusche sind verstummt. Wenigstens das.

»Alles in Ordnung mit dir?«

Ich nicke. Sprechen kann ich nicht, ich habe Angst, dass meine Stimme versagt.

»Suchst du das Klo?«, fragt Philipp. »Dann geht es dir wie mir.«

Meine Augen gewöhnen sich nur langsam an das Licht, deswegen kann ich seinen Gesichtsausdruck nicht richtig erkennen, aber ich bin sicher, dass er lügt. Typen wie er suchen nachts kein Klo, schon gar nicht im Keller, die pinkeln einfach aus dem Fenster.

»Ist hier unten noch jemand?«, höre ich mich fragen.

Er schaut mich verdutzt an und fährt sich über seine kurzen Haare. »Nicht, dass ich wüsste.« Er wendet sich in Richtung Männerbad.

»Aber hier war doch eben ein Geräusch. Hast du das nicht auch gehört?«

Philipp lacht. »Du meinst das Heulen? Das klang gruselig, oder? Vermutlich ein Luftschacht irgendwo. Oder irgendwelche Tiere.«

Ich bin erleichtert, dann habe ich mir das Geräusch also nicht eingebildet. Demnach bin ich auch nicht verrückt.

Philipp nimmt seinen Blick nicht von mir. »Soll ich auf dich warten? Dann können wir zusammen hochgehen.«

Ich nicke dankbar. Auch wenn er mir vielleicht nicht die Wahrheit sagt, mir ist es allemal lieber, ihn bei mir zu haben, als allein durch dieses Gruselschloss zu irren.

Ich öffne die Tür zum Damenbad, schalte auch hier das Licht ein, gehe dann hinüber zu den Toiletten und stutze.

Die mittlere der Kabinentüren ist von innen abgeschlossen.

Das altmodische Drehschloss steht auf Rot.

»Nicoletta?« Jetzt ist meine eigene Stimme nur noch ein Flüstern.

Stille antwortet mir.

Ich spüre, wie es mir schon wieder die Kehle zuschnürt. Wer schließt sich mitten in der Nacht im Dunkeln in eine Toilette ein und aus welchem Grund? Ganz sicher nicht Sophia. Und Nicoletta offenbar auch nicht. Ich zwinge mich, in die Knie zu gehen, vielleicht kann ich die Füße sehen, aber die Türen reichen bis hinunter zu dem alten Fliesenboden.

Die Mörder deiner Mutter, hallt es in mir wieder.

Die Mörder deiner Mutter …

In meinem Kopf dreht sich alles, der Albtraum, der Sturz auf der Treppe, das Flüstern und jetzt das hier. Plötzlich erscheint mir alles sinnlos, dieses Herumstolpern in der Dunkelheit, die Panikattacken. Das hat doch alles keinen Sinn so!

Ich renne aus der Tür und nehme den Gang in Richtung Steintreppe, wo mich Philipp einholt. »Hey, wollten wir nicht zusammen nach oben?«

Ich bemühe mich, mir nicht anmerken zu lassen, wie durcheinander ich bin. Aber es gelingt mir einfach nicht.

»Warum bist du hier?«, bricht es aus mir heraus.

»Was?« Philipp bleibt stehen, mitten in der Küche, die wir mittlerweile erreicht haben. »Wie meinst du das?«

»Genauso wie ich es gefragt habe. Warum bist du hier an diesem Ort?«

Er leuchtet mir ins Gesicht, aber ich sehe trotzdem, wie seine Augen ganz schmal werden.

»Du weißt doch ganz genau, warum wir hier sind!«, faucht er los.

»Nein, das weiß ich nicht.« Ich spüre, wie ich anfange zu zittern.

Philipp ist wie verwandelt. Er sieht mich voller Zorn an. »Offensichtlich bist du nur zu feige, es zuzugeben, aber ich bin mir sicher, dass es bei dir genauso eine Maßnahme wegen deinem Vater ist wie bei mir!«

Ich bin so perplex, dass ich kein Wort herausbringe. Eine Maßnahme wegen meinem Vater? Mein Vater ist tot. Soll das bedeuten, Philipp ist auch eine Waise? Ist das hier eine Sommerfrische für Waisenkinder oder was?

Philipps Augen funkeln angriffslustig, zwischen ihnen hat sich eine steile Falte gebildet und seine schönen Lippen sind böse zusammengepresst. Ohne ein weiteres Wort zu sagen, läuft er los und verschwindet im Dunkeln.

Ich starre ihm hinterher. Was hat er bloß damit gemeint? Ich weiß nicht viel über meinen Vater. Nur dass er Mams Held war und sie davon geträumt haben, im Prater in Wien zu heiraten.

Ich schalte meine Taschenlampe ein und marschiere los und halte erst an, als ich wieder in unserem Schlafsaal bin.

Sophia liegt noch immer so regungslos da, wie ich sie verlassen habe.

Erschöpft falle ich auf mein Bett, weiß aber, dass ich jetzt zu überdreht bin, um wieder einzuschlafen. Ich schiebe das klumpige Kopfkissen zurück, um mich aufzusetzen. Leises Rascheln wie von Kaugummipapier lässt mich innehalten. Ist da etwas unter meinem Kopfkissen?

Ich taste danach und stoße tatsächlich auf etwas. Ich ziehe es heraus, fühle auf der einen Seite eine glatte Oberfläche, auf der anderen kleine Unebenheiten. Das Ding ist rechteckig und halb so groß wie eine Postkarte. Ich greife nach der Taschenlampe und leuchte es an.

Die Höcker auf der Rückseite glitzern im Licht, es ist getrockneter Klebstoff mit Papierfetzen daran.

Das Foto in meiner Hand ist eindeutig irgendwo herausgerissen worden.

My poor little Darling,

Ich hätte diesen Brief schon vor langer Zeit schreiben sollen und jetzt ist es vielleicht zu spät. Trotzdem fange ich ganz vorne an, an dem Tag, als ich sie das erste Mal gesehen habe. Es war Mai und es muss ein Montag gewesen sein, denn ich musste Wäsche im Garten aufhängen, wo die meterlangen Leinen im Zickzack zwischen den Bäumen gespannt waren.

Sie tauchte zwischen den Reihen mit Laken auf wie ein blonder Kobold. Der übervolle Wäschekorb aus Weidengeflecht drückte ihren zarten Körper schwer in die aufgeweichte Erde und trotzdem wirkte sie hereingeweht wie eine Blüte. Verzeih mir das Bild, deine Mutter hatte immer schon diese poetisierende Wirkung auf mich.

Inspirierend.

Ihre Wangen waren von der Schlepperei gerötet und auf ihrer Stirn glitzerten Schweißtropfen. Was mir als Erstes in ihrem blassem Gesicht auffiel, waren ihre großen blauen Augen mit diesem Hauch von Lila, wie Vergissmeinnicht nach einem Sommerregen. Aber das weißt du ja, denn ihr seht euch sehr ähnlich. Vielleicht weißt du aber nicht, dass man in diesem satten Blau früher den Mantel der heiligen Maria gemalt hat. Und die unselige Maria hat nicht unerheblich zu all dem Unglück beigetragen, das ihr widerfahren sollte. Aber an diesem Morgen war davon nichts zu spüren und es war nur allzu offensichtlich, dass sie nicht die leiseste Ahnung von ihrer Ausstrahlung hatte.

Wie sich später herausstellte, hatte sie überhaupt wenig Ahnung von den Dingen dieser Welt. Sie sprach kaum, und wenn ich mit ihr redete, hatte ich manchmal Angst, meine Worte könnten ungehört auf dem Grund ihrer blauen Augen ertrinken. Doch oft überraschte sie mich gerade dann mit einer unverhofften Antwort, die zum Niederknien klug war. Alle Tiere liebten sie, sogar der stinkende schwarzbraune zottelige Mischlingsköter des Bauern, bei dem wir morgens die Milch holen mussten. Normalerweise bellte er wild und zerrte so heftig knurrend an seiner rostigen Kette, dass er sich fast dabei erwürgte. Doch wenn sie näher kam, setzte er sich auf seine Hinterbeine, winselte und ließ sich von ihr streicheln.

Aber ich greife vor. Da stand sie also vor mir, und obwohl sie das Gleiche trug wie wir alle, wirkten ihre karierte Bluse, der Faltenrock mit den Kniestrümpfen und die dunkelblaue Leibschürze anders. So als wäre sie eine Puppe aus einem Bilderbogen und die Kleider nur vorne an sie hindrapiert. Ich hatte das Bedürfnis, um sie herumzugehen, mich zu vergewissern, ob sie auch wirklich echt war. Ganz da war. Während ich sie unablässig betrachtete, fragte ich mich, warum eine wie sie bei Kindern wie uns gelandet war.

Sie war jünger als ich, was bedeutete, dass ich sie nicht oft sehen würde, weil wir nach Altersgruppen aufgeteilt waren. Sie war in der mittelalten Gruppe, die noch Tante zu den Schwestern sagen mussten. Aber ich wollte einen Weg finden, mit ihr zusammen zu sein, denn ich musste dieses blasse Gesicht so dringend fotografieren, wie ich noch nie etwas hatte fotografieren wollen.

Es mag dir angesichts der Bilder, mit denen ich berühmt geworden bin, geradezu unglaublich erscheinen, aber bevor ich ihr begegnet bin, habe ich am liebsten Blumen und Sonnenuntergänge fotografiert.

Man stelle sich das mal vor. Sonnenuntergänge ... in Schwarz-Weiß! Ich bin immer wieder gefragt worden, was den Anstoß für meine Porträtfotografien gegeben hat, und ich habe mich stets vor einer Antwort gedrückt, denn ich wollte nicht an deine Mutter denken, weil so viel Schuld damit verbunden war. Aber dir verrate ich es jetzt. Diese Begegnung an einem Montag Mitte Mai hat den Grundstein für meine Karriere gelegt.

Zuerst aber standen wir nur stumm zwischen den Laken, die schlapp herunterhingen und die mit ihrem penetranten Kernseifengeruch den der Apfelblüten verdrängten.

»Holen wir den nächsten Korb?«, fragte sie und wandte mir ihr Gesicht zu.

Doch bevor ich in der Lage war, ein Wort hervorzubringen, wurden die Laken beiseitegerissen wie Theatervorhänge.

Wir schraken zusammen, denn beim Nichtstun erwischt zu werden, zog für jeden drastische Strafen nach sich.

Zum Glück war es nicht Schwester Gertrud, sondern Onkel Lorenz, der Schleicher, der uns enttäuscht anstarrte, weil es ihm nicht gelungen war, uns bei irgendeiner Schandtat zu ertappen. Als Schandtaten galten Nichtigkeiten wie das Stibitzen von Beeren oder Äpfeln aus dem Garten. Ein bisschen Schmutz auf der Sonntagsschürze. Oder Müßiggang. Das war das Schlimmste, wobei man erwischt werden konnte.

Sie erschrak viel mehr als ich, sie kannte ihn ja noch nicht. Der Schleicher war einer der beiden Erzieher und seine Spezialität war ›Schleichen im Namen des Herrn‹.

Außer Onkel Lorenz gab es noch Onkel Karl. Er tröstete im Namen des Herrn. Sie waren neben dem Pfarrer und dem Arzt, der uns einmal wöchentlich untersuchte, die einzigen Männer in dem Haufen schwarzer Krähen. Die Diakonissen brüsteten sich mit ihnen wie mit Nobelpreisträgern, denn durch sie galt ihre Anstalt als geradezu gewagt fortschrittlich. Aber ich verabscheute sie noch mehr als die Schwestern. Die Schwestern waren in ihrer Grausamkeit berechenbar, die beiden Männer nicht. Vielleicht weil sie selbst noch so jung waren, kaum zwanzig. Karl, der Tröster, wartete, bis eine von uns bestraft wurde, dann kam seine große Stunde. Sanft legte er seine Hand auf unsere Zöpfe oder wischte eine Träne weg und tröstete uns mit freundlichen Worten. Sogar ich ließ es geschehen. Jede von uns hungerte nach Zuwendung.

Die Feiglinge hätten all den Wahnsinn, der dann geschah, verhindern können, aber sie haben ihre Sonderstellung nur für ihre eigenen Vergnügen benutzt, ihnen fehlte der Mumm.

Onkel Lorenz war also enttäuscht, uns nichts vorwerfen zu können, und beschränkte sich darauf, uns zurück in die Waschküche zu scheuchen. Während wir ihm folgten, wurde mir klar, dass ich noch nicht mal ihren richtigen Namen wusste, und ich fragte sie.

»Agnes«, sagte sie und es kam so verwundert heraus, als ob sie es selbst kaum glauben könnte. Später, als es mir gelang, öfter in ihrer Nähe zu sein, wurde mir klar, woran das lag. Niemand nannte sie Agnes, denn der einzige Name, mit dem sie bei denen im Heim gerufen wurde, war »Dreckstück« oder auch »dummes Dreckstück«.

7. Kapitel

Jemand sitzt neben mir auf der Bettkante und beobachtet mich. Ich höre den Atem und spüre die Wärme, die von der Person ausgeht, und noch im Aufwachen frage ich mich, warum ich so genau betrachtet werde. Es erinnert mich an Mam, die mich manchmal lange angeschaut hat, wenn sie glaubte, ich würde schlafen.

Doch meine Mutter ist tot und genau deshalb bin ich hier. Ich reiße die Augen auf und mein Blick fällt auf Sophias Haare, die in der Sonne leuchten. Aber das ist auch das einzig Schöne, was die Sonne zum Vorschein bringt. Jetzt im Tageslicht wirkt unser Zimmer mit seinen abgeschrammten Metallbetten, den militärisch gefalteten Wolldecken, den Wänden mit den verblichenen blassgelben Rosenknospentapeten und dem bröckelig grauen Linoleumboden wie ein Waisenhausschlafsaal aus dem neunzehnten Jahrhundert. Über der Tür hängt eine goldene Maria, die mit Spinnenweben überzogen ist.

Ich setze mich auf. »Sophia! Was machst du hier auf meinem Bett?«

Sophia lächelt mich vielsagend aus ihren graublauen Augen an und steckt eine Haarsträhne hinter ihr Ohr. »Ich wollte herausfinden, warum du mir so bekannt vorkommst, und dich dann wecken.« Unvermittelt setzt sie hinzu: »Ich gehe runter duschen. Kommst du nach?«

Schlagartig fällt mir alles wieder ein, die Geräusche in der Nacht, die abgeschlossene Tür im Bad, Philipp und sein Ausraster auf die Frage hin, weshalb er hier ist. Die Nische mit Mams Foto und der hässliche Rosenkranz von heute Nacht.

»Nein, warte, ich komme mit.« Auf keinen Fall gehe ich allein in diesen Keller.

Sophia scheint überrascht zu sein und irgendwie habe ich den Eindruck, ihr wäre es lieber, wenn ich später nachkomme. Aber ich gebe ihr keine Chance. Schnell packe ich meine Waschsachen und folge ihr durch das Treppenhaus, in dem jetzt schon die schwüle süßliche Luft unter den Säulengängen hängt, wie der Geruch von matschigen Bananen über einem Komposthaufen.

Sophia summt gut gelaunt vor sich hin. Manchmal unterbricht sie ihr Summen, um mich zu fragen, woher ich komme, ob ich einen Freund habe und ob ich mir das *Transnational Youth Foundation Camp* auch ganz anders vorgestellt habe.

Ich gebe nur einsilbige Antworten, weil meine Gedanken immer noch um letzte Nacht kreisen und die Frage, wie ich meine Suche angehen soll. Es gibt zwar schon einige Anhaltspunkte, aber ich weiß trotzdem nicht, wo ich anfangen soll.

Wenigstens ist es jetzt hell und einige meiner Ängste von gestern erscheinen mir angesichts der Sonnenstrahlen, die schräg durch das Treppenhaus fallen und Tausende von Staubkörnchen zum Tanzen bringen, fast ein bisschen albern.

Das ändert sich allerdings, als wir in den Keller kommen. Die Sonne ist hier nur eine ferne Erinnerung, stattdessen wirft das flackernde Licht finstere Schatten auf die staubigen, schlecht behauenen Wände. Unsere Stimmen verebben dumpf im Gewölbe, die Luft wird kälter und riecht nach feuchten Lappen. Und wieder bin ich mir sicher, dass hier etwas grundlegend faul ist.

Während Sophia duscht, entwirre ich meine langen blonden Haare, kämme sie und binde sie zu einem Pferdeschwanz. Dann putze ich meine Zähne an dem langen scharfkantigen Emaillebecken mit den tropfenden Wasserhähnen.

»Ich bin gleich fertig!«, ruft Sophia aus der Dusche und erst dann fasse ich mir ein Herz, gehe um die Ecke und schaue nach den Toilettentüren. Alle drei sind unverschlossen.

Natürlich. Was habe ich anderes erwartet?

Systematisch durchsuche ich die mittlere und dann noch die beiden anderen Kabinen, aber in keiner finde ich etwas Ungewöhnliches. Was hast du geglaubt, Emma, dass dir ein geheimnisvoller Unbekannter eine Nachricht hinterlassen hat?

Trotzdem überprüfe ich die mittlere Kabine ein zweites Mal, doch wieder ohne Ergebnis. Nachdenklich gehe ich um die Ecke zurück in den Hauptraum. Ich muss mir etwas überlegen, ein System, einen Plan, irgendwas, um voranzukommen.

Die Dusche vor mir ist leer, Sophia ist verschwunden. Es tropft noch vom Duschkopf auf das Wasser, das in der Sitzbadewanne steht, weil der Abfluss verstopft ist.

»Sophia?«

Keine Antwort.

Ist sie schon hochgegangen? Mein Blick fällt auf den Hocker neben der Duschkabine. Ihre Kleider sind alle noch da.

Schlaf-T-Shirt und Slip, daneben ein frisches T-Shirt, neue Unterwäsche und ein Jeansrock.

Ich verstehe das nicht. Sie ist doch nicht der Typ, der nackt durchs Treppenhaus läuft. Vielleicht hat sie etwas vergessen und hat sich nur schnell das Handtuch umgeschlungen? Ja, das muss es sein, denn das Handtuch fehlt tatsächlich.

Beruhigt stelle ich mich unter die Dusche, laufe dann rasch nach oben, nur raus aus dem Keller, und streife mir anschließend frische Klamotten über. Von Sophia fehlt immer noch jede Spur, aber vermutlich ist sie schon unten im Esssal.

Doch als ich den Raum betrete, der im Morgenlicht wie eine abgetakelte Diva aussieht, die ihre besten Tage schon lange hinter sich hat, werde ich enttäuscht.

Sophia ist nicht hier.

Als Einzige. Nein, korrigiere ich mich, Sebastian ist auch nicht da.

»Wo ist Sophia?«

»Keine Ahnung«, nuschelt Tom. Er kaut an seinem Müsli.

»Aber sie hat doch schon längst geduscht und oben im Schlafsaal ist sie auch nicht mehr.«

»Sie wird schon kommen!« Nicoletta nimmt einen Schluck aus ihrem Glas.

Ich sehe den Kleiderhaufen von Sophia in der Dusche vor mir und habe wieder so ein komisches Gefühl.

»Wir sollten sie suchen! Das letzte Mal hab ich sie unter der Dusche gesehen, aber als ich nach ein paar Minuten zurückkam, war sie weg.«

Becker wird aufmerksam. »Vielleicht ist sie draußen und macht vor dem Frühstück einen Spaziergang? Das Wetter ist herrlich.« Er wirft einen Blick durch die vergitterten Scheiben, die dringend geputzt werden müssten. Eine Tür führt zu einer baufälligen Terrasse, ein Schild warnt vor dem Betreten.

»Aber ihre Klamotten waren alle noch da.«

Tom zieht die Stirn kraus. »Komisch.«

Philipp stellt seinen Kaffeebecher ab. »Ja, in der Tat merkwürdig. Du hast recht, wir sollten sie suchen. Kommt.« Sein Gesicht wirkt offen, sogar ein bisschen besorgt, nichts erinnert mehr an seinen Wutausbruch heute Nacht in der Küche.

Auch Tom steht auf. »Okay, und wo fangen wir an?«, fragt er, während wir in den Flur laufen.

»Im Keller«, schlage ich vor. »Vielleicht hat sie sich in einem der vielen Gängen verirrt.« Genau das ist mir auch passiert. Ich suche Philipps Blick, aber er beachtet mich nicht. Stattdessen scheint er ganz in seinem Element zu sein, denn er reißt das Kommando an sich, geht voraus und schlägt unten vor, dass Tom und ich die linke Seite des Kellerganges übernehmen und er die rechte Seite.

Ich erwarte, dass Tom protestiert, einfach nur um klarzustellen, dass er sich nicht rumkommandieren lässt, aber Tom nickt nur und wir verabreden, dass wir uns in einer Viertelstunde wieder hier an der Steintreppe treffen. Die einzige Uhr, die ich besitze, ist in meinem Handy, aber Tom und Philipp haben eine Armbanduhr.

Diesmal übernehme ich die Führung. Über unseren Köpfen verlaufen jede Menge knackende Leitungen und gurgelnde Röhren, es sind so viele, als ob sie die Versorgung eines Wolkenkratzers sicherstellen müssten. Aber die Geräusche von gestern Nacht haben sich anders angehört.

Wenn ich mit Philipp gegangen wäre, hätte ich ihn auf gestern Nacht ansprechen können, schießt es durch meinen Kopf.

»Warum bist du eigentlich hier?«, frage ich stattdessen Tom, während wir die Seitengänge absuchen und ein Gatter nach dem anderen öffnen und nach Sophia rufen.

»Wegen meines Dads.« Er kichert, was mir eine Gänsehaut über den Rücken treibt.

Das kann doch nicht sein! Nach Philipp jetzt auch noch Tom. Was meinen sie bloß damit?

»Das verstehe ich nicht.«

Tom hält inne und sieht mich mit einem schiefen Grinsen an.

»Na, mein Dad hat das eingefädelt. Oder sehe ich aus wie jemand, der in eins der Qualifikationscamps der *Transnational Youth Foundation* eingeladen wird?«

»Klar«, lüge ich und hoffe, er merkt es nicht.

»Unsinn. Die wollen doch nur stromlinienförmige Philipps und Sebastians, nicht solche wie mich.«

»Du bist okay.« Ich lege meine Hand auf seinen Arm. Wir bleiben in dem schummrig beleuchteten Gang stehen und sehen uns an. Er hört auf, mit seinem Kopf zu wackeln, und sein Gesicht wirkt plötzlich wie in Marmor gehauen.

»Mein Dad ist da anderer Meinung. Seine Töchter aus der ersten Ehe sind Genies. Sie können auch auf Phönizisch, Uigurisch und Bhutanesisch einen Latte macchiato bestellen. Aber nicht nur das, sie sehen auch noch aus wie Filmstars.«

»Hört sich schrecklich an«, erwidere ich. »Aber ich kapier trotzdem noch nicht, wieso du hier bist.«

Er seufzt. »Du musst wissen, ich hab mich gar nicht beworben. Warum auch?« Tom leuchtet in den nächsten Gang, aber auch der ist leer. »Mein Vater muss das mit der Bewerbung mal wieder gedeichselt haben, er macht ständig solche Sachen hinter meinem Rücken. Jedenfalls bekam er die Nachricht, ich wäre unter Tausenden von Jugendlichen für die Qualifikation ausgewählt worden. Mein Vater war plötzlich wie ausgewechselt. Er hat etwas von Stolz auf den Sohn gefaselt und so. Und meine Mutter ...«, Tom beißt sich auf die Lippen, »... meine Mutter war einfach nur erleichtert, dass mir auch mal was gelungen ist und nicht immer nur meinen Stiefschwestern.« Er schluckt ein paar Mal, dann räuspert er sich. »Es hätte ihr das Herz gebrochen, wenn ich nicht gefahren wäre.«

»Das kenne ich.«

»Verlangt dein Vater auch so viel von dir?«

Ich schüttele den Kopf. »Mein Vater ist vor meiner Geburt gestorben. Er hat für *Ärzte ohne Grenzen* gearbeitet.«

»Ärzte ohne Grenzen!« Tom starrt mich an. »Mein Vater hat nach dem Studium auch für *Ärzte ohne Grenzen* gearbeitet. Er hat in Ostafrika eine Aidsstation aufgebaut. Vielleicht haben sich dein Dad und meiner gekannt. Wie hieß dein Vater denn?«

»Charles-Philippe Chevalier.« Ich bin wie elektrisiert. Gibt es hier vielleicht eine Verbindung? Was, wenn der Tod meiner Mutter mit etwas zusammenhängt, das meinen Vater betrifft? Wenn es da in der Vergangenheit etwas gibt, was sie mir verschwiegen hat? Denn Mam hat mir immer nur die gleichen Geschichten über ihn erzählt. Und als ich klein war, habe ich sie geliebt, wollte sie immer und immer wieder hören, und wehe, sie änderte auch nur ein einziges Wort. Aber als ich älter wurde, hätte ich auch gern andere Geschichten gehört, nicht nur diese märchenhaften Abenteuer. Ich hatte im Netz recherchiert, doch war auf so gut wie nichts gestoßen.

»Emma! Tom! Kommt schnell!«

Es ist Philipps Stimme, die mich aus meinen Gedanken reißt, und sie klingt alarmiert. Tom und ich sprinten gleichzeitig los.

Philipp läuft uns völlig außer Atem entgegen, in der Hand hält er einen kleinen Gegenstand, der sogar in diesem Dämmerlicht rot funkelt.

»Sophias Handy! Wo hast du denn das gefunden?«, frage ich.

»Das war in einem Eiskeller dahinten!« Er zeigt in einen Gang, der nur mit einem Weidengitter versperrt ist.

»Aber Nicoletta hat uns die Handys doch abgenommen.« Tom schüttelt ungeduldig den Kopf. »Das sagt nichts darüber aus, wo Sophia ist. Warst du auch in den Waschräumen?«

»Nein«, antwortet Philipp. »Hat Emma nicht gesagt, Sophia hätte schon längst geduscht?«

Ich nicke. »Aber sie war von jetzt auf gleich aus dem Waschraum verschwunden. Vielleicht ist sie doch noch einmal zurück, um ihre Klamotten zu holen.«

»Wir schauen nach«, entscheidet Tom und ich staune, wie pragmatisch er sein kann, davon sollte ich mir eine Scheibe abschneiden. »Und dann nichts wie hoch zu Nicoletta. Die wird uns schon sagen, was mit dem Handy ist.«

Auf den ersten Blick sieht im Damen-Waschraum alles noch genauso aus wie vorhin. Ich will gerade den Jungs Sophias Kleiderhaufen zeigen, da fällt mir auf, dass die Tür zur Duschkabine geschlossen ist. Dabei weiß ich ganz genau, dass ich sie offen gelassen habe. Meine Nackenhaare stellen sich auf und ich bin sehr froh, dass ich nicht allein hier bin.

Zögernd gehe ich zur Tür, öffne sie und beginne fast unmittelbar zu zittern.

Nacktes Fleisch hängt da über den Wannenrand, eine blasse Hand mit Ring am Mittelfinger, es ist wie ein schreckliches Déjà-vu. Ich taumele einen Schritt zurück gegen Philipp und nehme erst jetzt den Rest wahr.

Die Hand gehört zu einem Körper, der leblos in der Wanne liegt. Sophia. Sie ist nur mit einem Handtuch bedeckt. Ein Tuch ganz ähnlich dem, das über die Leiche gebreitet war, die ich nach Mams Unfall identifizieren sollte.

Ich höre ein merkwürdig rasselndes Geräusch, irgendetwas zwischen einem Wimmern und Röcheln, und in dem Moment, als ich registriere, dass es von mir kommt, wird mir schwarz vor Augen.

8. Kapitel
Sieben Wochen zuvor

Das Schlimmste war nicht der Moment, als die Polizisten an der Haustür standen und mir von Mams Unfall erzählten. Daran kann ich mich bis heute kaum erinnern, weder an ihre Worte noch ob an dem Tag die Sonne geschienen hatte oder es regnete. Stattdessen ist da ein einziges gnädiges Rauschen in meinem Kopf. Das Schlimmste kam erst danach und das steht mir so klar vor Augen wie ein Kinofilm in HD.

Zwei Polizisten hatten mich abgeholt, damit ich die Leiche identifiziere. Es waren eine Frau und ein Mann, die an meiner Tür klingelten, beide in Uniform. Sie waren sehr freundlich und brachten mich mit einem Streifenwagen zur Pathologie. Der Mann roch nach Zigaretten und die Frau kaute Kaugummi, sehr dezent, aber ununterbrochen. Als ich die Tür öffnete, als wir hinuntergingen, als wir losfuhren, als wir dort ankamen. Die ganze Zeit arbeiteten sich ihre Kiefer an dem Kaugummi ab.

Und jedes Mal, wenn sie zubiss, kam es mir so vor, als ob sie sagen würde, das Leben geht weiter. Es geht weiter, so ist es nun mal, finde dich damit ab.

Zuerst war ich nur wütend, dann liefen mir auf einmal Tränen über das Gesicht, aber das war, bevor sie mir die Leiche gezeigt hatten.

Wir fuhren mit dem Aufzug in den Keller, liefen durch zwei lange, braungelb geflieste Flure, in denen unsere Schritte laut widerhallten. Schließlich landeten wir vor einer Tür aus Stahl.

Die Polizistin legte mir die Hand auf die Schulter und schob mich in einen Raum. Hier war alles kalt, das blaue Linoleum auf dem Boden, die Wände, die hüfthoch mit fleckenlosem Edelstahl verkleidet waren, sogar das gnadenlose Licht der Neonröhren. Ich begann zu frieren.

Es roch nach einer Mischung aus Nagellackentferner und Spiritus und komischerweise drang von irgendwoher auch der Geruch von Bratkartoffeln an meine Nase.

Die Polizistin roch es auch, unterbrach ihr Kauen und murmelte entschuldigend etwas von Klimaanlagen und der Kantine im zweiten Stock.

Dann rollte ein Mann im weißen Kittel eine Bahre herein und ich wusste sofort, dass das gar nicht Mam sein konnte. Mam war zierlich und klein, kein solches Gebirge! Nie und nimmer!

Die Polizistin nickte dem Mann zu und er zog das Tuch vom Gesicht weg. Einfach so, als würde es sich um ein Denkmal handeln, das enthüllt würde, aber ich hatte noch nie zuvor einen toten Menschen gesehen und war wie gelähmt.

Das war nicht meine Mutter, aber wer war es dann?

»Wissen Sie, wer das ist?«, fragte die Polizistin.

Ich schüttelte den Kopf, unfähig zu sprechen. Nicht meine Mutter, es war nicht meine Mutter, hämmerte es in meinem Kopf. Jetzt wurde mir auch klar, dass die Polizisten das sehr genau gewusst haben mussten.

Die Frau war dick, sehr blass und ihre von Altersflecken gesprenkelte Kopfhaut schimmerte durch ihre dünnen weißen Haare. Sie musste mindestens dreißig Jahre älter sein als meine Mutter. Ich fing an, Hoffnung zu schöpfen.

»Nein, diese Frau habe ich noch nie gesehen. Bedeutet das, meine Mutter lebt noch und sie hatte gar keinen Unfall?«, fragte ich und konnte kaum gegen den Kloß in meinem Hals anreden.

Die Polizistin antwortete mit einem Seufzer. »Es war eindeutig das Auto Ihrer Mutter, das von der Brücke gestürzt und im See gelandet ist. Aber ihre Leiche haben wir bis jetzt nicht gefunden.«

»Dann war Ihnen von vornherein klar, dass es sich gar nicht um meine Mutter handeln konnte? Und Sie haben mir nichts gesagt?« Ich musste mich hinsetzen. Ich schaute mich nach einem Stuhl um, aber da war keiner.

»Es tut mir leid. Wir wollten wissen, ob Sie diese Frau kennen. Sie wurde in dem Wrack im See gefunden.«

Ich merkte, wie meine Angst sich in Wut verwandelte. »Und wenn meine Mutter doch noch lebt?«, schrie ich die Polizistin an. »Haben Sie wirklich alles abgesucht? Was, wenn sie ans Ufer geschwommen ist? Und jetzt irgendwo herumirrt? Sind Sie schon mal auf den Gedanken gekommen?«

Sie schaute mich nur an. Natürlich waren sie auf den Gedanken gekommen.

»Die Hundestaffeln haben das ganze Gebiet durchkämmt«, sagte sie. »Wir vermuten, dass Ihre Mutter nicht angeschnallt war. Die Fahrertür stand offen. Es kann gut sein, dass sie bereits beim Sturz von der Brücke aus dem Auto geschleudert wurde. Unsere Taucher sind nach wie vor im Einsatz, auch wenn die Strömung und die Tiefe Faktoren sind, die eine Bergung schwer machen. Mein Kollege wird Sie nachher auf den neusten Stand bringen. Wir können Ihnen aber versichern, dass wir nicht aufgeben werden.«

Sie konnten mir das versichern? Sie konnten mir versichern, dass sie mir Mams Leiche präsentieren würden? Wie schön für mich.

Die Polizistin ließ mich nicht aus den Augen. »Könnten Sie bitte noch den Ring anschauen, den diese Frau trägt? Haben Sie den irgendwo schon einmal gesehen?«

Am liebsten wäre ich weggerannt und hätte diese gefühllose Person einfach stehen lassen, aber meine Füße bewegten sich nicht. Und so musste ich auch noch den schlichten silbernen Kreuzring betrachten, den die Tote an ihrem kleinen, dicken, gelblichen, geradezu wachsartigen Finger trug.

Plötzlich hatte ich das Gefühl, dass ich mich übergeben musste. Die Polizistin reagierte überraschend schnell, sie fragte nicht lange, sondern nahm mich an den Schultern, schob mich aus dem Raum und hinein in einen nächsten, wo sich eine Toilette befand. Ich hastete in eine Kabine und klappte den Klodeckel hoch, würgte ein paar Mal trocken, aber es kam nichts heraus. Ich wusste nicht, wie lange ich dort auf dem klinisch sauberen Fußboden kniete, jedenfalls war ich der kaugummikauenden Polizistin dankbar, dass sie mir nicht auch noch in die Kabine hinterherkam, um mich dort weiter zu befragen.

Irgendwann rappelte ich mich auf, ging zum Waschbecken und schaufelte mir Wasser ins Gesicht. Mein Spiegelbild sah bleich aus, die blonden Haare waren strähnig, ich hatte sie ewig nicht gewaschen. Mam hätte nicht gewollt, dass ich so rumlief.

Wo bist du, fragte ich in den Spiegel, Mam, wo bist du?

Mir wurde schwindelig und ich musste mich am Becken festhalten. Nach einiger Zeit kam die Polizistin herein und führte mich nach draußen in einen Vorgarten zu einer Bank, wo sie sich mit mir hinsetzte. Voller Dankbarkeit bemerkte ich, dass sie den Kaugummi in der Zwischenzeit ausgespuckt hatte.

»Es tut mir leid, dass wir Ihnen das angetan haben«, erklärte sie. »Aber wir müssen wissen, wer diese Frau ist. Wir haben ihre Leiche im Auto Ihrer Mutter gefunden. Sie hat auf dem Beifahrersitz gesessen. Aber niemand scheint sie zu vermissen.«

Am liebsten hätte ich ihr ins Gesicht geschleudert, wie egal mir diese Alte war, bringt mir meine Mutter wieder her, hätte ich gern geschrien, aber ich bemühte mich um Beherrschung.

»Mam war eine Art Mutter Teresa«, brachte ich hervor. »Diese Frau im Auto könnte praktisch jeder sein. Jemand aus dem Krankenhaus, eine Besucherin, eine Obdachlose ... meine Mutter hat immer alles Mögliche für Fremde getan. Sie im Auto mitzunehmen, war noch das Harmloseste.«

Schon während ich sie aussprach, schämte ich mich für meine Worte, aber ich konnte sie jetzt auch nicht zurücknehmen. Wie oft hatte mich dieser Zug an meiner Mutter genervt. Wir selbst hatten nie genug Geld, aber bei uns gingen sie alle ein und aus, meistens Alte und Kranke, die Mam im Krankenhaus kennenlernte, manchmal auch Drogenabhängige oder Obdachlose.

Die Polizistin notierte sich all das und dann holte sie noch ihren Kollegen. Wie angekündigt wollte er mich auf den neuesten Stand bringen, aber nichts daran war neu. Auch er sprach von Hundestaffeln, die am Ufer eingesetzt worden waren, und Tauchern. Ich versuchte noch einmal einen kläglichen Einwand, von wegen, dass das Auto meiner Mutter doch gestohlen worden sein könnte und sie gar nicht drin gewesen war, merkte aber selbst, wie unlogisch das war. Schließlich war sie zum gleichen Zeitpunkt verschwunden.

Ich musste dem Polizisten zugutehalten, dass er wirklich geduldig war. Auch er schien ein schlechtes Gewissen zu haben, dass sie mich bewusst getäuscht hatten. Ich konnte fühlen, wie gern er mir Hoffnung gemacht hätte.

Stattdessen musste er mir erklären, dass es von der Tiefe des Sees abhing, ob er eine Leiche wieder freigab oder nicht. Je tiefer ein Körper sank, desto höher war der Wasserdruck, der das Auftauchen verhinderte. Wasserleichen kamen zwar wieder hoch, wenn durch die Verwesung Gase entstehen, aber nur bis zu einer Wassertiefe von fünfzehn bis zwanzig Metern.

Nachher zu Hause googelte ich so lange Wasserleichen, bis ich mich doch noch übergeben musste, und als ich mich schließlich in Mams minzgrüne Kammer verzog, stand mir nicht ihr vertrautes Gesicht vor Augen, sondern der Ring, den diese alte Frau getragen hatte. Mit einem Mal wurde ich furchtbar wütend auf diese Unbekannte, die nicht in der Tiefe des Sees verschwunden war. Und dann schlich sich zum ersten Mal der Gedanke in meinen Kopf: Was, wenn es meine Mum extra getan hatte? Was, wenn sie mich bewusst allein gelassen hatte?

9. Kapitel

Sophia geht es bestens. Sie sitzt quicklebendig neben Nicoletta im Esssaal und sieht frisch aus wie immer, nur ihre Pausbacken sind noch dicker als sonst, weil sie einen Toast nach dem anderen in sich hineinstopft. Ob vor Aufregung oder vielleicht doch aus schlechtem Gewissen, kann ich nicht genau sagen.

Mir hingegen ist immer noch sehr flau, in meinem Magen rumort es und ich weiß, dass ich keinen Bissen herunterbekommen werde. Bestimmt war ich nur einige Sekunden ohnmächtig, trotzdem fühle ich mich wie von einem anderen Stern, verwirrt und meiner Haut beraubt und als ob äußere Dinge direkt in mein Inneres vordringen könnten.

Alles um mich herum scheint zu mir zu sprechen, die Engelsköpfe auf dem Stuck in den Ecken des Saals schauen mich mit ihren toten Augen an, als würden sie mich um Hilfe anbetteln.

Sophias Handy, das Philipp vor Becker auf den Tisch gelegt hat, schillert und blinkt mich flehend an, gefrorene Blutstropfen, die von mir gewärmt werden wollen. Der

Holztisch unter meinen Händen vibriert und in meinen Ohren rauscht es:

Es war ein Test. Es war ein verdammter Test und eine abgekartete Sache. Sophia hatte von Nicoletta gestern Abend die Aufgabe bekommen, sich heute Morgen zu verstecken, und möglichst so, dass einer von uns ihr Verschwinden bemerkt. Es hatte mich getroffen. Vielleicht war es ja die Vorbereitung für dieses Theaterstück, das mir gestern Abend im Waschraum so merkwürdig vorgekommen ist.

»Ihr habt das großartig gemacht«, hat Becker gelobt, als wir zusammen aus dem Keller wieder nach oben gekommen sind. Die beiden Jungs hatten mich zwischen sich genommen, vermutlich aus Angst, dass ich wieder umkippte. Sophia hatte uns beschworen, sie nicht zu verraten, denn ihr kleines Theaterstück in der Wanne war nicht Teil der Aufgabe gewesen, sondern auf ihrem Mist gewachsen.

»Noch einmal zu vorhin. Ist euch aufgefallen, wie ihr als Gruppe agiert habt?« Becker steht jetzt auf und sieht auf uns herunter. Er trägt im Gegensatz zu Nicoletta, die in Jeans und Top gekleidet ist, eine graue Anzughose und ein weißes Hemd, was gut zu ihm passt. Damit strahlt er so etwas aus wie Autorität, oder nein, es wirkt vertrauenswürdig. Bestimmt hat er in seinem Psychologiestudium gelernt, wie man Patienten Vertrauen einflößt. Aber ich nehme mir vor, hier niemandem zu vertrauen.

»Das ist ein positives Zeichen, wenn die Gruppenbildung schon so früh beginnt«, fährt er fort.

»Finden Sie solche Tests fair?«, bricht es aus mir heraus

und ich denke daran, wie Sophias Hand über dem Badewannenrand hing.

»Fair?« Nicoletta lächelt. Sie ist perfekt geschminkt. »Emma, hier geht es nicht um Fairness. Es geht darum, dass ihr euer eigenes Handeln kennenlernt. Eure spontanen Reaktionen, euer Verhalten anderen gegenüber.«

»Und was, wenn wir das gar nicht wollen?«, wende ich ein.

Becker übernimmt die Antwort. »Ihr alle habt genug über TNY gelesen und wisst, wie das Auswahlverfahren läuft. Aus Deutschland dürfen nur acht Leute nach Sydney reisen, insgesamt haben wir aber über hundert Bewerber. Allein hier in Bayern gibt es vier Teams wie das eure, eins davon im Nachbartal. Und ja, unsere Tests sind nicht ohne. Ihr steht vor großen Herausforderungen. Aber Leute«, er nimmt seine Brille ab, »das hier ist kein Zwang, okay? Wir haben größtes Verständnis, wenn jemand von euch aufhören möchte. Aber er sollte diese Entscheidung jetzt treffen, um den anderen in der Gruppe die Chance nicht zu nehmen. Wer bleibt, erklärt sich damit einverstanden, durch dick und dünn mit der Gruppe zu gehen.«

Unbehagliches Schweigen breitet sich aus, sogar Sophia wird etwas blasser und starrt auf ihr Handy, das immer noch auf dem Tisch liegt.

Auch wenn meine Gedanken von dem Schock vorhin so träge durch meinen Kopf wabern wie die Blasen in einer Lavalampe, weiß ich eins ganz sicher: Ich gehe hier erst weg, wenn ich Antworten habe.

Endlich durchbricht Sophia das Schweigen. »Müssen wir Kakerlaken essen oder Spinnen über unsere nackten Körper laufen lassen wie im *Dschungelcamp?«*

Nicoletta und Dr. Becker wechseln einen belustigten Blick.

»So einen Unsinn machen wir hier nicht«, sagt Becker. »Natürlich geht es auch an körperliche Belastungsgrenzen. Aber die Überwindung von Ekel? Sinnlose Zeitverschwendung. Wenn wir uns hier körperlich engagieren, dann wird dabei immer etwas Positives herausspringen, für die Gemeinschaft der Gruppe oder für euch persönlich. Und wir Betreuer sind jederzeit dabei, um notfalls die Reißleine zu ziehen.«

Nicoletta nickt. »Das schwächste Glied der Gruppe bestimmt ihre Stärke.« Sie erhebt ein bisschen die Stimme. »Und wir wollen gewinnen, oder nicht? Seid ihr dabei?«

Philipp fängt an zu klatschen und Tom fällt ein. Sophia tut es ihm nach und ich denke daran, dass ich sie unterschätzt habe. Nie hätte ich ihr zugetraut, dass sie sich nackt in die Wanne legt und eine Tote spielt. Warum tut sie so was? Vielleicht hat sie heute Nacht auch nur den süß schlafenden Engel gespielt und mir in Wahrheit das Foto untergeschoben. Und wie ist ihr Handy in den Eiskeller gekommen? Aber das hatte ja eigentlich Nicoletta. Die hat nicht mal mit der Wimper gezuckt, als Philipp es vorhin auf den Tisch gelegt hat. Dann hat das Ganze sicher zu dem Plan gehört, den sie gestern ausgeheckt haben, bevor ich gekommen bin.

Sie klatschen alle, weil sie gewinnen wollen. Jetzt klatschen sie auch viel enthusiastischer als bei meiner Ankunft gestern Abend, mit sehr viel mehr Gefühl und ich fürchte, ich muss schleunigst mitmachen, wenn ich nicht auffallen will. Auch wenn für mich Gewinnen etwas ganz anderes heißt als für sie. Ich falle in ihren Applaus ein und mustere jeden Einzelnen von ihnen. Ich gewinne nur dann, wenn ich herausfinde, wer von ihnen hier ein falsches Spiel spielt. Und wenn man dem Album glauben darf, geht es nicht nur um einen, sondern um mehrere. Die Mörder deiner Mutter. Also kann ich weder den Betreuern noch den Teilnehmern vertrauen, alle könnten darin verwickelt sein. Deshalb muss ich dafür sorgen, dass sie mir vertrauen, denn wenn sie sich in Sicherheit wiegen, werden sie vielleicht sorglos und machen Fehler.

Nach dem Frühstück räumen wir zusammen den Tisch ab und bringen das Geschirr in die altmodische Küche, in der es zwar einen gewaltigen Kühlschrank, aber keine Spülmaschine gibt. Auf den Unterschränken liegen dicke abgenutzte Holzbohlen, die an der großen Spüle unter dem vergitterten Fenster zum kleinen Obstgarten enden. Die Spüle besteht aus zwei mächtigen Keramikbecken, die mit weiß-blauen holländischen Kacheln gefliest sind. Viele der Windmühlen und Segelschiffe sind beschädigt oder stumpf, aber man kann sich vorstellen, wie schön diese Küche einmal gewesen ist.

Ich übernehme es, das fertig gespülte Geschirr in den alten Büfettschrank zu stellen. Das tue ich nicht ohne Grund, denn an dessen oberen Türen habe ich uralte Schwarz-Weiß-Fotos entdeckt, die mir schon gestern Abend aufgefallen sind. Sie sind mit Stecknadeln festgepinnt.

Auch Philipp hat sie bemerkt und betrachtet sie. »Schaut mal, was ist das denn?« Er deutet auf eins der Bilder, auf dem man Betten mit Rollen erkennt, die in Reihen auf der Straße stehen. Auf ihnen scheinen Kranke zu liegen.

Tom kommt näher. »Ich glaube, das sind Pilger. Vielleicht in Lourdes oder so.«

Sophia ruft von der Spüle her. »Hier hängt auch eins.« Ich laufe zu ihr hinüber und schaue auf eine Hand, die ein Brot schneidet. Mein Herz fängt an, schneller zu klopfen, und mein Hirn läuft plötzlich wieder auf Hochtouren.

Dicke Finger halten das Messer und ich erkenne den Ring am kleinen Finger sofort. Es ist genau der gleiche, den diese Fremde im Auto von Mam getragen hat.

Mir verschwimmt alles vor Augen, ich fühle, wie meine Beine zittern. Der Geruch der Pathologie steigt mir wieder in die Nase, Desinfektionsmittel vermischt mit dem Gestank von Bratkartoffeln. Ich bekomme kaum mit, dass die anderen sich längst wieder dem Abwasch widmen.

Die Tür klappt auf und Sebastian schlendert in die Küche. Er war nicht beim Frühstück, überhaupt habe ich ihn heute noch nicht gesehen. Er wirft mir einen aufmerksamen Blick zu und kommt dann sofort zu mir herüber.

»Emma! Was hast du? Ist etwas passiert?«

Sebastian kann ich überhaupt nicht einschätzen. Er ist viel jünger als Becker und Nicoletta, höchstens Mitte zwanzig, und die beiden sind eindeutig seine Chefs. Aber das scheint ihm nichts auszumachen, er strahlt dieses unerschütterliche Selbstvertrauen aus, das er schon gestern in der Dusche gezeigt hat – und das liegt bestimmt auch an seinem extrem guten Aussehen. Seine halblangen schwarzen Locken umrahmen sein gut proportioniertes Gesicht und betonen seine dunklen Augen. Und wenn er nicht so oft verschmitzt grinsen würde, hätte er etwas von einem Renaissance-Engel.

Vielleicht unterschätze ich ihn genau deshalb. Immerhin ist er Assistent von Dr. Becker. Vermutlich studiert er auch Psychologie und er scheint Talent zu haben, denn er hat als Einziger gemerkt, wie verstört ich bin. Oder er weiß etwas über mich, von dem die anderen keine Ahnung haben.

»Mit mir ist alles in Ordnung«, versuche ich, möglichst lässig zu sagen, dabei bebe ich vor Aufregung. »Ich hab nur diese Bilder entdeckt und mich gefragt, was sie zu bedeuten haben. War das hier oben mal ein Kloster?«

Sebastian lächelt mich an. »Solche Bilder gibt es im Haus überall«, erklärt er. »Vermutlich weil es lange Zeit im Besitz der Kirche war. Es ranken sich reichlich Geschichten um den Erbauer dieses Hauses. Einmal war es ein Kardinal, der Gelder aus Rom veruntreut hat, nachdem er dem Papst seine heimliche Geliebte ausgespannt hatte.« Er zwinkert mir zu. »Ein anderes Mal war es ein exkommunizierter Mönch, der durch eine Marienerscheinung einen Goldschatz gefunden haben will. Nicht weit von hier ist übrigens eine Marienkapelle, die zum Schloss gehört.« Er dreht sich zu den anderen um. »Ist ein schöner Weg da hoch.«

Er fängt an, den Pfad zu beschreiben, der direkt beim Schloss anfängt, aber ich bleibe noch einen kleinen Moment vor dem Bild stehen. Je länger ich das Foto anschaue, desto sicherer bin ich, dass es nicht nur der gleiche Ring ist, den die Tote im Auto meiner Mutter getragen hat, sondern auch die gleiche Hand. Und ganz bestimmt ist es kein Zufall, dass ich das Foto hier gefunden habe. Ich bin auf der richtigen Fährte, auch wenn ich noch immer keine Ahnung habe, wie ich vorankommen kann. Im Gegenteil, ich habe den Eindruck, dass alles ständig komplizierter wird. Mam war hier und diese Frau offenbar auch. Warum hat man sie in Mams Auto gefunden und nicht meine Mutter? Es könnte doch sein, dass Mam nicht tief unten im See liegt, sondern lebt. Hat die ganze Sache vielleicht doch etwas mit meinem Vater zu tun, über den ich so wenig weiß? Oder – jetzt kommt mir ein vollkommen neuer Gedanke –, was, wenn es gar nicht um die Mörder meiner Mutter geht? Sondern einfach nur darum, Mam zu finden?

Wer nicht lieb hat, der kennt Gott nicht; denn Gott ist Liebe. 1. Johannes 4.8

Agnes hatte keine Ahnung, wie das passiert war. Das war schändlich, das war ekelhaft. Zitternd, barfuß und nur im Nachthemd schielte sie unter der erhobenen Hand von Tante Gertrud zu all den anderen Mädchen hinüber, die sich schon hatten anziehen dürfen. Aber die starrten auf den Boden. Alle bis auf Martha.

Agnes betrachtete ihr nasses Bettzeug und wünschte sich, sie wäre tot. Aber das geht nicht, flüsterte ihr die Heilige Jungfrau zu, Agnes, das geht nicht. Es ist nur eine Prüfung. Agnes spürte die unendliche Güte der Heiligen Jungfrau und schöpfte Hoffnung.

»Also, rede endlich! Was hast du mir zu sagen?« Tante Gertrud kam noch näher zu ihr, die Hand zum Schlag weit ausgeholt.

»Ich, bitte, es tut mir leid.«

»Wie bitte? Ich kann dich nicht hören?«

»Es tut mir leid!« Sie gab sich alle Mühe, aber ihre Stimme bebte. Ihr war so kalt. Sie spürte ihre nackten Füße nicht mehr.

»Wie kann es sein, dass dein Nachthemd sauber ist, aber dein Bett ein Schweinestall? Wie machst du das, die Dreckstück?«

»Ich weiß es nicht«, flüsterte sie und verstand nicht, was Gertrud von ihr wollte.

»Was geht hier des Nachts vor?«, insistierte Gertrud.

»Nichts! Ich schwöre es bei der Heiligen Jungfrau!«

»Das wirst du schön sein lassen. Wir schwören nur auf die Bibel.«

»Aber die Heilige Jungfrau ...« Agnes wagte es, Gertrud ins Gesicht zu sehen. Was konnte an der Heiligen Jungfrau auszusetzen sein?

Gertrud holte aus und schlug ihr so heftig ins Gesicht, dass sie ins Taumeln geriet. Agnes hörte, wie die anderen Mädchen entsetzt Luft einsogen, aber niemand würde das Schweigen brechen, niemand wollte sich Gertruds Zorn zuziehen.

»Wage es ja nicht, Marias Namen in deinen sündigen Mund zu nehmen!«

Agnes biss sich auf die Lippen, um nichts Falsches mehr zu sagen. Ihre Wange brannte wie Feuer.

»Die Klosterschwestern haben nicht gelogen, als sie uns vor dir kleinen Teufelin gewarnt haben. Aber ich werde dir jede einzelne Flause austreiben. Und diese zuallererst. Unerbittlich. Hast du mich verstanden?« Gertrud wandte sich an die anderen. »Und das Gleiche gilt für euch!«

Agnes riskierte einen Blick über die Schulter von Gertrud, aber nur Martha sah ihr in die Augen und zwinkerte ihr ermutigend zu.

»Du bist nichts weiter als ein dummes Dreckstück. Ich wünsche, dass du diese Schweinerei beseitigst, dann wirst du zur Strafe den Boden hier im Schlafsaal wischen.« Gertrud wandte sich an Onkel Lorenz. »Kein Essen heute für Agnes. Wenn sie hier fertig ist, wird sie den Boden der Kapelle putzen und Buße tun für ihre teuflischen schmutzigen Fantasien.«

Agnes starrte auf ihre Füße. Immerhin durfte sie in die Kapelle. Wenn Gertrud wüsste, wie gern sie dort war, würde sie ihr auch das verbieten. Dort hatte Agnes den Rosenkranz ihrer Großmutter versteckt, den ihr Gertrud sonst längst weggenommen hätte.

»Sprich mir nach: Ich bin ein unfähiges Dreckstück!«

»Ich ...«, begann sie stockend, »... ich bin ein unfähiges Dreckstück.«

»Lauter!« Gertruds Hand hob sich wieder.

»Ich bin ein unfähiges Dreckstück.«

Diesmal gab es keine Ohrfeige. Stattdessen riss Gertrud ihr gesenktes Gesicht an ihren Haaren nach oben. Agnes biss sich auf die Lippen, um nicht zu schreien, denn das machte Gertrud nur noch wütender.

»Sieh mich gefälligst an, wenn ich mit dir rede!«

»Ja, Tante Gertrud.« Sie versuchte, Gertrud anzuschauen, aber der blanke Hass ließ sie die Lider sofort wieder senken. Zu spät. Gertrud zog wieder fest an ihren Haaren.

»Das wird dir eine Lehre sein. Wenn das noch einmal vorkommt, wirst du auf einer Plastikplane unten im Waschkeller schlafen. Allein!« Damit verließ sie das Zimmer und die anderen folgten ihr hastig.

Nur Agnes blieb zurück und zerrte mit zitternden Fingern die feuchte Decke von ihrem Bett. Sie hatte keine Ahnung, wie das passiert war. In Zukunft würde sie einfach die ganze Nacht wach bleiben. Und sie würde die Jungfrau Maria um Hilfe bitten, auch wenn das hier verboten war. Wäre sie doch bloß schon sechzehn! Dann könnte sie endlich dem christlichen Jungfrauenbund beitreten. Dieser Gedanke zauberte ein Lächeln auf ihr Gesicht. Bis dahin musste sie täglich ein Vaterunser und ein Ave Maria beten, um von Gott durch die Fürbitte der allerseligsten Jungfrau die Gnade der Beharrlichkeit im Guten zu erflehen.

Agnes schleppte das schmutzige Bettzeug in den Waschkeller, wo sich ihr Atem in weiße Wölkchen verwandelte. Mit ihren schmächtigen, aber muskulösen Armen begann sie, die Laken auszuwaschen. Doch je mehr sich der Stoff mit Wasser vollsog, desto schwerer wurde er, und sie schaffte es nicht, alles wieder auszuwringen.

Angst breitete sich in ihr aus und nahm ihren Körper in einen mächtigen Würgegriff. Sie hatte seit gestern Mittag nichts mehr gegessen, ihr war schlecht vor Hunger.

Du musst dich bessern, du darfst nicht so ein Dreckstück sein, du musst dich mehr anstrengen, es ist kein Wunder, dass dich niemand lieben kann, wenn du dich so benimmst. Du musst dich mehr bemühen, viel, viel mehr.

Sie begann zu beten. *Heilige Maria, Mutter Gottes*, hilf mir in der Stunde meiner Not ...

Ihre Übelkeit wich einem neuen Gefühl von Stärke, und während sie ihre klammen Fingerkuppen blutig schrubbte, wuchs in ihrem Herz die Gewissheit, dass Maria sie als Einzige niemals im Stich lassen würde.

Gerade als sie noch einmal versuchte, die Decke auszuwringen, hörte sie Schritte. Sie verdoppelte ihre Bemühungen, doch die Tür zum Waschkeller wurde so verstohlen und leise geöffnet, wie es Gertrud niemals einfallen würde.

Es war Martha, die hereinschlich.

»Für dich!«, sagte sie und hielt Agnes auf der ausgestreckten Handfläche eine dicke Scheibe Mischbrot mit roter Marmelade entgegen, deren Erdbeerduft Agnes sofort das Wasser im Mund zusammenlaufen ließ.

Trotzdem zögerte sie. Ängstlich sah sie zur Tür, doch dann konnte sie sich nicht mehr beherrschen. Sie packte das Brot und verschlang es in drei Bissen. Gleich darauf überfiel sie das schlechte Gewissen. Martha hatte es auf sich genommen, von Gertrud ertappt zu werden.

»Die Heilige Jungfrau schickt mich«, sagte Martha spöttisch, als hätte sie Agnes' Gedanken gelesen.

Agnes sah Martha so eindringlich an, dass die ihre Augen beschämt senkte.

»Es tut mir leid.«

Agnes schwieg.

»Ich war das. Ich habe die Decken vertauscht, um Gertruds Zorn zu entgehen. Mir war nicht klar, dass sie dich so hasst. Warum ist das so? Was hast du angestellt?«

Agnes blieb stumm. Was für eine teuflische Idee. So etwas würde ihr niemals einfallen. Von der sollte sie sich lieber fernhalten. Aber sie hatte schon so lange mit niemandem mehr gesprochen. Die anderen hatten Angst, mit ihr gesehen zu werden.

»Du darfst doch schon viel mehr als wir Übrigen«, flüsterte sie. »Warum tust du mir so etwas an?«

»Nur weil ich Fotos machen darf, denkst du, ich hätte es besser?«

Agnes nickte.

»Diese Fotografien sollen doch nur zeigen, wie gesittet und sauber es bei uns zugeht.« Martha grinste breit. »Wenn Gertrud wüsste, was ich heimlich noch alles fotografiere, dann würde sie mir den Apparat sofort wegnehmen. Aber du hast recht, das, was ich getan habe, war feige.«

»Und warum hast du ausgerechnet meine Decke vertauscht und nicht die von Ursi oder sonst jemanden? Hasst du mich auch?«

Martha starrte Agnes in die Augen und rang nach Worten.

Der einzige Laut war das penetrante Tröpfeln des Wasserhahns.

Schließlich zeigte Agnes auf die immer noch nicht ausgewrungene Decke in dem langen Waschbecken und packte ein Ende. Martha nahm ebenfalls schweigend die triefnasse Decke am anderen Ende und zusammen begannen sie, die Decke zu drehen, bis das Wasser herausrann. Immer wenn Martha sich schon zufriedengeben wollte, drehte Agnes noch ein Stückchen weiter, obwohl sie fast einen Kopf kleiner und sehr viel schmächtiger war als Martha.

Erst als sie fertig waren, brach Martha das Schweigen.

»Ich ... ich«, stammelte sie, »ich würde dich so gern fotografieren. Dein Gesicht.«

Verblüfft sah Agnes sie an. »Ach ja?«

»Es tut mir leid. Wirklich.«

»Du lachst heimlich über mich, das spüre ich. Willst du mich deshalb fotografieren?«

Blut schoss Martha in den Kopf. »Ich lache nicht über dich, nur über dein Getue wegen der Heiligen Jungfrau.«

»Aber sie gehört zu mir, wie mein Haar.« Agnes fasste sich in ihren dicken blonden, geflochtenen Zopf.

»Dann fotografiere ich euch eben beide.« Martha lächelte zaghaft.

Agnes blieb ernst. »Mein Glaube beschützt mich.«

Martha schüttelte den Kopf. »Nicht vor Gertrud.«

»Vielleicht besser, als du denkst.« Jetzt lächelte Agnes doch.

Sie sahen sich einen Moment an, dann streckte Agnes ihre kalte, wund gescheuerte Hand langsam aus. Martha griff nach ihr und legte ihre beiden, sehr viel größeren Hände um sie herum, so vorsichtig, als wäre sie ein fast erfrorener Vogel, der zurück ins Leben gewärmt werden muss.

Der Wasserhahn tropfte immer noch.

10. Kapitel

Nach dem Frühstück gibt uns Becker die erste offizielle Teamaufgabe. Wir müssen in einem großen Raum im ersten Stock die Tapeten lösen, danach die Wände weiß streichen und so schnell wie möglich damit fertig werden. Dabei sollen wir die jeweiligen Stärken des Einzelnen herausfinden und Rollen im Team verteilen.

Für mich steht meine Rolle fest. Sobald es geht, werde ich mich aus dem Staub machen und endlich das tun, was ich mir gestern Nacht schon vorgenommen habe. Mich gründlich im Haus umsehen, vielleicht gibt es noch mehr Bilder oder Hinweise, irgendwas, das mich weiterbringt.

»Ich bin am besten darin, Verantwortung zu tragen«, murmelt Tom, während wir zusammen mit Sebastian in den ersten Stock laufen.

»Streichen ist das Letzte«, flüstert mir Sophia zu und schaut voller Abscheu auf die weißen Malerkittel, die mir Nicoletta über den Arm gehängt hat. Ich kann nichts sagen, weil ich wieder daran denken muss, wie ich mit Mam über die blöde minzgrüne Farbe gestritten habe, anstatt sie danach zu fragen, was sie so aufgeregt hatte, dass sie in diesem Jahr schon zum dritten Mal ihr Schlafzimmer streichen musste.

In dem Raum stehen schon Farbkübel, Pinsel, eine sehr hohe Leiter und Folien bereit. Wobei Raum eine Untertreibung ist, ich muss eher an einen Ballsaal denken, weil das Zimmer so hoch und so groß ist, dass darin fünfzig Paare Walzer tanzen könnten. Nur der graublaue löchrige Linoleumboden erinnert eher an ein Lazarett.

Durch eine ganze Reihe von staubigen Doppelfenstern fällt gleißendes Licht, aber das lässt den Saal trotzdem nicht freundlicher erscheinen. Sehnsüchtig sehe ich durch die Fenster nach draußen, wo weit entfernt ein See hinter dem Schloss in der Sonne glitzert. Ich bereue, dass ich mich nicht schnell noch nach dem Frühstück ins Freie gestohlen habe.

»Was für abstoßende Bilder!« Sophia spricht mir aus dem Herzen. An den Wänden hängen riesige Ölbilder, wie man sie überall im Haus findet, aber diese hier sind besonders schrecklich. Sie ziehen in ihrer Grausamkeit die Blicke des Betrachters unwillkürlich auf sich und die protzigen Rahmen aus Gold scheinen purer Hohn, gemessen an der Verzweiflung in der Darstellung.

Ich kann nicht anders, ich muss sie mir näher ansehen. Sophia und Tom folgen mir. Nur Philipp ignoriert uns, nimmt die Deckel der Farbeimer ab und rührt darin herum, während wir von einem Bild zum anderen laufen.

Das erste Gemälde zeigt einen Mönch mit Blutmalen an den Händen und der Stirn. Er ist umgeben von Tauben und scheint mit ihnen zu sprechen. Auf dem nächsten ist ein von Pfeilen durchbohrter Mann an einem Pfahl zu sehen. Jedes Detail ist sehr realistisch dargestellt, die einzelnen Blutstropfen erscheinen fast dreidimensional. Das zweite ist nicht ganz so blutig, aber nicht weniger verstörend. Es zeigt eine Frau, deren nackter Leib fast vollständig von Locken umgeben wird. Ein kleines Lamm liegt zu ihren Füßen. Auf dem nächsten Bild sieht man wieder eine junge Frau, diesmal auf einem Schiff und umgeben von vielen anderen jungen Frauen, auch sie durchbohrt von einem Pfeil.

Ich bin sehr froh, dass ich mich während des Frühstücks wieder ein bisschen gefangen habe, in diesem verletzlichen Zustand von vorhin hätte ich die Schmerzen auf den Bildern niemals ertragen können.

»Hat jemand eine Ahnung, was es mit diesen Bildern auf sich hat?«, frage ich.

Tom zieht eine Augenbraue hoch. »Hast du denn keinen Religionsunterricht gehabt?«

»Ich war in Ethik«, sagen Sophia und ich fast gleichzeitig.

»Arme Heiden, also!« Tom grinst. »Das sind Heilige und Märtyrer. Sie starben für ihren Glauben. Den Märtyrertod hat man früher auch als eine Art Bluttaufe gesehen.«

»Bluttaufe!« Sophia schüttelt sich. »Von so etwas krieg ich Albträume!«

Tom geht von Bild zu und Bild und erklärt uns, dass man auf dem ersten Bild den Mönch Franz von Assisi bei seiner berühmten Vogelpredigt sieht. Von dem habe sogar ich schon mal gehört.

»Aber warum hat er diese Blutmale?«

»Der heilige Franziskus ist der Legende nach der erste Christ, der nach vierzig Tagen Fasten eine Vision hatte und danach Stigmata bekam.«

»Stigmata?« Sophia runzelt die Stirn.

»Das sind die Wundmale Christi, die auserwählte Menschen an Händen, Füßen und an der Seite tragen und aus denen sie an bestimmten Tagen bluten.«

Philipp macht einen Scherz, von wegen, dass Tom ja ein wandelndes Lexikon sei, was Märtyrer angeht. Tom zuckt mit den Schultern, dann versichert er uns mit einem triumphierenden Kopfwackeln, dass er darüber nachdenkt, sich bei »Wer wird Millionär?« zu bewerben. Und wie um jeden Zweifel an seinen Kenntnissen auszuräumen, erklärt er uns dann noch die anderen Bilder.

Der Mann mit den Pfeilen ist der heilige Sebastian. Die Frau mit den langen Haaren und dem Lamm dagegen wollte man nackt zur Prostitution zwingen. Ein Engel brachte ihr ein Lichtgewand, von dem das ganze Haus durchstrahlt wurde, und es wuchsen ihr Locken, die sie umhüllten wie ein Mantel. Aber auch das konnte sie nicht schützen, sie wurde schließlich mit einem Schwert hingerichtet.

»Ihr Name war Agnes«, fügt Tom noch hinzu.

Mir läuft eine Gänsehaut über den Rücken. Agnes ist der Vorname von Mam, und obwohl sie nie etwas mit der Kirche zu tun haben wollte, beunruhigt mich diese Geschichte.

Ich hab plötzlich genug von Toms Weisheiten, will gar nicht mehr hören, was mit den anderen Bildern ist, und bekomme unerwartet Hilfe von Philipp, der das Thema wechselt.

»Apropos Märtyrer«, wendet er sich an Sophia. »Was hast du dir eigentlich bei diesem Auftritt in der Wanne heute Morgen gedacht?«

»Es war nur ein Test, das hat Becker euch doch erklärt«, wehrt Sophia ab. »Nicoletta hat mich abends darum gebeten. Ich habe doch nicht ahnen können, dass Emma so dermaßen zartbesaitet ist. Sebastian meinte auch ...« Sie beißt sich auf die Lippe.

»Sebastian meinte was?« Ich starre sie an. »Was hat der denn damit zu tun?«

»Na ja«, Sophia lässt den Kopf hängen. »Ehrlich gesagt war das mit der Wanne seine Idee. Ich hab ihn morgens früh beim Joggen getroffen.« Sie schaut ängstlich von einem zum anderen. »Becker und Nicoletta wissen aber nichts davon.«

»Oh, das kann ich mir vorstellen, dass die Idee von Sebastian kam«, sagt Tom mit einem sehr anzüglichen Unterton.

»Nein, es ist nicht, wie du denkst!«, empört sich Sophia. »Das mit dem Ausziehen war meine Idee. Ich meine, dieses Horror-Bad – das verleitet einen doch geradezu, seine Fantasie spielen zu lassen.« Sie grinst, aber es sieht unsicher aus. »Sebastian hat jedenfalls mit mir gewettet, dass ich mich das niemals traue, aber er hat verloren und ich habe seinen Wetteinsatz bekommen.«

»Na, dann steht in jedem Fall die Rolle der Toten in unserem Team ja schon mal fest.« Philipp schüttelt grimmig den Kopf. »Ich hab genug von dieser Herumsteherei. Lasst uns endlich loslegen, Leute. Ihr seid mir ziemlich egal, aber ich will nach Australien. Irgendwelche Vorschläge, wie wir anfangen?«

Wir hängen die schweren Bilder ab, was nicht einfach ist, weil man jedes Mal auf die Leiter steigen muss und bei einigen Bildern der Rahmen an die Wand geschraubt ist. Wir kommen alle ziemlich ins Schwitzen und versuchen, die Fenster zu öffnen, aber die Rahmen sind irgendwann einmal so schlecht überlackiert worden, dass wir sie keinen Millimeter bewegen können. Im Raum ist es inzwischen heiß wie in einer Sauna.

Wir drehen die abgehängten Bilder zur Wand, um sie nicht länger ansehen zu müssen. Das Ganze geht nur quälend langsam voran und ich überlege, wie ich endlich von hier verschwinden kann, um mich im Schloss weiter umzuschauen. Plötzlich wird Philipp sehr aufgeregt. Er hat gerade das letzte Bild von der Wand genommen.

»Leute, hier ist etwas Komisches!«, ruft er von der Leiter zu uns herunter. Er holt ein Taschenmesser aus seinen Skaterhosen und kratzt an der Wand herum. Farbe und Putz bröckeln ab und gleich darauf schabt das Messer so kreischend über Metall, dass wir alle drei zusammenzucken.

»Hier oben ist eine Klappe«, stellt Philipp fest.

Ja, jetzt erkenne ich es auch. Ein Viereck, in etwa von der Größe eines Sicherungskastens oder einer Ofenklappe.

Philipp versucht, die Klinge zwischen Wand und Klappe zu bekommen.

Tom und ich klettern auch auf die Leiter, in der Hoffnung, etwas zu sehen, aber wir bringen Philipp nur ins Schwanken. Endlich hat er es geschafft. Mit einem kleinen metallenen Laut springt die Klappe auf und gibt ein schwarzes Loch in der Wand frei.

Philipp versucht hineinzuschauen und greift dann nach seinem Schlüsselbund, an dem auch eine Taschenlampe hängt. Damit leuchtet er in die Öffnung.

»Was ist da drin?« Sophia stellt sich auf Zehenspitzen.

Philipp antwortet nicht. Sein Gesicht nimmt einen seltsamen Gesichtsausdruck an, den ich überhaupt nicht deuten kann. Er steigt die Leiter hinunter, reicht mir seine Taschenlampe und lässt mich als Erste in die Klappe schauen.

Dunkelheit. Nichts als Dunkelheit und eine Ahnung von Muffigkeit. Dann senke ich den Strahl der Taschenlampe und erkenne, dass es sich um einen winzigen, fensterlosen Raum handelt. Auf dem Boden liegt etwas, das vielleicht einmal eine Matratze war und auf der gegenüberliegenden Seite ist eine Tür, über der ein Kruzifix hängt. Die Klinke hat man abgeschraubt und in die Tür sind Sprüche und Gebete und Hilfeschreie von vielen Gefangenen eingeritzt worden.

HÖLLE!
Verzeih
mir
Angst
JESUS
AMEN
WARUM?

Denn Gott hat uns nicht gegeben den Geist der Furcht, sondern der Kraft und der Liebe und der Zucht. 2. Timotheus 1.7

Dunkel buchstabiert man d–u–n-k-e-l-l, flüsterte sie und versuchte, sich zu konzentrieren. Furcht buchstabiert man F-u-h-r-c-h-t, aber es gab keinen Grund, sich zu fürchten. Hier in der dunklen Kammer war sie sicher. Sie atmete tief ein und aus. Das buchstabiert man s-i-c-h-e-r. Du bist geborgen wie Jonas im Bauch des Walfischs. Was hat der eigentlich gegessen? Hunger buchstabiert man H-u-n-g-e-r.

Sie schlang ihre Arme um die Knie und dachte an ihre Großmutter und die Käsespätzle, die es im Winter oft am Samstag gegeben hatte. Ihre Erinnerung beschwor die große dunkelblaue Auflaufform mit den Spätzle herauf, sahniger Käseduft stieg ihr in die Nase, sie hörte das leise Zischeln und sah die brutzelnde goldbraune Käsekruste zwischen den in Butter gebratenen Zwiebeln direkt vor sich. Dann durchtrennte ein breites Messer alles in gerechte Portionen und ein Löffel hob die dampfenden Spätzle auf ihren Teller. Sie spürte die Aromen auf ihrer Zunge, schmeckte, wie sich die zarten Spätzle in ihrem Mund mit dem geschmolzenen Käse und den Zwiebeln vermischten.

Unwillkürlich leckte sie ihre trockenen Lippen. Seit dem Tod ihrer Großmutter hatte sie nichts Vergleichbares mehr gegessen, aber sie beschwerte sich nicht, denn sie hatte ihr das Versprechen abgenommen, sich niemals zu beklagen. Nur dann und nur wenn sie unbescholten und rein bliebe, konnte auch sie später ein Mitglied im christlichen Jungfrauenbund werden.

Großmutter wäre dann so stolz auf sie. Großmutter buchstabierte man G-r-o-h-s-m-u-t-e-r. Du lebst, Kind, hatte sie gesagt, du lebst und das ist alles, was sich deine Eltern gewünscht haben. Denk daran, dass Jammern nichts ändert. Wenn es hart auf hart kommt, bete zu Gott und versuche zu verstehen, warum er dich prüfen will. Gott hat einen Plan für dich, für uns alle. Einen guten Plan. Deshalb brauchst du auch niemals Angst zu haben. Gott, flüsterte sie, buchstabiert man G-o-t-t. Sie lächelte, das wusste sie sicher, mit zwei t. Trotzdem gelang es ihr nicht, diese böse Stimme zum Verstummen zu bringen, diese Stimme, die sich darüber beklagte, dass Großmutter vielleicht all das nicht gesagt hätte, wenn sie Tante Gertrud begegnet wäre.

Agnes zwickte sich fest in ihren Handteller, weil sie schon wieder von diesen ketzerischen Gedanken heimgesucht wurde.

Gertrud, die sie erst gestern wieder an den Haaren durch die ganze Küche geschleift hatte, kam ihr vor wie der Teufel. Und Martha nannte Gertrud heimlich auch so. Teufel, das buchstabiert man T-e-u-v-e-l. Aber das durfte sie nicht denken, Gertrud war ihre Prüfung, die sie weiterbringen sollte. Ein großes Mädchen wie sie sollte auch längst richtig schreiben und lesen können. Gott selbst hatte ihr Gertrud geschickt, so wie Gott Hiob geprüft hat. Hiob buchstabiert man ... H-i-o... Ich weiß es nicht, erschrak sie und zwickte sich fester in die Handfläche. Das musst du wissen! B oder p, das musst du wissen, konzentriere dich. Sie nahm eine Haarnadel aus ihrem geflochtenen Zopf und stach sie voller Zorn mitten in ihren Handteller. Als das Blut heraustropfte, leckte sie es ab, damit nur ja nichts schmutzig wurde. Schmutz buchstabierte man ... S-c-h-m-u-h-d-z. Erleichtert saugte sie das Blut von ihrer Hand. Gerade sie sollte wissen, wie man das schrieb.

Es muss Gottes Plan sein, dass ich mich bessere, dass ich mich mehr anstrenge. Sie steckte die Nadel zurück in ihren Zopf und hoffte, dass sie ihre Frisur nicht zu sehr beschädigt hatte, denn wenn man sie hier wieder rausholte, musste sie ordentlich aussehen. Nicht wie ein dummes Dreckstück. Das buchstabierte man T-r-e-k-s-s-c-h-t-ü-k-k. Das musste schneller gehen, sonst würde sie immer dumm bleiben. Sie holte die Nadel wieder aus ihrem Zopf und bohrte sie jedes Mal, wenn ihr die Buchstaben nicht gleich einfielen, in die Wunde in ihrer Hand.

Agnes, du musst dich bessern. B-ä-s-s-e-r-n. Mit zwei s. Zufrieden strich sie ihre Schürze glatt und setzte sich gerade an die Wand. Üben, du musst noch mehr üben. Dann würde man sie hier wieder herausholen. Ganz bestimmt. Weil Gott – mit zwei t – hatte einen Plan mit ihr. Einen guten Plan, den die Heilige Jungfrau ihr noch zeigen würde. H-a-i-l-i-g mit g wie in Jungfrau, wie in G-e-r-t-r-u-t und wie in Gott mit zwei t.

11. Kapitel

Es war nicht nur der Anblick dieser Kammer, der mich dazu gebracht hat, mit einer Ausrede aus dem Ballsaal zu verschwinden. Ich laufe durch den Flur zur Treppe und will raus, nur raus aus diesem Gemäuer, renne die Stufen hinab bis zur Eingangshalle, durchquere sie hastig, reiße die schwere Tür nach draußen auf. Mit tiefen Zügen sauge ich den Sauerstoff in meine Lungen, als wäre ich schon tagelang in der verbrauchten Atmosphäre des Schlosses eingesperrt gewesen, bevor ich mich an einen bröckelnden Sims im Schatten lehne und versuche, mich zu beruhigen.

Nachdem ich erschüttert die Leiter heruntergestiegen bin, war mir sofort klar, wozu diese Kammer gedient hatte. Den anderen schien es ähnlich zu gehen, denn keiner von uns sagte ein Wort. Fassungsloses Schweigen hatte sich ausgebreitet.

»Da drin wurden Menschen gefangen gehalten«, durchbrach ich schließlich die Stille.

»Ekelhaft!« Philipp schüttelte sich.

»Was ist das hier nur für ein Haus?« Tom sank mit gekreuzten Beinen auf den Boden, als würde ihn das alles überwältigen. Er wischte sich über die feuchte Stirn. »Immerhin muss es schon lange her sein, dass die Kammer in Gebrauch gewesen ist.«

Sophie nickte. Sie war als Letzte auf die Leiter gestiegen und kam jetzt hinunter zu uns. Sie sah blass aus, und als sie von der letzten Stufe sprang, rutschte eine Kette aus ihrem T-Shirt-Ausschnitt, die sie gleich darauf geistesabwesend wieder unter den Stoff stopfte.

Aber zu spät, ich hatte sie erkannt. Es waren kleine Perlen, die in einem Totenkopf zusammenkamen und in einem eisernen Kruzifix endeten. Der Rosenkranz von dem Foto heute Nacht!

Ich versuchte, ruhig zu bleiben, aber offensichtlich gelang mir das nur schlecht, denn Philipp beugte sich sofort zu mir und sah so besorgt aus, als ob ich gleich wieder umkippen würde.

»Was ist los mit dir?«, fragte er. »Du siehst aus, als wärst du gerade einem Geist begegnet.«

Das war der Moment, in dem ich behauptet hatte, dringend aufs Klo zu müssen, und aus dem Saal geflüchtet war. Sophias Rosenkranz hatte mir zusammen mit unserer Entdeckung den Rest gegeben. Denn beim Anblick des Verschlags hatte ich unwillkürlich an die minzgrünen Wände von Mams winzigem Zimmer denken müssen.

Obwohl es draußen ähnlich heiß ist wie drinnen, geht es mir hier etwas besser. Für einen Moment vergrabe ich mein Gesicht in den Händen, die feucht vom Schweiß sind. Mam hatte Hitze verabscheut. »Ich schwitze bei der

Arbeit genug«, hatte sie gescherzt und sich nie überreden lassen, mit mir in den Süden zu verreisen.

Ich löse die Hände von meinem Gesicht und halte es in die Sonne, die so stark ist, dass ich die Augen sofort schließen muss. Mam hatte nicht an Himmel und Hölle geglaubt, aber daran, dass Energie im Universum nicht verloren geht. »Wer weiß«, hatte sie nach einem tragischen Film manchmal gesagt, »vielleicht verwandle ich mich nach meinem Tod in strahlendes Licht.«

Ich zwinge mich zurück in die Gegenwart und gehe langsam zurück zur Eingangstür. Hier draußen werde ich keine Antworten finden, meine Antworten sind im Schloss. Nur dort werde ich herausfinden, wie alles zusammenhängt. Der Ring auf dem Bild in der Küche mit dem Kinderfoto meiner Mutter in der Nische. Die unbekannte Leiche im Auto meiner Mam mit diesem Haus. Der Rosenkranz mit der Kammer, die von so viel Verzweiflung zeugt. Und mit ihr werde ich beginnen, alles, angefangen mit der Erinnerung an Mams minzgrüner Schlafkammer, zieht mich dorthin.

Wenn ich mir das vor Augen rufe, was uns Nicoletta gestern zum Grundriss des riesigen Kastens erzählt hat, komme ich zu dem Schluss, dass der Eingang der Kammer sich auf der Nordseite befinden muss, denn der See, auf den die Fenster des Ballraums hinausgehen, liegt im Süden. Ich ignoriere die Tatsache, dass ich mich dafür in den baufälligen gesperrten verbotenen Nordteil begeben muss.

Verbote interessieren mich nicht, Mam hat sich an Verbote gehalten und wo ist sie jetzt? Ich atme noch einmal die würzige Bergluft ein, dann ziehe ich die schwere Tür auf, tauche in die düstere Atmosphäre des Schlosses ein und mache mich auf den Weg, immer auf der Hut, dass ich nicht Becker, Nicoletta oder Sebastian begegne. Aber im Schloss ist es vollkommen still. Unbehelligt gelange ich in die Küche und von dort aus in den Nordflügel.

Nicoletta hat nicht übertrieben, der Nordflügel ist tatsächlich in einem lebensgefährlichen Zustand. Einige Zimmer haben große Löcher im Boden und man kann durch die Decke in die darüberliegenden Räume sehen. In manchen Räumen stehen noch alte Möbel, Sofas mit zerschlissenen grünen Samtbezügen, Tische mit schiefen Beinen und an den meisten Wänden hängen verblichene Stofftapeten herunter wie Tannenbaumäste, die sich durch den Luftzug bewegen, als würden sie leben.

Und meine Suche ist mehr als mühsam. Das Schloss ist wie eine Hydra. Kaum hat man die Tür zu einem Raum geöffnet, tun sich drei weitere vor einem auf. Und jedes Mal erschrecke ich aus einem anderen Grund, mal sind es ein paar müde weiße Tauben, die durch das dämmrige Licht auf mich zuflattern, mal sind es Fledermäuse, die durch marode oder sogar offen stehende Fenster hereingekommen sind.

Schließlich bleibt nur noch ein Raum übrig, und als ich die Tür öffne, bin ich mir ziemlich sicher, dass ich hier richtig bin.

Ich bin in einer Bibliothek gelandet. Hier gibt es keine Tapeten, sondern nur Regale. Es riecht nach feuchtem Papier, verrottetem Leder und Staub und ich kann mir nicht vorstellen, dass sich jemals jemand freiwillig hier aufgehalten hat. In dem schwarzen Granitfußboden spiegelt sich eine Deckenmalerei mit sehr eindrucksvollen Qualen der Hölle – im selben Stil wie alle gemalten Bilder im Schloss. Menschen in Kupferkesseln oder von Teufeln aufgespießt über lodernden Feuern. Aber am schlimmsten finde ich die beiden von bösartigen Drachen flankierten Treppen rechts und links. Sie führen hoch zu zwei Emporen, die den Raum erdrücken. Unwillkürlich hole ich tief Luft.

Die Wände rundherum sind von unterschiedlich großen dunklen Holzregalen gesäumt, in denen Bücher stehen, allerdings nicht ordentlich und in Reih und Glied, sondern völlig durcheinander. Die Lücken in den Reihen wirken wie Wunden. Es würde mich nicht wundern, wenn Blut aus den Regalen tropfen würde.

Hier drin sind weder Vögel noch Fledermäuse, es ist totenstill, wahrscheinlich versetzt dieses Deckengemälde jedes atmende Wesen in Schockstarre, sogar Ratten.

Nirgendwo ist eine Tür zu sehen. Ich gehe alle Regale ab und habe plötzlich das Gefühl, als ob ich nicht allein wäre. Es ist ein ganz ähnliches Gefühl wie bei meinem Aufstieg zum Schloss gestern. Ich bleibe stehen und lausche, aber da ist nichts, nur mein eigenes aufgeregtes Atmen. Dann höre ich ein leichtes Zischen und für einen schrecklichen Moment habe ich Angst, das Deckengemälde mit den Kesseln der Hölle würde zum Leben erwachen. Aber dann reiße ich mich zusammen. Meine Suche, das ist jetzt alles, auf das ich mich konzentriere.

Schließlich erregt ein Regal meine Aufmerksamkeit, ohne dass ich sagen könnte, warum. Erst nachdem ich es eine Weile betrachtet habe, wird mir klar, wodurch es sich von den anderen unterscheidet. Hier gibt es keine einzige Lücke zwischen den Büchern. Die Bände selbst sind höchst unterschiedlich. Verschiedene Ausgaben der Bibel und Gesangbücher stehen neben Heiligenlexika. Bücher über Okkultismus und Satanismus sind friedlich vereint neben Schriften von Mystiker Eckhart und der heiligen Hildegard von Bingen, dazu gibt es noch Klosterrezeptbücher, Missionarsberichte aus London und gesammelte Predigten diverser Pfarrer.

Ich nehme ein paar Bücher aus dem Regal, stoße dahinter aber nur auf die Regalrückwand. Enttäuscht schiebe ich die Bücher wieder zurück. In dem Moment fällt mein Blick auf den Boden und ich sehe es.

Es ist eine Schiene. Das Regal steht auf einer Schiene!

Ich greife zu, versuche, das Regal zur Seite zu schieben, aber so heftig ich auch ziehe, ich habe keinen Erfolg. Bücher fallen polternd zu Boden, ich lasse nicht locker, man muss doch dieses verdammte Regal irgendwie bewegen können!

Und endlich fühle ich einen kleinen Ruck, gefolgt von einem Knirschen. Gleich darauf gleitet das Regal zur Seite und gibt eine Tür frei.

Ich knipse meine Taschenlampe an und will die Tür schon öffnen, da sehe ich, dass sich aus einem der Bücher ein paar Seiten gelöst haben müssen. Oder nein, es sind keine Seiten, das ist ein Foto. Ich bücke mich danach, tatsächlich, es sind ein Foto und ein handgeschriebener Brief.

Das Bild ist von der gleichen Machart wie die anderen, die ich bereits gefunden habe.

Das Mädchen darauf hat genauso lange blonde Haare wie ich, aber ihre sind zu einem Zopf geflochten und es kauert nur mit einem Nachthemd bekleidet in der Ecke eines kahlen Raumes. Ich betrachte das Bild genauer. Das Mädchen kniet auf Reiskörnern. Meine Hände fangen an zu zittern. Wer tut Kindern so etwas Grausames an? Und wer hat all diese Bilder gemacht?

Ich stopfe das Foto und den Brief in meine Hosentasche, um sie mir später noch einmal anzuschauen, jetzt muss ich erst einmal in diese Kammer.

Ich öffne die Tür. Staubige Luft wabert mir entgegen. Die Kammer ist winzig, höchstens doppelt so groß wie eine Fahrstuhlkabine, der uralte Stofffetzen, der früher wohl mal eine Matratze war, nimmt fast die Hälfte ein. Ein düsteres Verlies, in dem man nur noch sterben möchte.

Alles in mir sträubt sich dagegen, dorthinein zu gehen, aber ich muss, ich kann das tun, und gerade als ich mich überwinde und endlich den ersten Schritt mache, bekomme ich einen kräftigen Stoß in den Rücken und dann bin ich drin in dieser Kammer, die mich umschließt wie ein Sarg.

12. Kapitel
Sieben Wochen zuvor

Nur wenige Tage nachdem ich die Leiche in der Pathologie hatte anschauen müssen, brachte eine Kollegin aus dem Krankenhaus die Sachen meiner Mutter vorbei, alles, was in ihrem Spind gewesen war.

Ich kannte die Kollegin nicht, meine Mutter hatte nie viel von den anderen Schwestern in der Notaufnahme erzählt. Sie kam gut mit ihnen klar, aber es war ja auch unmöglich, sich mit meiner Mutter nicht gut zu verstehen. Nur – dabei blieb es eben auch. Nie lud sie jemanden zu uns nach Hause ein, ins Kino ging sie am liebsten mit mir und so waren es immer nur die gestrandeten Gestalten, die Hoffnungslosen, die ihren Weg in unsere Wohnung fanden.

Hanna, so stellte sie sich vor, war ihr Auftrag offensichtlich unangenehm. Sie wusste nicht recht, was sie sagen sollte, als sie vor mir stand, und ich glaube, ihre Erleichterung war grenzenlos, als ich sie nicht hereinbat.

Mein erster Impuls war, die Tüte einfach in ihrem Schrank zu vergraben und zu vergessen, aber dann war ich doch zu neugierig. Hoffte, es könnte etwas darin sein, das eine Erklärung für das Album liefern würde oder für die alte Frau im Auto, die mir nach dem Besuch in der Pathologie nicht mehr aus dem Kopf gegangen war.

Also setzte ich mich mit der Tasche an unseren alten Küchentisch, griff in die Tasche und erwischte als Erstes einen Beutel mit weißen praktischen Krankenschwesternschuhen. Ich packte sie aus und stellte sie auf den Tisch.

Diese abgelaufenen Schuhe, von denen Mam jedes Jahr ein neues Paar kaufen musste, trieben mir die Tränen in die Augen. Die Dellen und Beulen im abgeriebenen weißen Leder erzählten von ihrem Leben als Krankenschwester und dabei kamen sie mir so klein vor.

Nachdem ich mir die Tränen abgewischt hatte, griff ich wieder in die Tüte. Ein rosa Kamm kam zum Vorschein, der wie Perlmutt schimmerte, dazu ein paar bunte Haargummis mit Perlen. Beim Arbeiten trug meine Mutter ihre blonden Haare immer zu einem Zopf geflochten. Und die Perlen, das fand sie nett für die Patienten, damit die etwas Hübsches zum Anschauen hätten. Auf die Idee, dass es einigen ihrer Patienten schon Freude genug war, ihr freundliches Gesicht anzuschauen, wäre sie nie gekommen.

Schließlich stieß ich auf das, was sie immer ihr Schatzkästchen genannt hatte. Ich war erleichtert und erschüttert zugleich und hatte Angst, es zu öffnen. Dieses Kästchen hatte ich im Kindergarten für sie gebastelt. Aus einer alten Camembertschachtel, Buntpapier und Glitzerkleber. Mit angehaltenem Atem öffnete ich das Kästchen, denn hier drin, auf dicken Lagen von Watte, bewahrte sie während der Arbeit ihr silbernes Jugendstil-Medaillon auf. Sonst zog sie es nie aus, nicht beim Duschen und auch nicht beim Schlafen.

Das Medaillon war ihr heilig, in ihm verwahrte sie das einzig existierende Bild von meinem Vater, auf dem er sehr jung und verschmitzt in die Kamera lächelt, die Zigarette schräg im Mundwinkel. Nur weil meine Mum das Medaillon nie ablegte, hatte dieses Foto einen Brand in unserer Wohnung überstanden, bei dem alle Bilder vernichtet worden waren, die meine Mutter besessen hatte, inklusive meiner Kinderbilder bis zu meinem dritten Lebensjahr.

Ich saß lange vor dem Kästchen, ehe ich es öffnete, aber als ich es endlich tat, entfuhr mir ein Seufzer der Erleichterung. Die Schachtel war leer. Also hatte Mam das Medaillon bei ihrem Unfall getragen. Das war ein tröstlicher Gedanke, irgendwie so, als ob sie nicht allein gewesen wäre.

Zuunterst in der Tüte fand ich ihre Medikamente. Meine Mutter hatte eine Schilddrüsenunterfunktion, sie musste die Tabletten jeden Tag einnehmen, da achtete sie streng drauf.

Aber diese Medikamente in der Tüte machten mich stutzig. Waren die aus Versehen hier hineingeraten? Denn sie sahen nicht so aus wie die Schachteln, die Mam im Bad deponiert hatte. Citalopram – das hatte ich noch nie gehört. Nachdenklich lief ich mit der Schachtel ins Bad und öffnete das Medikamentenschränkchen.

Ihre Tabletten waren ganz oben, noch wie früher, als sie Medikamente immer außerhalb meiner Reichweite aufbewahrt hatte. Ich hatte es richtig in Erinnerung gehabt. Nicht Citalopram, sondern L-Thyroxin stand auf der Schachtel und weiter unten war zu lesen, dass es sich um ein Schilddrüsenhormon handelte.

Mir kam plötzlich ein verrückter Gedanke. Ich holte die Schachtel aus dem Schränkchen, zog eine der Blisterpackungen heraus und drehte sie um.

Citalopram. Auf dem silbernen Papier stand auch Citalopram. Mir sträubten sich die Nackenhaare.

Was hatte das zu bedeuten?

Aufgewühlt lief ich zu meinem Laptop und gab den Medikamentennamen bei Google ein. Warum hatte meine Mutter mich angelogen? Ein schrecklicher Verdacht stieg in mir hoch. Hatte sie vielleicht eine unheilbare Krankheit und wollte es mir nicht verraten, um mich zu schonen? War sie deshalb absichtlich in den See gefahren? Vielleicht hatte sie sich und vor allem mir ein langsames Dahinsiechen ersparen wollen?

Ich überflog die Seiten. Citalopram war definitiv kein Schilddrüsenmedikament. Aber es wurde auch nicht in der Krebsmedizin verwendet.

Es war vielmehr ein Mittel, das auf die Psyche wirkt. Es wurde bei Panikattacken verordnet, bei Phobien und ganz besonders bei schweren Angststörungen.

Ich war völlig vor den Kopf gestoßen. Mit allem hatte ich gerechnet, aber nicht damit.

Meine Mam war mir immer ausgeglichen vorgekommen, so sanft. Ihr Leben war absolut überschaubar. Durchorganisiert bis zur Langeweile. Aber es wurde immer deutlicher, dass ich sie gar nicht richtig gekannt hatte. Denn ich hatte nicht die leiseste Ahnung, warum oder wovor meine Mutter solche Angst gehabt haben könnte.

13. Kapitel

Ich sitze auf den Resten der Matratze in der Kammer und die grauen Wände kommen näher und immer näher. Aber nein, das täuscht, in Wahrheit ist es einfach nur so, dass ich kleiner werde, in mich zusammenfalle, schrumpfe, bis nur noch ein winziges Etwas von mir übrig ist, das aus purer Angst besteht. Und ich frage mich, ob ich weniger Angst hätte, wenn ich wüsste, was hier gespielt wird.

Die Taschenlampe liegt neben mir und wirft ihren Lichtschein auf den Fußboden, das ertrage ich besser, als wenn sie die Inschriften in der Tür anstrahlt. Ich zwinge mich, die abgestandene Luft tief zu inhalieren.

Mir kann nichts passieren, beschwöre ich mich. Ich muss nur ruhig bleiben. Hier drin gibt es genug Sauerstoff, Licht habe ich, wenn auch nur wenig. Man wird nach mir suchen. Natürlich wird man nach mir suchen und man wird mich finden. Bald. Ganz bald. Wenn ich vorher nicht durchdrehe und die Wände mich doch erdrücken.

Einer muss mich allerdings nicht mehr suchen. Er weiß, wo ich bin. Aber wer? Wer hat sich leise angeschlichen und geduldig gewartet, bis ich direkt vor der Kammer stand, und mir dann den Stoß gegeben? Der Gleiche, der gestern die Gesteinsbrocken gelockert hat? Oder waren das doch zwei unterschiedliche Personen?

Die Mörder deiner Mutter.

Plötzlich fällt mir wieder ein, dass ich mich im verbotenen Nordflügel befinde. Selbst wenn sie nach mir suchen, dann vermutlich nicht hier, oder? Ich springe auf und hämmere gegen die Tür, sehe plötzlich Mam vor mir, wie sie mich darum bittet, die Türen in der Wohnung offen zu lassen. Sie mochte zwar ihre Schlafkammer, aber keine verschlossenen Türen.

Halt! Wie blöd bin ich denn eigentlich? Ich habe völlig die Klappe vergessen, die in den Ballsaal führt. Die anderen müssen doch noch dort oben sein.

Ich suche nach der Klappe, aber sie ist so weit oben, dass ich sie auch mit ausgestrecktem Arm nicht erreichen kann. Aber egal, ich schreie einfach, und wie ich schreie, so laut ich kann, und hämmere gegen die Tür, schreie und hämmere und schreie und hämmere.

Ich will hier raus, und zwar jetzt, gleich, sofort!

Nach meinem Empfinden schreie ich eine Ewigkeit, bis endlich etwas passiert. Die Klappe geht auf, Licht fällt in mein dunkles Verlies und ich höre Philipps besorgte Stimme über mir.

»Emma? Bist du das etwa, Emma?«

»Ja«, krächze ich und flehe ihn an, mich hier rauszuholen.

Er ist schon weg, bevor ich ihm erklären kann, wie er

mich findet. Viel zu spät fällt mir ein, dass derjenige, der mich hier eingesperrt hat, vielleicht das Regal wieder vor die Geheimtür geschoben hat.

Ich kauere mich direkt hinter die vollgekritzelte und eingeritzte Tür, in der Hoffnung, dass ich höre, wenn sich draußen etwas tut. Dann kann ich gegen die Tür hämmern.

Zum Glück hat Philipp die Klappe offen gelassen, sodass wenigstens etwas Luft hereinkann und auch Licht, das direkt auf die Inschriften vor mir fällt. Es sind so viele unterschiedliche Sprüche, manche in runder kindlicher Schrift und viele mit Rechtschreibfehlern. Wer war hier eingesperrt? Etwa Kinder? Übelkeit steigt in mir hoch, als ich wieder und wieder die gleichen flehenden Bitten lese. *Gott ehrbarme dich* und *Hunger* und *ich will raus, Sünder, Satan, Maria hilv.*

Und dann bleibt mein Blick an etwas hängen, das so vertraut ist, dass ich für einen Moment in die Knie gehe. Da ist ein A und ein B in die Tür geritzt und die beiden Buchstaben sind mit einem Querstrich verbunden. So hat meine Mutter ihre Initialen Agnes Bergmann abgekürzt, ihr Leben lang! Um die Initialen herum ist ein Kreis aus zehn runden Löchern in das Holz geritzt, die genau auf meine Fingerkuppen passen. Dazu erkenne ich noch ein Kreuz in der Mitte. Ich kann nicht genau sagen, ob das Ganze zusammengehört oder ob die Initialen nur in eine bereits vorhandene Zeichnung hineingesetzt wurden. Aber was, wenn nicht? Dann muss meine Mam sehr, sehr lange Zeit hier drin eingesperrt gewesen sein.

Ich spüre, wie sich alles in mir zusammenzieht. Wenn

das so war, wenn sie hier war, warum hat sie nie davon gesprochen?

Weil du, Emma, nicht wirklich etwas von ihr wissen wolltest, beantworte ich mir die Frage selbst. Du wolltest nur Geschichten über deinen Vater hören. Nach ihrem Leben hast du viel zu selten gefragt. Ich wusste von ihrer Kindheit bei meiner Urgroßmutter, sie erzählte immer, keiner hätte so gute Spätzle gekocht wie sie. Und dass sie schon mit achtzehn Jahren als Krankenschwester gearbeitet hatte, das wusste ich auch. Vielleicht war das Schloss einmal als Krankenhaus oder Sanatorium genutzt worden? Aber das würde nicht ihre Initialen in der Kammer erklären.

Meine Finger streichen über die Einkerbungen und ich wünschte mir so sehr, dass ich stattdessen ihre Hand halten könnte.

Unvermittelt geht die Tür auf, erleichtert springe ich auf, aber es ist nicht Philipp, der dort draußen steht, sondern Nicoletta. Sie steht abweisend auf der Schwelle und schaut mich missbilligend an, trotzdem würde ich ihr am liebsten um den Hals fallen.

»Wir haben euch nicht umsonst verboten, den Nordflügel zu betreten. Sebastian hat ganz richtig gehandelt und dir etwas Zeit zum Nachdenken verschafft.«

Sebastian? Sebastian hat mich hier eingeschlossen? Einer der Betreuer in diesem Camp? Und Nicoletta findet das auch noch in Ordnung?

Meine ganze Angst knäuelt sich zu einem Wutanfall zusammen. »Spinnt ihr?«, brülle ich los. »Das ist absolut unakzeptabel. Ich hätte hier drin ... Es hätte sonst etwas passieren können.«

»Richtig.« Nicoletta schürzt ihre Lippen. »Überall im Nordflügel hätte dir sonst etwas passieren können. Deswegen gab es eine klare Absprache, an die du dich nicht gehalten hast.«

»Aber das gibt euch noch lange kein Recht, mich hier einzusperren.«

Nicoletta funkelt mich an. »Du kannst gern mit Dr. Becker darüber sprechen. Unten, im Esssaal. Ich muss noch die Farbeimer von drüben holen.«

Sie lässt mich stehen wie ein kleines dummes Kind. Während ich hinüber zum Treppenhaus laufe, beiße ich die Zähne zusammen. Ich bin nicht nur wütend, sondern auch verwirrt, ich kann mir das alles nicht erklären. Mam, denke ich. Mam, was hast du an diesem Ort bloß gemacht?

Tom, Philipp und Sophia warten am Fuß der Treppe und sprechen mit Dr. Becker und Sebastian, der offensichtlich gerade einen Witz gerissen hat, denn alle lachen, was mich erst recht in Rage versetzt.

Plötzlich höre ich einen entsetzten Schrei hinter mir, dann ein Poltern und im gleichen Moment ergießt sich eine Flüssigkeit über mich, die chemisch riecht. Automatisch schließe ich die Augen, um sie gleich darauf wieder aufzureißen, aber vorher spüre ich noch hinter meinen Lidern einen Blitz.

Und dann sehe ich, was geschehen ist. Meine Kleider sind voller Blut, überall ist Blut, es klebt auf meiner Haut, auf dem Stoff, und der Anblick lässt mein Herz rasen.

»Es tut mir leid!«, ruft Nicoletta hinter mir. »Mir ist der Farbeimer aus der Hand gerutscht.« Sie rennt die Treppen herunter. »Bitte holt etwas zum Abwischen!«

Wandfarbe, ich schaue genauer hin, das sieht nicht aus wie Wandfarbe, sondern wie altes Blut. Ganz sicher streicht niemand ein Zimmer in so einer dunklen Farbe. Auch die Konsistenz ist viel dünner, nicht so sirupartig wie die von richtiger Farbe, sondern flüssig wie Milch. Ich bin nass bis auf die Haut.

»Nicoletta, bist du des Wahnsinns?« Dr. Becker kommt die Treppe hoch, verstaut ein Handy in seiner Hosentasche und zieht ein Taschentuch hervor. Sein ebenmäßiges Gesicht ist plötzlich verzerrt, er sieht so wütend aus, dass ich mich unwillkürlich ducke.

»Wenn wir von unseren Teilnehmern absolute Kontrolle erwarten, dann doch bitte auch von dir.« Becker wird nicht laut, aber seine beherrschte Stimme wirkt viel gefährlicher, als wenn er losgebrüllt hätte.

Nicoletta scheint das auch so zu empfinden. Sie steht schreckensbleich neben mir und wischt mit seinem Taschentuch halbherzig an mir herum.

»So ein Verhalten toleriere ich von keinem und schon gar nicht von einem Betreuer«, fährt Becker fort. Seine hellen Augen hinter der silbernen Brille blitzen.

Tom tritt einen Schritt vor, er räuspert sich. »Aber es ist doch nur ein bisschen Farbe. Das ... geht bestimmt raus.« Er stottert dabei und ich denke unwillkürlich daran, was er mir über seinen Vater erzählt hat.

»Willst du mir etwa widersprechen?« Beckers Stimme wird noch leiser und Tom zuckt merklich zusammen. »Denn dann kann ich dich gleich nach Hause schicken.«

Wie bitte? Meint er das ernst?

Ich hole tief Luft. »Soll das heißen, in diesem Camp hat man nicht einmal das Recht auf Meinungsäußerung?«, frage ich.

Becker fährt zu mir herum. Sein Gesicht verzieht sich zu einem grausamen Lächeln. »Noch jemand, der nach Hause will. Pass mal auf, Emma, es ist eigentlich ganz einfach. Hier oben wird gemacht, was ich sage. Meine Autorität lasse ich von niemandem untergraben! Dann kommen wir alle gut klar.«

Ich werfe einen Blick in die Runde. Warum sagt denn niemand etwas? Tom sieht so aus, als ob er gleich in Tränen ausbricht, und auch der Rest senkt betreten die Köpfe. Ich konzentriere mich auf Philipp, der zögernd den Mund öffnet, aber es kommt dann doch kein Ton raus. Er schüttelt den Kopf und hebt hilflos seine Hände.

Becker dreht sich auf dem Absatz um und blickt in die Runde. »Ist das absolut glasklar? Niemand, ich wiederhole, niemand hat das Recht, mir zu widersprechen.«

Sebastian wirft mir einen tröstenden Blick zu. Er? Er will mich trösten? Dabei hat er mich doch gerade in dieses Verlies gesperrt. Ich spüre, wie mein Widerspruchsgeist zum Leben erweckt wird. Die Wut macht es möglich.

»Doch«, sage ich so bestimmt ich kann.

»Wie bitte?«

»Doch. Jeder hat das Recht zu widersprechen. Immer. Jederzeit. Wenn das hier allerdings nicht erwünscht sein sollte, fahre ich sehr gern nach Hause. Aber vorher dusche ich noch.«

»Das wirst du schön sein lassen. Du verschwindest sofort, gleich so wie du bist.«

Drohend geht mir Dr. Becker entgegen, er kommt mir größer als vorhin vor, unwillkürlich trete ich einen Schritt zurück. Hilfe suchend schaue ich zum Fuß der Treppe. Wieso sagt denn keiner was. Niemand!

»So kann ich aber nicht nach Hause fahren.« Trotzig füge ich hinzu: »Und deshalb werde ich jetzt duschen.«

Meine Knie zittern und ich bin auf alles gefasst, sogar auf eine Ohrfeige. Und das wäre die erste, die ich je bekommen würde, aber ich bleibe stehen und weiche ihm nicht aus.

Da breitet sich ein Lächeln über Dr. Beckers Gesicht aus, diesmal sieht es nicht kalt und grausam aus, sondern tatsächlich glücklich, und er fängt an zu klatschen.

Nicoletta und Sebastian fallen ein, während das Team mich von unten anstarrt, als ob sie gerade der Landung von Marsmenschen zugesehen hätten.

»Emma, das hast du großartig gemacht.« Dr. Becker nickt mir freundlich zu. »Das ist Zivilcourage, das ist Mut! Und genau darum geht es hier.«

Er dreht sich um und wendet sich an die Gruppe am Fuß der Treppe. »Tom, gar nicht mal so schlecht. Zumindest hast du als Erster Initiative gezeigt, auch wenn du dich nicht sofort einschüchtern lassen darfst. Aber der Rest ...«, er schüttelt den Kopf, »Sophia, Philipp – ihr habt euch nicht gerade mit Ruhm bekleckert. Dazu wird es dann noch Zweiergespräche nach dem Essen geben.« Er reicht mir die Hand und ich bin so verdattert, dass ich sie tatsächlich auch drücke.

»Das war gut, Emma. Sieger lassen sich von niemandem einschüchtern.«

Nicoletta gibt mir ein neues Tuch. »Wir gehen duschen. Ich helfe dir mit den Klamotten, ich verspreche dir, sie werden umgehend gereinigt. Wir haben Lebensmittelfarbe genommen, damit es keine Spuren hinterlässt.«

Wie rücksichtsvoll, hätte ich beinahe gesagt. Ich fühle mich komplett hinters Licht geführt. Mein Erschrecken, mein Herzrasen von vorhin, die Zeit in der Kammer, all das schlägt plötzlich über mir zusammen. »Dann war das wieder nur billige Show und du hast mir die Farbe extra übergekippt?«

»Ja, und ich möchte mich noch mal dafür entschuldigen.«

»Wieso ich?«

»Weil du die Letzte warst. Wir wollten nur einen erwischen und kein Blutbad anrichten.«

Ich sehe in ihr lächelndes Gesicht, das sich über ihre missbilligende Miene schiebt, die sie eben vor der Kammer gezeigt hat. Schauspiel. Alles hier ist nur Fake, ist nur Trugbild. Und mir wird ganz schlecht, wenn ich daran denke, welch grandiose Schauspieler sie alle sind. Ich habe Becker wirklich den Choleriker abgenommen. Und Sebastian beinahe seinen reumütigen Blick.

»Ihr habt sie doch nicht alle!«, höre ich mich rufen und dann flüchte ich mich ausgerechnet in den Keller, in dem ich mich heute Morgen so furchtbar erschreckt habe. Erst als ich unter der Dusche stehe und das heiße Wasser aus dem verkalkten Brausekopf schießt, fange ich an zu weinen.

Blöde sinnlose Tränen steigen in mir hoch, weil man mich vorgeführt hat, weil Mam tot ist und ich sie jetzt nie mehr nach dem fragen kann, was hier passiert ist.

Ich weine, weil ich so verdammt allein bin und weil niemand mich verteidigt hat.

14. Kapitel

Nicoletta klopft an die Duschkabinentür. Ich öffne einen Spalt, strecke meine Hand hindurch und nehme wortlos einen flauschigen rosafarbenen Bademantel entgegen, der mich schon wieder an Mam erinnert. Genau so einen hat sie sich gekauft, als wir das letzte Mal zusammen shoppen waren. Ich fand ihn spießig, aber Mam hat ihn geliebt.

Ich reiße mich zusammen, atme tief durch und verlasse die Dusche. Meine blutverschmierten Kleider habe ich in einem Haufen vor der Dusche zusammengeknüllt. Ich nehme sie nicht mit, soll sich doch wer anders darum kümmern.

Draußen im Gang wartet Philipp auf mich und schaut mich so mitleidig an, dass mir unwillkürlich die Tränen in die Augen schießen. Dabei will ich jetzt auf keinen Fall die Beherrschung verlieren.

»Es tut mir leid. Ich wollte mich wirklich einmischen, aber ich konnte nicht. Du sahst schrecklich aus.« Philipp räuspert sich. »Als ob du am ganzen Körper bluten würdest.«

»Du warst nur deshalb so stumm, weil du kein Blut sehen kannst?« Ich möchte nicht sarkastisch sein, aber das ist immer noch besser, als in Tränen auszubrechen.

Er hebt abwehrend seine Hände. »Nein, Blut macht mir nichts, aber die ganze Situation ... ich meine, das war einfach nicht echt. Wenn das nur ein Psychospielchen war, wozu hat Dr. Becker dann ein Foto von dir gemacht?«

Was weiß denn ich? Nichts! Nichts weiß ich, dabei wäre es so wichtig, dass ich das alles hier endlich durchschaue.

Ich ziehe den Bademantel enger über meiner Brust zusammen. Mir wird unangenehm bewusst, dass ich darunter ganz nackt bin.

»Bitte, Philipp, ich möchte jetzt einfach nur nach oben und mir etwas anziehen.«

»Ich wollte dich auch nur allein erwischen, um dir zu sagen, wie leid es mir tut. Ich gehe schon mal ins Esszimmer. Wir warten mit dem Essen auf dich, okay?« Das klingt so leidend, dass ich gegen meinen Willen lächeln muss.

Er legt seine Hand auf meinen Arm und drückt ihn liebevoll.

»Sei vorsichtig.«

»Wie meinst du das?«

Er zuckt mit den Schultern. »Keine Ahnung, aber als du da so verloren und blutüberströmt auf dieser kaputten Treppe standest, da ...«

»Da was?«

Sichtlich verlegen ringt Philipp nach Worten. »Na, da hatte ich plötzlich Angst um dich.«

Ich schlucke ein paar Mal und fürchte, dass er es gleich geschafft hat und ich doch noch anfangen werde zu weinen. Um Zeit zu gewinnen, betrachte ich Philipps muskulöse Beine, seine schmale Taille und mir wird bewusst, wie breit seine Schultern sind und dass seine Arme aussehen, als könnten sie einen Sack herabstürzender Felsbrocken aufhalten.

Und er sorgt sich um mich. Ich muss wieder schlucken. Blödsinn. Fall da nicht drauf rein. Niemand sorgt sich um dich. Du bist allein. Auf dich gestellt. Das ist nur deine Reaktion auf die Geschehnisse dieses Vormittags. Reiß dich zusammen, Emma, seine Sorge um dich kann vorgetäuscht sein.

»Alles okay?« Er fängt meinen Blick auf und zum ersten Mal sehe ich, wie schön seine Augen sind, mattgrün mit einem Hauch von Lila, wie frische Artischocken. Er hält meinen Blick fest und in diesem Moment fühle ich mich unfassbar schwach. Ich wünsche mir nichts mehr, als von ihm in den Arm genommen zu werden. Doch alles, was ich auf seine fürsorgliche Frage herausbringe, ist ein heiseres »Ja«.

Während ich zu dem Mädchenschlafsaal hochsteige und mit mir hadere, weil ich so abweisend zu ihm war, durchzuckt mich ein Gedanke. Wenn ich jetzt einfach verschwinden würde – würde es überhaupt jemand kümmern? Würde mich jemand vermissen?

Wie in Trance betrete ich unseren Schlafsaal, wo es nicht nur schwül ist, sondern die Luft nur noch als klebriger Dampf in meinen Lungen ankommt.

Bevor ich mich anziehe, gehe ich zu der Nische mit den Glasperlen und berühre die kühlen, glatten Wölbungen und muss wieder an diese traurigen Einkerbungen in der Kammertür denken. Ich frage mich, ob meine Mutter überhaupt möchte, dass ich all diese Dinge über sie herausfinde, oder ob es sie nur bekümmern würde. Und dann denke ich unwillkürlich wieder an Philipp und daran, ob sie ihn mögen würde.

Während ich mir Jeansshorts und ein T-Shirt überwerfe, muss ich mir eingestehen, dass ich ihn schon sehr mag. Mit seinen grün-lila Augen und diesen kurz geschorenen Haaren. Aber ich weiß nichts über ihn. Noch immer hab ich ihn nicht nach seiner Bemerkung zu unseren Vätern fragen können. Ich kann mir einfach nicht sicher sein, ob sein Mitgefühl nicht doch zu diesen Spielchen hier gehört. So wie Sebastians Mitgefühl heute Morgen in der Küche, das ihn nicht daran gehindert hat, mich in dem Verlies einzusperren. Und Sophia scheint auch sehr viel hintertriebener zu sein, als es auf den ersten Blick aussieht. Wie kann ich irgendwem vertrauen, wenn ich mich nicht mal auf meine eigenen Beobachtungen verlassen kann?

**Niemand hat Gott jemals gesehen.
So wir uns untereinander lieben,
so bleibt Gott in uns, und seine Liebe
ist völlig in uns.** 1. Johannes 4.12

Agnes kniete auf einer der Kirchenbänke und war so in ihr Gebet vertieft, dass sie weder die Kälte spürte, die vom Fliesenboden emporstieg, noch die schleichenden Schritte hinter sich hörte. Und als sich eine Hand auf ihre Schulter legte, zuckte sie entsetzt zusammen. Ihr Andachtsbuch fiel polternd auf den Boden der kleinen Kapelle, die nur von den flackernden Votivkerzen in einer Nische neben der Tür erhellt wurde. Instinktiv versteckte sie den Rosenkranz ihrer Großmutter in ihrer Rocktasche.

»Was tust du hier mitten in der Nacht?«, fragte Martha.

Erleichtert drehte sich Agnes um. »Und du, was machst du hier?« Sie wunderte sich, dass Martha bei der Kälte nur ein Cape übergeworfen hatte. Agnes hatte jedes Kleidungsstück, das sie besaß, angezogen: zwei Blusen, ihre Strickjacke, ihren Wollrock, zwei kratzige Stumpfhosen, Socken, ihr Cape aus Walkstoff, ihre muffige Mütze, den Schal und ihre Stiefeletten. Erst dann war sie in die Kapelle geschlichen. Sie hatte sich das nur getraut, weil Gertrud bei minus zehn Grad auf ihre nächtlichen Patrouillengänge verzichtete. Aber was hatte Martha hier zu suchen? Ob sie ihr gefolgt war?

»Wie du ja siehst, bete ich zur Heiligen Jungfrau.«

»Damit sie dich hier rausholt oder was?«

»Du verstehst das nicht.« Agnes bückte sich nach dem Buch und presste es an sich wie eine Kostbarkeit.

Martha schüttelte ihren Kopf. »In der Tat, es ist mir unbegreiflich, wie jemand in deiner Lage noch an Gott oder sonst welche Außerirdische glauben kann.«

Agnes lächelte. »Gott ist kein Außerirdischer!«

»In meinen Augen schon, ein kalter nichtsnutziger Außerirdischer.«

Agnes bekreuzigte sich. »Manchmal könnte man schon auf die Idee kommen, dass Satan aus dir spricht.«

»Ich kenne nur einen Satan und dessen Name fängt mit G an.«

Wie immer lachte Martha sie aus.

Agnes wünschte sich, sie könnte Martha davon überzeugen, dass sie sich irrte. Sosehr sie Martha mochte, hatte sie auch Angst vor ihr. Martha hatte keine Überzeugung, sie las heimlich verbotene Zeitungen, sie war innen hohl, es gab keinen Kern in ihr. Nichts, was ihr dabei half zu entscheiden, was gut und was böse war.

Agnes spürte jedoch, dass Martha genau danach suchte und dass sie nur deshalb so gern andere Gesichter fotografierte, weil sie wissen wollte, was in deren Seelen verborgen war. Immerhin war Martha noch auf der Suche. Mädchen wie Ursi hatten schon lange aufgegeben. Sie versuchten nur zu überleben, und wenn sie dazu beten sollten, beteten sie, und wenn sie andere verpetzen mussten, verpetzten sie die.

»Wenn du willst, zeig ich dir mein Geheimnis.«

Geheimnisse waren nicht gut, das wusste Agnes, sie sollte eigentlich Nein sagen, Martha war völlig gottlos, ihre Geheimnisse waren etwas, worüber sie besser nichts wissen sollte.

Besser, eigentlich. Genau die Worte, die zu moralischem Versagen führten, davon sprach Gertrud oft bei ihrer tagtäglichen Predigt, die sie vor dem Essen hielt.

Die Mädchen saßen dann vor den dampfenden Tellern, während Gertrud ihr schwarzes Gefieder aufplusterte und von der Vorschattung des Paradieses redete und davon, dass Satan im Schmutz lauerte. Wenn sie sprach, waren alle so still, dass man hören konnte, wie die gestärkten Bänder ihres weißen Häubchens über ihr Kinn kratzten.

Heute hatte es Agnes' Lieblingsspeise gegeben. Pichelsteiner Eintopf. Und während ihre Nase den Geruch der Brühe einsog und ihr das Wasser im Mund zusammenlief, mussten sie ihre Arme auf dem Tisch verschränken und den Zeigefinger der rechten Hand auf den Mund pressen, damit nur ja kein Laut herauskam, und zuhören und warten, bis die Predigt zu Ende war. Sie war immer genau dann zu Ende, wenn das Fett auf dem Teller zu weißen Augen erstarrt war.

»*Eigentlich* wollt ihr an Gott denken, aber das Essen führt eure schwachen Leiber in Versuchung! Eigentlich wollen eure Gedanken rein sein, aber eure Körper bringen Schmutz über euch. Wenn ihr hier bei uns die Vorschattung des Paradieses leben wollt, dann müsst ihr euch geistlich reinigen, dürft nichts für euch behalten, müsst mir im Gespräch alles offenbaren, damit eure Gedanken und Gefühle im Licht leben. Dann dürft ihr nichts zurückhalten. Denn wer von euch Sünden verbirgt, gibt Satan Macht über sein Leben.«

Besser ... eigentlich. Agnes betrachtete Martha, die sie immer noch anstarrte, sie in ihren Blickwinkel nahm. Manchmal sogar mit dem Fotoapparat. Natürlich war es besser, ihr Geheimnis nicht zu kennen, so konnte Gertrud es nicht aus ihr rausprügeln.

Aber Martha war die Einzige, die keine Angst davor hatte, mit Agnes gesehen zu werden. Martha war die Einzige, die sie mochte.

»Was für ein Geheimnis?«, fragte sie.

»Es ist dort.« Martha zeigte zum Altar und lief los. »Komm mit!«

Zögernd folgte ihr Agnes. Der Altar war der Heiligen Jungfrau geweiht, und je näher sie kam, desto stärker wurde ihr Widerwille. Was hatte Martha vor? Agnes blieb stehen und konnte das übermütige Funkeln in Marthas Augen sehen.

»Du bist wirklich ein dummes Schäfchen! Hast du etwa Angst?«

»Nein«, flüsterte Agnes. »Und ich bin nicht dumm. Aber du bist dumm, weil du mich in deine Geheimnisse einweihst.«

Martha kam näher und legte ihre Hand auf Agnes Arm. »Du hast recht. Du bist, von dieser Besessenheit mit der

Jungfrau Maria mal abgesehen, der klügste Mensch unter der Sonne. Ich vertraue dir.«

Unwillkürlich fragte sich Agnes, ob sie im Gegenzug Martha vertrauen konnte. Und es bekümmerte sie, dass sie nicht wirklich sicher war. Wie um diesen gedanklichen Verrat wiedergutzumachen, drückte sie Marthas Hand besonders eifrig.

»Dann zeig es mir, dein Geheimnis.«

15. Kapitel

Die Pizza, die erst serviert wird, als ich komme, schmeckt zwar lecker, aber ich bringe kaum etwas herunter. Immerhin bin ich froh, dass es mir trotz allem, was vormittags passiert ist, besser geht als heute Morgen. Jetzt kann ich in diesem Saal sitzen und die blinden Engel an der Decke betrachten und empfinde dabei höchstens ein bisschen Trauer darüber, dass man so viel Schönheit einfach verfallen lässt, sonst nichts.

Bevor ich etwas esse, brauche ich wenigstens ein paar der Antworten auf die Fragen, die durch meinen Magen rumoren. Und die erste ist die drängendste. »Warum hat Sebastian mich in diesem Verlies eingesperrt«, bricht es aus mir heraus. »Er hatte absolut kein Recht dazu, Camp hin oder her.«

Becker reagiert überraschend. Ich dachte, er würde in etwa wie Nicoletta argumentieren, Verbote und Sicherheitsbedenken anführen, aber das tut er nicht. Er nickt leicht und antwortet dann mit einer Gegenfrage. »Hast du darüber schon mit Sebastian gesprochen?«

Ich schweige verblüfft. Nein, das habe ich nicht, ich

hatte auch noch keine Gelegenheit dazu. Ich sehe mich um, von Beckers Assistenten fehlt mal wieder jede Spur, offenbar scheint er alle Mahlzeiten zu verpassen.

Aber Becker hat recht, das sollte ich tatsächlich direkt mit ihm klären.

»Wenn du mit ihm gesprochen hast, können wir gern noch einmal über die ganze Sache reden«, schlägt Becker vor. »Ich habe sowieso ein Gespräch mit Sophia und dir nach dem Essen vorgesehen, draußen im Obstgarten. Tom und Philipp«, er nickt den beiden Jungs zu. »Ihr seid dann abends dran.«

Sophia und ich. Mir fällt wieder der Rosenkranz ein, den sie um den Hals trägt. Vielleicht kann ich sie nach dem Gespräch dazu ausquetschen.

»Was hat es denn eigentlich mit dieser Kammer auf sich?«, fragt Philipp.

Becker zuckt mit den Schultern. »Das wüsste ich selbst gern.« Er erklärt uns, was wir schon von Sebastian erfahren haben, nämlich dass das Schloss einmal in Kirchenbesitz gewesen ist. Über den jetzigen Besitzer ist so gut wie nichts bekannt. Die *Transnational Youth Foundation* hat das Gebäude über ein Maklerbüro gefunden. »Normalerweise vermieten sie an Filmcrews«, erklärt Becker. »Die TYF hat das Schloss das erste Mal im letzten Sommer genutzt, da waren wir aber nur einen Tag und eine Nacht hier. Wir haben das Abschlusstraining der Endteilnehmer hier abgehalten. Wenn ich das richtig verstanden habe, sollte das Schloss schon länger verkauft werden, aber es gibt keine Interessenten.«

Kein Wunder, denke ich. Wer wollte schon so ein gruseliges Gemäuer wie das hier kaufen!

»Ich hab's«, sagt Tom und fängt an zu grinsen. »Ich meine, was es mit diesem Verlies auf sich hat. Das ganze Schloss ist mal eine Irrenanstalt gewesen, in der man grausame Experimente mit den Insassen angestellt hat. Und die Kammer war so was wie eine Gummizelle.«

Seine eher flapsig dahingesagten Worte treffen mich mitten ins Herz, denn mir fällt sofort das Medikament ein, das Mam heimlich genommen hat, ein Medikament, das auf die Psyche wirkt.

Was, wenn sie das nehmen musste, weil sie einmal in einer psychiatrischen Anstalt gewesen ist? Meine Mutter? Ich kann nicht glauben, dass ich das überhaupt auch nur in Erwägung ziehe!

»Irrenanstalt hin oder her, fest steht, dass es hier spukt«, sagt Philipp.

Becker lächelt ihn an. »Alle Häuser haben eine Geschichte und nicht jede ist schön.« Dann wird er ernst. »Gespenster gibt es nicht in Häusern, sondern in Familien. Man nimmt sie überallhin mit, egal wo man wohnt.«

Ich nicke. Becker spricht mir gerade aus dem Herzen.

»Da bin ich anderer Meinung.« Nicoletta wird ein bisschen rot und ich frage mich, was ich eigentlich dauernd an ihr auszusetzen habe.

»Dann glaubst du also an Geister?«, fragt Tom interessiert.

»Ich denke«, sie räuspert sich. »Es gibt viel mehr zwischen Himmel und Erde, als wir erklären können.«

Eine Tür klappt und Sebastian kommt herein, so engelhaft schön und schwerelos, fast auch wie ein Geist, schießt es mir durch den Kopf. Er muss den letzten Satz noch mitgehört haben, denn nachdem er sich hingesetzt und ein Stück kalte Pizza genommen hat, wendet er sich an Nicoletta. »Jetzt sag nur, du glaubst an Gott?« Er zieht eine Augenbraue hoch. »Du bist eine Wissenschaftlerin! In deiner Doktorarbeit hast du über Opfer geschrieben. Wie bringst du denn das zusammen?«

Ich starre Nicoletta an. Die Menschen in der Kammer – sie waren Opfer. Ist sie deshalb hier?

Becker scheint das Interesse an der Diskussion verloren zu haben. Er sieht auf die Uhr. »Emma, Sophia, wir treffen uns in einer Viertelstunde im Obstgarten. Die anderen gehen mit Sebastian.« Damit verschwindet er nach draußen.

Ich überlege gerade, ob ich Sebastian jetzt wegen der Sache mit der Kammer zur Rede stellen soll, als mir siedend heiß etwas einfällt. Ich Idiotin!

Ich springe auf und hetze durch die Küche in den Keller zum Waschraum. Meine Klamotten! Ich habe sie einfach so liegen lassen. Glücklicherweise ist der Haufen noch unangetastet, er wirkt in dem grauen Raum wie eine abstruse Kunstskulptur, die jemand mit Blut getränkt hat. Ich zerre meine Jeans hervor und durchsuche hektisch die Taschen. Doch meine Befürchtungen sind wahr geworden. Das Foto und der Brief sind weg.

Sehr viel langsamer steige ich die Treppen wieder nach oben und frage mich, was das nun wieder zu bedeuten hat. Wer hat gewusst, dass ich diesen Brief überhaupt gefunden habe? Hat Sebastian mich dabei beobachtet, wie ich ihn in die Tasche gesteckt habe? Oder vielleicht doch Nicoletta? Sie hat mir den Bademantel gebracht und war als Einzige im Waschraum. Vielleicht hat sie da meine Sachen durchwühlt. Oder haben Sebastian und sie sogar zusammen hinter mir herspioniert und beobachtet, was ich gefunden habe?

Der Bademantel liegt noch oben, ich beschließe, ihn in Nicolettas Zimmer zu bringen und mich dort mal umzusehen. Jetzt muss ich unbedingt wissen, was in dem Brief stand. Und danach nehme ich mir Sebastians Zimmer vor. Die können nicht alles mit mir machen!

Ich hole den Bademantel und gehe in den zweiten Stock, wo die Zimmer von Nicoletta, Becker und Sebastian liegen, und klopfe an Nicolettas Tür. Als niemand antwortet, nehme ich all meinen Mut zusammen und öffne sie vorsichtig.

Überrascht sehe ich Kleiderhäufchen, die am Boden liegen, ihr Bett ist nicht gemacht und auf dem Tisch unter dem Fenster liegen neben ordentlichen Buchstapeln und Aktenordnern leere Schokokeksschachteln und zerknüllte Chipstüten. Auf dem Bett entdecke ich eine Haarbürste und eine Make-up-Tube. Dort lege ich den Bademantel ab.

Wo könnte sie die Sachen aus meiner Hosentasche hingetan haben? Das Papier muss nass geworden sein. Also müsste sie es trocknen, zwischen zwei Lagen Papier, Servietten oder Handtüchern, die sie dann wieder versteckt. Ich gehe zu ihrem Schreibtisch, wo ein Stapel Papier liegt, die Zettel sind alle wild durcheinander.

Ich schleiche noch mal zur Tür, um zu hören, ob jemand kommt, aber es ist still. Hastig schaue ich die Stapel durch.

Der linke Stapel besteht nur aus Zeitungsartikeln, manche auch auf Englisch, der Text ist in verschiedenen Farben markiert. Ich arbeite mich von oben nach unten durch, immer mit einem Ohr zur Tür lauschend. Ganz oben geht es um traumatisierte Eltern und Kinder, dann folgen Berichte über Entführungen und Selbstmorde und ganz unten finde ich zwei Artikel über Fotoausstellungen einer prominenten Fotografin, von der ich noch nie gehört habe. Martha Eisele in New York und Tokio.

Ich bin schon beim zweiten Stapel, in dem es nur um Erinnerungen und den Wahrheitsgehalt sowie die Zuverlässigkeit von Gedächtnisleistungen geht, als mir etwas keine Ruhe gibt und verlangt, dass ich mir den ersten Papierstapel noch mal genauer anschauen soll.

Eins der Bilder.

Die Fotoausstellung?

Ich ignoriere die Stimme in meinem Kopf, die mich drängt, mich damit jetzt nicht aufzuhalten, ich muss diesen Brief finde, aber dann schaue ich mir den Bericht über diese Eisele und ihre Retrospektive doch ganz genau an. Tatsächlich, da gibt es ein offensichtlich berühmtes Bild von ihr, genau das gleiche Karussellfoto, das bei uns zu Hause im Flur hängt. Ich glaube nicht, dass das eine Bedeutung hat, Mam hat nie erwähnt, dass sie diese Eisele kennt.

Aber nein, das war es nicht, das Bild war in einem der Artikel. Ich gehe alles noch einmal langsam durch. Und

1x1.-DM

da ist es. Es ist ganz klein und unscharf, aber wenn man genau hinsieht, ist es unverkennbar. Das Foto zeigt Sebastian und in dem Artikel geht es darum, dass er angeklagt ist, eine Studentin vergewaltigt zu haben. Er lächelt so freundlich und engelhaft in die Kamera, wie ich ihn kennengelernt habe. Mein Herz schlägt schneller, aber ich zwinge mich, den Artikel genau zu lesen, und dann finde ich im zweiten Absatz etwas, das mir den Boden unter den Füßen wegzieht.

Es ist die Verbindung, nach der ich die ganze Zeit gesucht habe.

Sebastians Anklage hat mit Freispruch geendet, heißt es dort, nachdem ein psychiatrisches Gutachten dem Opfer eine schon länger vorliegende psychotische Störung diagnostiziert hat. Die Studentin, die ihn der Vergewaltigung bezichtigt hat, hat sich im Anschluss an das Verfahren vom Dach des Marienhospitals gestürzt, was einer nicht namentlich genannten Schwester in der Notaufnahme zum Vorwurf gemacht wurde.

Mams Krankenhaus. Mams Station.

Wann war das? Hektisch suche ich nach dem Datum. Das Mädchen hat sich drei Wochen vor Mams Unfall umgebracht. Und Mam hat es mit keiner Silbe erwähnt, aber genau zu dem Zeitpunkt hat sie angefangen, Farbe zu kaufen! Selbst wenn sie nicht die Krankenschwester war, die hier im Artikel erwähnt wurde, sie musste das Drama zumindest aus nächster Nähe mitbekommen haben.

Okay. Noch mal ganz von vorn. Ich muss das in die richtige Reihenfolge bringen. In Nicolettas Zimmer liegt ein Zeitungsartikel, der Sebastian und meine Mutter zusammenbringt. Wusste meine Mutter vielleicht etwas von dieser Studentin, was Sebastian im Nachhinein noch hätte gefährlich werden können? War er deswegen hinter ihr her gewesen? Aber was soll der Artikel hier in Nicolettas Zimmer? Ich unterdrücke ein Stöhnen, denn das hier bringt mich im Augenblick nicht wirklich weiter. Es erklärt nicht, warum ich hier an diesem Ort bin und mit Fotos konfrontiert werde, die mit Mams Kindheit zu tun haben.

Ein Geräusch lässt mich erstarren, ich hetze hinüber zur Tür, um mich hinter ihr zu verstecken. Mit großer Erleichterung höre ich, dass es Dr. Becker und Sebastian sind, die auf dem Flur miteinander reden.

»Sorg dafür, dass die Mädchen sich jetzt im Obstgarten einfinden, und – Sebastian, du weißt, wie sehr ich dir vertraue, bitte enttäusch mich nicht.«

Ich presse mich flach an die Wand, voller Panik, sie könnten in Nicolettas Zimmer kommen, aber jeder verschwindet in seinem und ich nutze meine Chance und mache, dass ich hier rauskomme. Auch wenn ich nicht den Brief gefunden habe und Sebastians Zimmer nicht mehr danach durchsuchen kann, bin ich doch endlich einen Schritt weiter.

Schnell mache ich mich auf in den Obstgarten und erst unten fällt mir ein, dass ich den Bademantel auf Nicolettas Bett liegen gelassen habe.

16. Kapitel

Der Weg zum Obstgarten führt an einem stillgelegten Springbrunnen vorbei, dessen Anblick mich irritiert, während ich mir das Gehirn darüber zermartere, wie ich diese Informationen mit Mams Tod in Verbindung bringen kann.

Und das hat nichts mit den fehlenden Fontänen zu tun. Ich gehe näher hin, betrachte die Blätter und Ästchen, die seit Jahren auf dem Becken zu liegen scheinen, und schiebe sie etwas zur Seite. Und dann bin ich ganz sicher, hier auf diesem Springbrunnenrand wurde Mams Puppe fotografiert. Ich bleibe stehen und betrachte den steinernen Brunnen.

An die Puppe habe ich seit meiner Ankunft nicht mehr gedacht, aber der Brunnen erinnert mich daran und ich frage mich wieder, warum sie überhaupt gestohlen wurde.

Hinter mir raschelt es leise im trockenen Gras. Als ich mich umdrehe, erkenne ich Nicoletta, die neben dem Brunnen eine alte Schubkarre abstellt. Sie wischt sich über die nasse Stirn und lächelt mich so freundlich an, dass ich mich in Grund und Boden schäme, ihr Zimmer durchsucht zu haben. Am liebsten würde ich sie nach Sebastian fragen, aber das geht natürlich nicht, ohne mich zu verraten.

»Ich habe den Bademantel auf dein Bett gelegt.« Ich finde, es klingt völlig harmlos.

Sie nickt mir zu und streicht dann mit einer Hand über die steinernen Wölbungen in dem Brunnen.

»Wirklich schade, dass er trocken ist. Bei der Hitze.« Sie ächzt leise. »Andererseits, beim letzten TYF-Camp haben sie erzählt, dass es hier früher einen Unglücksfall gegeben hat und ein Kind darin ertrunken ist.«

»In diesem Brunnen?« Hat das etwas mit dem Puppenbild zu tun? Soll das eine Andeutung sein? Aber wo könnte da der Zusammenhang mit Mam sein? Vielleicht ist es passiert, als Mam hier war.

»Weißt du, ob dieses Schloss mal eine Anstalt für psychisch Kranke war?« Geistesgestörte oder Verrückte bringe ich angesichts des Medikamentes, das ich in Mams Sachen gefunden habe, nicht über die Lippen. »Und dieser Unglücksfall, hast du eine Ahnung, wann das etwa war?«

Nicoletta leckt sich den Schweiß von ihrer Oberlippe. »Nein. Es kursieren nur Gerüchte, aber das mit dem ertrunkenen Kind könntest du vielleicht in der Kapelle überprüfen. Dort gibt es ein Kirchenbuch mit Eintragungen zu Geburt, Tod und Heirat. Sebastian war oben, vor ein paar Tagen, als wir hier alles vorbereitet haben. Er war ganz aufgeregt, weil er dachte, er hätte einen seiner Vorfahren im Kirchenbuch entdeckt.« Sie dreht sich um und zuckt mit den Schultern. »Ich werde jetzt endlich in den See springen. Und das solltet ihr später auch tun. Der

See ist so wunderbar kalt.« Ihr Lächeln wird jetzt wieder so gezwungen wie gestern Abend im Waschraum. »Das liegt sicher daran, dass er so unendlich tief ist. Was darin versinkt, taucht nie wieder auf.« Sie hastet davon und ruft über ihre Schulter noch zu mir hin. »Lass dich von Dr. Becker in der Gesprächsrunde nicht irritieren, schließlich hast du doch nichts zu verbergen, oder?«

Doch, denke ich, jede Menge. So wie ihr ganz offensichtlich auch.

Ich schaue ihr nach. Sie rennt schnell und präzise wie eine Marathonläuferin.

Nachdenklich betrachte ich den runden, nicht allzu tiefen Brunnen. Wie darin ein Kind ertrinken soll, ist mir völlig schleierhaft, es sei denn, jemand würde es ertränken. Trotz der Hitze läuft mir eine Gänsehaut über meinen Rücken und ich beeile mich, dieses steinerne Ungetüm hinter mir zu lassen und in den Obstgarten zu kommen.

Ich werde auf keinen Fall schwimmen gehen, sondern die Kapelle besuchen. Je länger ich darüber nachdenke, desto besser gefällt mir der Gedanke. Vielleicht finde ich in dem Buch Hinweise darauf, wann genau Mam hier war. Möglicherweise wurde sie hier gefirmt, denn auch wenn Mam nichts mit Religion zu tun haben wollte, weiß ich doch, dass meine Urgroßmutter katholisch war. Und früher war es dann einfach üblich, jedes Kind zu taufen und zu firmen. Außerdem wurde Mams Puppe an diesem Brunnen wie tot arrangiert und keine andere, das muss einen Grund haben.

Wenn es also wirklich ein Kind gab, das dort ertrunken

ist, dann kann das alles kein Zufall sein, so wenig wie die alte Frau mit dem Ring in Mams Auto.

Am liebsten würde ich sofort gehen, aber ich habe mir vorgenommen, mich unverdächtig zu benehmen.

Vielleicht hat der Obstgarten früher mal seinen Namen verdient, aber jetzt sind die wenigen Apfel- und Birnbäume alt und knorrig und ihre spärlichen Blätter bieten nur wenig Schatten. Die Johannisbeersträucher und Himbeerhecken am äußeren Rand des Gartens tragen kaum Früchte, die Blätter sind verdorrt und die braunen Ranken zu einem abweisenden Dickicht verflochten. Es riecht nach Fallobst und vertrockneten Blättern, aber die Luft bewegt sich mehr als im Haus, was die Hitze etwas erträglicher macht.

Mir gefällt es trotzdem nicht, ich fühle mich unwohl, wie von tausend Augen beobachtet, wofür es aber wirklich keinen Grund gibt. Es ist nur ein alter Garten. Nichts sonst.

Dr. Becker hat unter der verkrüppelten Eiche Stühle bereitgestellt. Er trägt wieder graue Anzughosen, ein lässiges weißes Leinenhemd und zum Schutz gegen die Sonne einen alten Strohhut, mit dem er aussieht wie ein impressionistischer Maler auf Motivsuche.

»Eure Lektion heute: Ihr müsst füreinander einstehen.« Er sieht uns ruhig an und ich denke an den belauschten Gesprächsfetzen von vorhin. Sind Becker und Sebastian auch ein Team, steht Becker für ihn ein und umgekehrt und wenn ja, was schweißt sie zusammen?

»Das habt ihr verstanden, oder?«, hakt Becker nach.

»Füreinander einstehen, wenn wir uns noch gar nicht kennen?«, wendet Sophia ein.

»Nachvollziehbare Frage. Aber ihr habt euch für das Team entschieden. Also handelt danach.« Becker nickt mir zu. »Passt auf, in jedem Camp geht es um Entscheidungen. Das ist es, was euch im Leben weiterbringt. Entscheidungen sind euer Motor und sie basieren auf euren ureigensten Wünschen. Aber auch auf Sorgen und Ängsten. Und nur wer sich ihrer bewusst ist, kann in einem Team funktionieren. Was sind eure Ängste?«

Sophia und ich schweigen überrumpelt.

Becker schaut von mir zur ihr. Über sein Gesicht gleitet ein unmerkliches Lächeln. »Schön«, sagt er leise. »Fangen wir mit meiner Angst an. Mit meiner größten Angst.« Er macht eine unmerkliche Pause. »Dazu müsst ihr wissen, dass ich während des Studiums bei einem Bestatter gejobbt habe. Eine Arbeit, die getan werden muss, die aber keiner gern machen will, und deshalb wurde sie auch gut bezahlt. Aber seit dieser Zeit habe ich große Angst, lebendig begraben zu werden.«

Meint er das ernst?

Sophia sieht ihn mitleidig an. »Das ist fürchterlich«, sagt sie.

Becker lächelt nicht mehr. »Ja, das ist es«.

Plötzlich glaube ich, dass er die Wahrheit sagt.

»Und du? Wovor hast du Angst, Sophia?«, fragt er.

Sophia räuspert sich. »Ich ... Also, es klingt wirklich ... ich habe Angst vor Knöpfen, nicht nur eine Scheiß-Angst, ich ekle mich vor ihnen, ich finde, sie stinken.«

Davon habe ich noch nie gehört. Spinnen oder Schlangen, enge Räume, Ratten, aber Knöpfe? An so vielen Kleidern sind Knöpfe, manchmal sogar einfach nur Zierknöpfe, das muss ja furchtbar sein, man kann ihnen kaum entkommen! Dr. Beckers Hemd hat viele schimmernde Perlmuttknöpfe.

»Gibt es so etwas?«, rutscht es mir heraus.

Becker nickt. »Gar nicht mal so selten. Eine Knopfphobie oder wie der Fachbegriff heißt: Koumpounophobie. Menschen werden übrigens nicht mit diesem Ekel geboren.«

Er kommt schwer in Fahrt. »So etwas entsteht durch fehlgeleitete Erziehungsmaßnahmen, durch traumatische Ereignisse in der Kindheit, durch einen Zufall oder auch bei einem Unfall. Oder«, er nimmt den Strohhut ab und fächelt sich damit Luft zu, »um den allseits verhassten, aber von mir höchst geschätzten Freud zu zitieren, ›das kleine Kind ist frei von Phobien‹. Entschuldige, Sophia, ich möchte hier gar nicht fachsimpeln, es sollte dich nur trösten.« Er setzt den Hut wieder auf.

»Mit mir ist sonst alles in Ordnung, ich mag nur keine Knöpfe.« Sophia springt auf und geht in dem Kreis herum. »Ich bin nicht verrückt!«

»Nein, natürlich nicht!« Becker steht ebenfalls auf und tritt näher, aber sie erstarrt. Warum tut er das? Sie hat doch gesagt, wovor sie Angst hat! Sie zeigt auf seine Hemdknöpfe und er nickt ihr beruhigend zu und geht einen Schritt zurück. »Setzen wir uns.«

Becker wendet sich mir zu. »Emma?«

Und dann passiert etwas Merkwürdiges. Ich sage die

Wahrheit und dabei fängt mein Herz an zu rasen und meine Handflächen werden feucht.

»Meine Mutter ist bei einem Unfall gestorben.« Ich räuspere mich. »Ich fürchte allerdings, es war kein Unfall, sondern sie wurde ermordet. Meine größte Angst ist, dass die Mörder davonkommen und man ihre Leiche nie findet.«

So. Es ist heraus.

Ich spüre, wie mein Herz klopft, als hätte ich einen Hundertmeterlauf hinter mir. Aber ich muss mich konzentrieren, muss mir ein Bild machen, ob Becker oder Sophia ungewöhnlich reagieren. Aber sie scheinen betroffen und schauen auf die Erde. Die Stille dauert so lange und ist so absolut, dass mir das Summen der Mücken extrem laut vorkommt.

Schließlich nickt mir Becker zu. »Das verstehe ich«, ist alles, was er sagt, und ich begreife plötzlich, warum Menschen zu Psychologen gehen. Ein winziger Satz und doch fühle ich mich merkwürdig getröstet.

Aber, das fällt mir gleich darauf ein, müsste er nicht überraschter reagieren? Oder irgendeinen weiteren Kommentar zum Tod meiner Mutter machen? Eine Frage stellen?

Sein Blick ist noch immer auf mich gerichtet und plötzlich wird mir klar, dass er längst davon weiß. Grünbein muss mit ihm in Kontakt getreten sein, um sich zu vergewissern, dass er mich so kurz nach dem Tod meiner Mutter in das Camp fahren lassen kann. Wieso habe ich mir das nicht schon früher gedacht?

Sophia ist weniger einfühlsam als Becker. »Wer sollte denn deine Mutter ermorden? Und warum?«, fragt sie und sieht aus, als wollte sie sagen: »Schaut euch bloß mal diese Wichtigtuerin an, die schreckt vor gar nichts zurück.«

Ich sehe in den Himmel. Die schwüle Luft ist klebrig und es kommen immer mehr graue Wolken auf. Vielleicht zieht ein Gewitter auf und vertreibt diese drückende Atmosphäre.

»Das ist es ja, was mir Angst macht«, beantworte ich Sophias Frage. »Seit meine Mutter tot ist, habe ich Albträume und es geschehen merkwürdige Dinge.«

»Und was sagt die Polizei dazu?« Sophia versucht jetzt, mitfühlend zu klingen, aber was ich sage, gefällt ihr nicht, das ist offensichtlich.

»Die Polizei geht von einem Unfall ohne jedes Fremdverschulden aus.«

Sophia schaut mich an, als würde sie schon an der nächsten ungläubigen Frage arbeiten, aber in dem Moment taucht Sebastian mit Tom und Philipp im Schlepptau auf. Sie wirken beide verschwitzt und erschöpft, vor allem Tom, der aussieht, als könnte er jeden Moment zusammenklappen.

»Die zwei brauchen eine Pause. Wir waren Holz hacken.«

In der Hitze hat Sebastian die Jungen zum Holzhacken gezwungen? Jetzt, wo die Sonne am höchsten steht? Wie sadistisch soll dieses Camp eigentlich noch werden?

»Ich brauch auch eine Pause!« Dankbar stehe ich auf. Nur weg hier und ich weiß auch, wohin.

Becker fächelt sich mit seinem Strohhut Luft zu.

»Danke, Emma, danke, Sophia für eure Ehrlichkeit. Tom und Philipp sind später dran. Wir machen am frühen Abend weiter, wenn die Hitze sich etwas gelegt hat. Die nächste Aufgabe wird euch vielleicht mehr Spaß machen. Es geht es um eure Geheimnisse.«

Philipp zieht seine Augenbrauen zusammen, was wieder die zornige Falte zwischen seinen Augen erscheinen lässt. »Geht das immer so weiter? Ich dachte, wir machen Sport oder Spiele, die unseren IQ steigern. Nicht so einen Psychokram.«

»Richtig«, sagt Tom. »Mein Vater wäre ausgerastet, wenn er mich bei dem Blutbad von vorhin hätte sehen können.« Er kratzt sich verlegen hinter dem Ohr.

»Hättest du gern, dass dein Vater hier wäre?«, fragt Becker und Tom wird knallrot.

»Oder du vielleicht, Philipp?«, erkundigt sich Sebastian.

Sie wissen alle etwas, von dem ich keine Ahnung habe. Philipp verschränkt seine Arme vor der Brust, als müsste er sich daran hindern, auf jemanden loszugehen. Die Stimmung ist plötzlich explosiv und ich denke daran, dass ein reinigendes Gewitter wirklich nicht schaden könnte.

Keiner achtet weiter auf mich und ich beschließe, die Situation zu nutzen, um mich jetzt unauffällig zur Kapelle aufzumachen. Ich muss nach jedem Strohhalm greifen, um weiterzukommen, und seit Nicoletta von dem Buch gesprochen hat, spüre ich so ein Kribbeln im Bauch. Auch wenn ich keine Ahnung habe, was genau in so einem Kirchenbuch drinsteht.

Ich komme gut voran, aber ich schaffe es nur bis zu dem alten Brunnen, als sich plötzlich eine Hand schwer auf meine Schulter legt. Ich erstarre, habe Angst, mich umzudrehen. Was, wenn es Sebastian ist, mit dem möchte ich auf keinen Fall mehr allein sein. Ob ich Sophia vor ihm warnen sollte? Aber wie könnte ich das, ohne mich zu verraten?

»Wohin willst du?«

Erleichtert stoße ich Luft aus. Es ist Philipp, der mir gefolgt ist, ohne dass ich es gemerkt habe. Noch einer, der sich hinterrücks anschleichen kann. Ich überlege hastig, gehe in meinem Kopf alle Optionen durch. »Warum willst du das wissen?«, frage ich.

Er grinst mich an und ich habe keine Ahnung, warum mir dieses Grinsen falsch vorkommt. »Nur für den Fall, dass dich wieder einer einsperrt«, höre ich ihn sagen.

17. Kapitel

Ich habe mich dafür entschieden, Philipp nicht abzuschütteln. Zum einen, weil ich mich unverdächtig benehmen will, und zum anderen, weil ich immer noch wissen möchte, was es mit seinem Vater auf sich hat. Und dann ist da noch so ein kleines Flämmchen tief in meinem Bauch, das sich noch aus einem ganz anderen Grund darüber freut, dass er mitkommt, ganz einfach, weil er mir gefällt. Aber ich werde alles tun, um das zu ersticken. Ich kann keine Komplikationen gebrauchen.

Als ich ihm erzähle, dass ich unterwegs zur Kapelle bin, führt er mich zu einem Pfad, der an der Nordseite des Schlosses beginnt. Sogar von außen wirken die Türme hier, als könnten sie in sich zusammenfallen.

Nach einem kurzen steilen Anstieg verschnaufen wir einen Moment und drehen uns zum Schloss um, das im grellen Sonnenlicht besonders unförmig wirkt. Es schmiegt sich an den Berg wie ein seltsames Tier, das eine böse Fee in Stein verwandelt hat. Der See auf der anderen Seite des Schlosses schimmert giftig wie Quecksilber in der trüben Hitze und bei dem Gedanken, dort zu baden, läuft mir eine Gänsehaut über den Rücken.

Philipp scheint das Gleiche zu spüren, denn er dreht sich mit einem leichten Schaudern abrupt um. »Lass uns weitergehen«, sagt er.

Ich überlege, wie ich das Gespräch auf seinen Vater bringen kann, ohne dass er sofort wieder dichtmacht, aber Philipp gibt ein Tempo vor, als hätten wir ein Zeitlimit, und ich komme in meinen Flipflops kaum hinter ihm her und kriege nur schwer Luft. Zähneknirschend muss ich ihn bitten, etwas langsamer zu gehen.

Jetzt führt der Weg leicht bergab über vertrocknetes Gras, vorbei an schwarz verbrannten Baumstümpfen, deren tote Äste in die Luft ragen wie Hilfeschreie, vorbei an Felsen, aus denen sich immer mal wieder ein kleiner grüner Stängel hervorquält.

Jetzt werde ich ihn fragen. Jetzt. Aber da kommt er mir zuvor.

»Ich wollte allein mit dir reden, irgendetwas stimmt nicht mit diesem Camp.«

»Wie meinst du denn das?«, frage ich reichlich heuchlerisch zurück. Er bleibt stehen und sucht meinen Blick.

»Mal ganz abgesehen von dem Blutbad vorhin und diesen merkwürdigen Tests, findest du es normal, wenn hier Exknackis als Betreuer arbeiten?«

»Wie kommst du denn auf so was?« Mir schießt die Röte ins Gesicht. Woher weiß er das?

»Hast du Sebastians Tätowierung gesehen?«

Das überrascht mich jetzt. Was hat denn das mit dem

Artikel zu tun? Leider schiebt sich sofort der nackte Sebastian vor mein inneres Auge und ich sehe das Wellentattoo unterhalb seines Sixpacks, aber das könnte Philipp in den falschen Hals kriegen, also schüttele ich den Kopf.

»Diese drei Punkte zwischen Daumen und Zeigefinger. So was tragen nur Knackis.« Philipp wird ganz rot im Gesicht, während er weiterredet. »Sie symbolisieren die drei Affen. Nichts sehen, nichts hören, nichts reden. Das heißt für die anderen Knackis, dass man sich auf ihn verlassen kann.«

»Das hast du aus dem Fernsehen, oder?«

»Nein.« Er presst die Lippen zusammen, als müsste er sich bremsen. »Glaub es mir einfach.«

»Was glaubst du denn, was hier läuft?«, frage ich und denke darüber nach, ob ich ihm von den Artikeln erzählen soll.

»Wenn ich das nur wüsste! Ständig kommt es mir so vor, als ob wir alle auf einem Vulkan hocken, in dem es schon brodelt. Andererseits – vielleicht ist das auch nur eine Masche, um uns zur Weißglut zu bringen und uns wirklich zu testen.«

Der Weg führt jetzt durch eine Senke, die voller Blaubeergestrüpp ist, aus dem die reifen Beeren blau hervorblitzen. Aber als wir uns bücken, um welche zu pflücken, müssen wir erkennen, dass die Beeren entweder von Ungeziefer zerfressen oder völlig vertrocknet sind. Schweigend gehen wir weiter, bis ich am Ende der Senke einen großen Holzstamm mit einem altarähnlichen Aufbau entdecke, auf dem sich eine Marienstatue befindet.

»Ist das etwa schon die Kapelle?«, frage ich Philipp.

Philipp schüttelt den Kopf und über sein eben noch so finsteres Gesicht zieht sich der Anflug eines Lächelns. »Tom hat recht, Religionsunterricht ist gar nicht so falsch. Das ist nur ein Marterl, ein kleiner Altarstock. So etwas wurde früher oft zum Andenken an Opfer von Bergunglücken oder Naturkatastrophen errichtet. Vielleicht ist an dieser Stelle mal jemand vom Blitz erschlagen worden.«

»Dann sollten wir uns besser beeilen, damit wir bei der Kapelle sind, bevor es losbricht.« Ich zeige in den schwarz-gelben Himmel. Und nachdem er mich gerade so entspannt angelächelt hat, finde ich, dass jetzt der richtige Moment gekommen ist. »Wieso bist du hier, Philipp? Was ist mit deinem Vater? Ist er vielleicht ... gestorben?«

Philipp bleibt entgeistert stehen, dann schüttelt er den Kopf und geht weiter Richtung Marienstatue. »Nein«, schnaubt er. »Obwohl es kein Schwein kümmert, ob mein Vater lebt oder nicht.«

Jetzt kapiere ich gar nichts mehr. Ich werde nicht schlau aus seinen Andeutungen, bin aber diesmal etwas vorsichtiger als gestern Nacht. Wenn er wieder ausrastet und wegläuft, stehe ich ganz ohne Antworten da.

»Nur um das klarzustellen«, setzt Philipp noch einmal hinzu. »Ich bin völlig anders als mein Vater.«

Ich hebe meine Arme. »Philipp, sag mir bitte, wieso du hier bist. Es ist wichtig, okay?«

Er sieht mich lange an, seine grün-lila Augen, die so sanft blicken können, blitzen vor Zorn. »Fragst du das im Ernst? Hast du echt keine Ahnung?«

Ich könnte stöhnen vor lauter Frustration. »Wovon habe ich keine Ahnung?«

Philipp holt tief Luft. »Meine Mutter hat diese Einladung für mich bekommen. Hier im Camp würde Kindern von Kriminellen die Chance geboten, sich gemeinsam mit Jugendlichen aus normalen Familien zu beweisen.« Sein Gesicht ist dunkel geworden wie der Himmel über uns, aus dem es bedrohlich grollt. Er lacht bitter. »Und ja, ich gehöre zu den Kriminellen. Mein Vater sitzt im Knast. Wegen Raubüberfall mit schwerer Körperverletzung.«

Sofort bricht eine Gedankenspirale in meinem Hirn los, die beim Tod meiner Mutter beginnt und bei Mord aufhört. Ist das hier ein Camp für Kriminelle? Wer weiß, was Sophia hinter ihrem elfenhaften Aussehen alles verbirgt?

»Mir ist schon klar, was du jetzt denkst!« Philipp kickt einen Stein aus dem Weg und schaut mich nicht mehr an. »Du hast Angst, dass ich auch kriminell bin, oder nicht? Vererbung und schlechtes Blut und all der Scheiß.«

»Blödsinn.« Ich versuche, überzeugend zu klingen, merke aber, dass ich ihn wirklich mit anderen Augen betrachte. Was, wenn sein Vater meine Mutter mit einem Fluchtauto von der Fahrbahn abgedrängt hat und sie deshalb in den See gefahren ist?

Das Grollen über uns verstärkt sich.

»Du gehörst bestimmt zu den Normalen, oder?«, sagt Philipp. »So viel hab ich inzwischen auch mitbekommen.«

Jetzt begreife ich auch seinen Ausraster gestern Nacht im Treppenhaus. Er ist davon ausgegangen, ich würde die Hintergründe kennen.

»Kennst du denn *normale* Familien?«

Ein lauter Donnerschlag lässt uns beide zusammenzucken. Wieder schaue ich in den Himmel. Es blitzt, aber noch in weiter Entfernung.

Ich will loslaufen, aber Philipp bleibt vor der Marienstatue stehen, als ob ihn das Marterl an etwas erinnert hätte.

»Weißt du, der neue Freund meiner Mutter fand es eine tolle Sache, dass ich mit *normalen Teenagern* zusammenkomme.« Seine Zornesfalte ist zurück. »In Wahrheit wollte er nur in aller Ruhe mit meiner Mutter in Urlaub fahren, denn die hätte mich nie allein zu Hause gelassen. Damit ich nicht auf dumme, sprich kriminelle Gedanken komme.«

Philipp hebt einen kinderkopfgroßen Steinbrocken auf, der mit anderen rund um den Altarstock liegt, und wiegt ihn in den Händen. »Und du denkst doch auch, der Apfel fällt nicht weit vom Stamm. Allein wie du mich auf einmal anstarrst!«

»Quatsch!« Unwillkürlich weiche ich einen Schritt zurück.

»Ach ja?« Philip betrachtet den Steinbrocken, dann mich. Sein Gesichtsausdruck ist provozierend. »Hast du etwa keine Angst, dass ich dir damit den Schädel einschlage?«

»Unsinn, warum solltest du so was tun?« Er sieht lächerlich aus, aber ich fühle mich völlig hilflos.

»Vielleicht hasse ich blonde Frauen? Vielleicht bin ich ja ein Psycho, der ...« Er schwingt den Stein gefährlich in meine Richtung.

»Hey, Blödmann, pass auf, lass das!«

Statt aufzuhören, holt er mit dem Brocken richtig weit aus.

»Bist du verrückt geworden?«

Ein Grinsen zieht sich über sein Gesicht. Er macht mir Angst.

In diesem Augenblick donnert es so laut, dass ich entsetzt zusammenzucke, Philipp stolpert und der Brocken rutscht aus seinen Händen. Ich springe zur Seite, komme aber falsch auf und knicke mit dem Knöchel so unglücklich um, dass ich stürze.

Ein jäher Schmerz durchzuckt mich, ich beiße die Zähne zusammen, um nicht laut zu schreien.

Philipp kniet schon neben mir und ist wahrscheinlich noch blasser als ich selbst. »Emma! Was ist passiert? Oh Mann, das ist meine Schuld. Ich weiß selbst nicht, manchmal geht es mit mir durch. Scheiße, Scheiße, Scheiße.«

Ich sinke zurück, starre in den dunklen Himmel und versuche, normal zu atmen, aber der Schmerz in meinem Fuß pumpt sich zu einem riesengroßen Klumpen auf, stülpt sich über meinen Körper und nimmt mir die Luft. Dicke Regentropfen fallen mir ins Gesicht, was angenehm ist, genauso wie der Wind, der plötzlich um uns herum fegt.

»Was machen wir denn jetzt? Hier können wir nicht bleiben. Ich werde dich tragen.«

Philipp kniet neben mir und versucht, seine Hände unter meinen Knien durchzuschieben, doch sofort jagt ein stechender Schmerz in meinen Fuß und ich schiebe ihn weg.

Seine Stimme zittert verdächtig. »Ich kann dich auf keinen Fall hier draußen allein liegen lassen.« Er schaut in den Himmel. »Nicht bei dem Wetter. Ich bringe dich in die Kapelle und hole dann Hilfe aus dem Schloss.«

Ich versuche zu lächeln, weil er reichlich grün im Gesicht ist. Ich glaube, dass es ihm wirklich leidtut. Das, was er mir über seinen Vater gesagt hat, beruhigt mich merkwürdigerweise. Ich habe plötzlich das Gefühl, ich verstehe ihn viel besser. »Hey, alles nicht so schlimm, okay? Das wird schon wieder.«

Nun riskiere ich doch einen Blick auf meinen Fuß. Der Knöchel ist jetzt schon dick angeschwollen, aber er fühlt sich noch schlimmer an, als er aussieht.

»Pass auf, ich such einen dicken Ast, auf den du dich stützen kannst. Ich bin gleich zurück.« Philipp hilft mir, mich aufzusetzen und mit dem Oberkörper auf einen Felsen abzustützen. Ich will mich gerade zurücklehnen, um Kraft zu sammeln für das letzte Stück zur Kapelle, da fällt mein Blick auf die Metallplatte, die am Fuß des Altarstocks leicht erhöht angebracht ist. Das trockene Gras ist sorgfältig zur Seite geschnitten und die Tafel ist blank geputzt, sodass man die eingravierten Namen und die Inschrift mühelos erkennen kann. Über den Namen steht:

Der Seele Leid verkläre sich zur Liebe durch unseren Herrn
und Erlöser Jesus Christus. Hier ruhen in Frieden:
*Gabriel Benjamin *1.6.1965 – †7.6.1965*
*Ursula Maria *4.5.1964 – †4.5.1964*
*Michael Martin *10.4.1969 – †10.04.1969*

Für einen Moment vergesse ich den pochenden Schmerz in meinem Fuß. Das ist kein Altarstock in Gedenken an jemanden, der bei einer Naturkatastrophe gestorben sind. Hier wird an drei Säuglinge erinnert, die kurz nach der Geburt gestorben sind. Zwei haben sogar nur einen einzigen Tag gelebt. Vielleicht sind sie aber auch schon tot zur Welt gekommen? Oder eins ist das Kind, von dem Nicoletta erzählt hat, das im Brunnen ertrunken ist?

Das Blut rauscht in meinen Ohren und unwillkürlich ist da wieder dieses wimmernde Geräusch, das ich gestern Nacht im Keller geglaubt habe zu hören. Ein Jammern und Weinen, wie von sehr kleinen Kindern.

Ich schließe die Augen, es donnert abermals, ein gewaltiger Krach, der vom nächsten Bergwipfel noch einmal zurückgegeben wird.

Wohin ist Philipp verschwunden? Was braucht er so lange?

Panik steigt in mir hoch, aber da sehe ich, wie er mit einem langen Stock bewaffnet den Felspfad hochkommt.

»Schau mal«, rufe ich ihm schon entgegen und weiß, dass ich ihm unbedingt zeigen muss, was ich entdeckt habe.

Erst winkt er ab, er drängt darauf, ins Trockene zu kommen, aber dann kniet er sich doch neben mich, sieht sich die Namen und die Daten an und schluckt ein paar Mal. Ich habe den Eindruck, dass ihm etwas auf der Zunge liegt, doch dann nimmt er einfach nur wortlos meine Hand.

So verharren wir für ein paar Minuten, und obwohl

über uns das Gewitter tobt, ist es zwischen uns und diesen toten Kindern so still, als wären wir ganz allein.

Erst als ein Blitz ganz in der Nähe einschlägt, springt Philipp auf. In seinen Augen glitzert es, fast sieht es aus, als ob er den Tränen nahe ist, aber er wischt sich ungeduldig übers Gesicht. Dann zieht er mich hoch und hält mir den Stock hin, damit ich mich aufstützen kann.

Ich stöhne vor Schmerz laut auf.

Philipp zögert einen Moment, packt mich dann, legt mich wie eine Teppichrolle über seine Schultern und läuft los.

Ich schnappe überrascht nach Luft, die abrupte Bewegung explodiert in meinem Knöchel und seine Schulterblätter bohren sich in meinen Magen, aber ich protestiere nicht, denn jetzt beginnt sich das Gewitter immer mehr zu einem Unwetter auszuwachsen und sogar ich weiß, wie gefährlich Gewitter in den Bergen sein können.

Ich habe keine Ahnung, woher Philipp die Kraft nimmt, denn es geht noch eine Weile steil bergauf, aber er hält nicht inne, sondern läuft immer weiter und dann erreichen wir endlich die kleine Kapelle, die sich unter einen Felshang schmiegt und bei der dieser Weg endet.

Der Eingang führt durch den winzigen Turm, in einen lang gezogenen ovalen Raum, mit einem blau-rot-weiß gefliesten Mittelgang, von dem rechts und links je zwei kurze Kirchenbänke aus dunklem Holz abgehen. Am Ende des Ganges befindet sich ein runder Erker mit drei Stufen, auf denen ein prächtiger barocker Altar mit einer Marienfigur steht. Hier drin riecht es nach Bohnerwachs und Weihrauch und ich frage mich unwillkürlich, wer in dieser Einöde eine Kapelle putzt.

Es donnert krachend und laut, während der Wind um diese Kapelle heult, als ob er sie umstürzen wollte.

Philipp setzt mich schwer atmend auf der ersten Kirchenbank ab. »Hier bist du erst mal in Sicherheit.« Er dreht mir hastig den Rücken zu und ich muss an die Tränen denken, die er eben noch in den Augen gehabt hat.

»Dein Fuß muss hoch gelagert werden«, sagt er und sieht sich suchend in der Kapelle um. Als er nicht fündig wird, zieht er sein T-Shirt aus, rollt es zusammen und schiebt es mir unter den Fuß. Danach sucht er weiter und kommt mit ein paar Gesang- oder Gebetbüchern zurück. Er stapelt die Gesangbücher in zwei Reihen nebeneinander, wickelt sein T-Shirt um sie, greift vorsichtig unter mein linkes Knie und bettet dann meinen verletzten Fuß hoch.

»Geht das so?«

Ich nicke, obwohl nichts geht. Gar nichts.

»Ich verschwinde und hole Hilfe.«

»Du kannst unmöglich in diesem Sturm rausgehen! Bitte bleib hier!«

»Oh doch und wie ich das kann!« Er schiebt sein Kinn grimmig vor und ballt seine Fäuste, was mich unwillkürlich zurückzucken lässt. Er merkt es und versucht, wieder lockerer zu wirken.

»Das bin ich dir schuldig, das ist das Mindeste!« Philipp prüft noch einmal, ob ich einigermaßen bequem liege, streicht mir über die Stirn wie einem kranken Kind, dann läuft er los. Ich bleibe allein in der Kapelle zurück mit dem dumpfen Gefühl, dass er vor etwas ganz anderem davonrennt.

Furcht ist nicht in der Liebe,
sondern die völlige Liebe treibt die Furcht aus;
denn die Furcht hat Pein. Wer sich aber fürchtet,
der ist nicht völlig in der Liebe. 1. Johannes 4.18

Agnes lag im Schatten unter den abgeernteten Johannisbeersträuchern und sog den süßsauren Duft ein, der aus dem Eimer mit den frisch gepflückten Beeren strömte. Deren Duft mischte sich mit dem Geruch des vertrockneten Grases und dem der fast reifen Pfirsiche, der vom Wind von den Obstbäumen zu ihr herübergeweht wurde. So roch der Sommer.

Ihre Finger, vom klebrigen Fruchtsaft rot und schwarz gefärbt, pappten zusammen, ihre Haare und Kleider klebten schweißnass an ihrem Körper. Ja, es war heiß.

Und der Himmel war strahlend blau. Sommerblau. Aber das Allerbeste von allem, fand Agnes, es war Sommer und sie war satt. Sommersatt. Sie legte die Hand auf ihren vollen Bauch und atmete den Sommer ein und aus. So ähnlich stellte sie sich das Paradies vor.

Das Geräusch von Röcken, die über Gras schleiften, und ein leise klirrender Schlüsselbund ließen sie aufspringen, aber sie war nicht schnell genug. Gertrud stand bereits über ihr. Erleichtert sah sie, dass Onkel Karl bei ihr war. In seiner Gegenwart schlug Gertrud niemanden ins

Gesicht und sie würde Agnes auch nicht an den Haaren zurück ins Haus schleifen.

Trotzdem würde sie, so zerzaust und verklebt, wie sie aussah, für eine Woche in den Keller wandern. Aber, dachte Agnes trotzig, das war es allemal wert. Selbst die Heilige Jungfrau hatte nichts dabei gefunden, dass sie sich beim Pflücken satt gegessen hatte.

»Sehen Sie sich das an, Karl, womit ich ständig zu kämpfen habe. So ein Dreckstück. Das naschsüchtige Maul und die Kleider verschmiert mit Fruchtsaft. Ich nehme an, du brauchst heute kein Abendessen mehr, oder?«

Agnes senkte den Blick, um nicht zu lachen, denn Karl hatte ihr beruhigend zugezwinkert.

»Ich habe deine Antwort nicht gehört.«

»Nein, ich brauche kein Abendessen, denn ich bin satt.«

»Der Garten gehört allen Kindern. Ist es da richtig, sich alleine mit den Beeren vollzustopfen?«

»Nein, Schwester Gertrud.«

»Was wird deine Buße sein?«

Agnes überlegte blitzschnell, was sie sagen sollte. Solange Karl dabei war, musste sie nichts allzu Schreckliches vorschlagen. Oder wäre es gerade gut, eine harte Strafe zu wählen, die Gertrud dann abmildern könnte, um großmütig vor Karl dazustehen?

Nein, lieber kein Risiko eingehen, dachte sie.

»Sehen Sie, wie verstockt diese Brut ist?«

»Meine Buße wird darin bestehen, Ihnen die Füße zu waschen.« Agnes wusste selbst nicht, woher sie den Mut für so eine Frechheit genommen hatte.

Prompt verlor Gertrud nun doch die Beherrschung und schlug ihr ins Gesicht.

»Was erlaubst du dir? Du bist weder der Papst noch Mutter Teresa!«

Beifall heischend wandte sie sich an Onkel Karl, doch er hatte die Stirn gerunzelt.

»So erhitzt, wie Agnes aussieht, hat sie vielleicht einen kleinen Sonnenstich von der Arbeit im Obstgarten und ist nicht ganz bei Geiste.«

Gertrud war verärgert, das sah Agnes sofort. Die Heimleiterin wollte keine Erklärung von Onkel Karl, sondern seine uneingeschränkte Empörung angesichts dieser Unbotmäßigkeit.

»Mir ist schwindelig«, sagte Agnes und bemühte sich um einen leidenden Ausdruck.

»Sie sollte schnellstens aus der Sonne weg und braucht ein Glas Wasser.«

Das war Gertrud jetzt doch zu viel. »Sie sind kein Arzt!« Sie lächelte böse. »Aber in einem haben Sie vielleicht recht. Das Kind sollte aus der Sonne. Ich werde mich um sie kümmern. Nehmen Sie die Beeren, bevor noch mehr hungrige Wölfe darüber herfallen.«

Sie liefen nach oben und Agnes erwartete, in der vertrauten Kammer eingesperrt zu werden, aber Gertrud hatte andere Pläne. Sie holten nur Ursi, einen von Gertruds Lieblingen, und dann ging es in den Keller.

Als Agnes erkannte, was das zu bedeuten hatte, musste sie sich sehr beherrschen, um nicht loszujammern.

Voller Genugtuung bemerkte Gertrud, dass Agnes

wusste, was ihr bevorstand. »Wer mit Nahrungsmitteln Verschwendung treibt und den Herrn beleidigt, muss zur Einsicht gelangen.«

Sie sperrte die Tür auf und stieß Agnes in den dunklen Raum. Dann streute sie Reiskörner auf den Boden und befahl Agnes, sich daraufzuknien. Ursi, ihre Bewacherin, durfte sich auf den Hocker in der Ecke setzen.

»Nach zwei Stunden kann sie die Reiskörner einsammeln. Und wehe dem, du hilfst ihr. Du weißt, Gott, der Herr sieht und hört alles. Und kein Wort.«

Agnes kniete sich auf den Reis. Zuerst war es nur ein bisschen unangenehm, dann drückten sich die Körner fester und fester in ihre nackten Knie, die mager und knochig waren wie abgenagte Hühnerschenkel. Sie versuchte, mit Ursi zu reden, aber die faltete nur ihre Hände und tat so, als würde sie inbrünstig und stumm beten.

Agnes schämte sich, als ihr klar wurde, wie sehr sie Ursi hasste. Ursi war stolz darauf, so wichtig für Gertrud zu sein. Agnes versuchte, ihr zu vergeben, aber es gelang ihr nicht und sie fragte sich, wie es Gott vermochte, allen Menschen ihre Sünden zu verzeihen.

Gerade als die Reiskörner sich wie feurige Dornen in ihr Fleisch bohrten, ging die Tür auf. Ursi setzte sich aufrechter auf ihren Hocker, und als sie anfing zu lächeln, wusste Agnes, dass nicht Gertrud in den Raum gekommen war.

Karl flüsterte mit ihrer Bewacherin, woraufhin Ursi kichernd die Hände vor den Mund schlug und den Raum verließ.

»Was haben Sie ihr gesagt?«

»Das ist doch egal, sie ist weg.« Er reichte ihr seine Hand zum Aufstehen. Als er die Wunden an ihren Knien und dann die Reiskörner entdeckte, biss er sich auf die Lippen. Von diesen Lippen träumten sie alle, das wusste Agnes, und besonders Martha war von seinem Gesicht fasziniert. Natürlich nur zu Studienzwecken, nur als Künstlerin.

»Und was wird Gertrud dazu sagen?«

»Da wird mir schon was einfallen. Aber jetzt solltest du machen, dass du hier verschwindest.« Er zog sie Richtung Tür.

»Gertrud wird das missbilligen.«

Er grinste breit. »Oh ja, ich weiß.« Er warf sich in Positur und deklamierte mit erhobenen Händen:

»Sehr tadelnswert ist unser Tun,
Wir sind nicht brav und bieder.
– Gesetzt den Fall, es käme nun
Die Sündflut noch mal wieder.
Das wär ein Zappeln und Geschreck!
Wir tauchten alle unter;
Dann kröchen wir wieder aus dem Dreck
Und wären, wie sonst, recht munter.«

Agnes musste lachen. »Haben Sie sich das ausgedacht?«

»Nein, das ist von Wilhelm Busch. Aber ich fürchte, von dem habt ihr hier noch nie gehört, oder?«

Agnes schüttelte den Kopf, und weil ihr beim besten Willen nichts einfiel, was sie jetzt Interessantes sagen könnte, nahm sie ihn beim Wort und rannte davon.

18. Kapitel

Es kommt mir so vor, als würde ich mir schon seit Stunden die Zeit damit vertreiben, die Sekunden zwischen Blitz und Donner zu zählen, aber nun geht das Schlag auf Schlag und ich gebe es auf.

Was ist, wenn Philipp auf dem Weg zum Schloss vom Blitz getroffen wird? »Vertrauen, Emma, man muss Vertrauen haben.« Vertrauen, das war der Anfang der Lieblingslitanei meiner Mutter. Nachdem ich jetzt weiß, dass es viele Dinge gibt, die sie mir nie gesagt hat, kommt es mir so vor, als ob sie damit viel mehr ihre eigenen Dämonen beschwören wollte. »Du musst nach vorne schauen, Emma, und darauf vertrauen, dass am Ende alles gut wird.« Exakt das waren auch ihre Worte gewesen, als Nick mich verlassen hatte.

»Es ist vorbei, mein Schatz«, hat sie gesagt und heißen Kakao gekocht, um mich zu trösten, als wäre ich eine Sechsjährige, die von der Schaukel gefallen ist. »Nick gehört nun zum Reich der Schatten, die man besser hinter sich lässt. Das Einzige, was zählt, ist die Liebe. Die zum Leben, zu den anderen und zu dir selbst.«

Zum Dank für diesen, wie ich damals fand, ungemein schwachen Trost bin ich total ausgerastet und habe sie angeschrien. Wollte wissen, ob ihre Erinnerungen an meinem Vater sich auch im Reich der Schatten befänden und wie munter sie denn nach vorne schauen würde, wenn ich tot wäre.

Bei dem Gedanken an meine hasserfüllten Worte zieht sich mein Magen zusammen und ich wünschte, ich wäre wieder mit ihr in unserer winzigen Küche und sie würde mir einen heißen Kakao kochen, um mich zu beruhigen. Was gäbe ich alles dafür, unser letztes Gespräch rückgängig machen zu können. Noch einmal mit ihr reden, sie um Verzeihung bitten zu können. Ich hoffe so sehr, dass sie noch lebt, dass es irgendeine Erklärung für das gibt, was vorgefallen ist. Was, wenn die alte Frau im Auto mit dem Ring am Finger der Schatten der Erinnerung war, den sie hinter sich lassen wollte? Oder ist dieser Schatten ganz einfach aufgetaucht und hat gedroht, unser Leben zu ruinieren? Viel einfacher wäre doch folgende Erklärung: Diese alte Frau war eine Verwandte des Mädchens, das sich wegen Sebastian vom Dach gestürzt hat. Das würde zu Mam passen. Genau so etwas würde sie tun. Diese Frau trösten!

Die Zeit zwischen Blitz und Donner wird wieder länger, aber der Wind jault immer noch um die Kapelle. Das Klopfen und Stechen in meinem Fuß lässt nicht nach, doch jetzt kommt es mir vor wie ein Echo zu all den schmerzlichen Gedanken an Mam.

Ich blicke mich um. Diese bescheidene Kapelle hätte ihr gefallen. Mit schießt der Gedanke durch den Kopf, dass sie, wenn sie tatsächlich im Jagdschloss gelebt hat, mit Sicherheit auch hier gewesen ist. Ich versuche verzweifelt, mich daran zu erinnern, ob sie nicht doch etwas erzählt hat. Vielleicht etwas von einer Kur oder einer längeren Schulfreizeit? Aber gab es so etwas damals schon? Sosehr ich mein Hirn zermartere, ich erinnere mich immer nur an Erzählungen von meiner Urgroßmutter. Ich bin einfach davon ausgegangen, dass sie ihre komplette Kindheit und Jugend dort verbracht hat.

Ich taste nach dem alten Holz der Bänke. Haben Mams Hände vielleicht ebendiese Kirchenbank berührt?

Plötzlich kommt es mir so vor, als wäre sie hier, als wäre sie sogar ganz nah bei mir und als könnte ich sie sehen, wenn ich mich nur genug anstrenge. Emma, du musst keine Angst haben, flüstert sie, Emma, ich habe dich immer geliebt, egal wie sehr wir auch gestritten haben. Ich fühle sogar, wie sie lächelt. Emma, ich bin stolz auf dich.

Mit einem Ruck komme ich wieder zu mir. Ich muss ein paar Augenblicke weggedämmert sein. Aber ich erinnere mich so deutlich an das, was Mam gerade gesagt hat, als ob sie wirklich hier gewesen wäre.

Ich sehe mich um, nur um mich zu vergewissern, dass ich allein bin, aber natürlich ist das so. Ich atme den ungewohnten Geruch ein und werde mir, jetzt da das Gewitter sich weitgehend verzogen hat, der Stille an diesem Ort vollends bewusst.

Warum man wohl ausgerechnet hier die Kapelle errichtet hat und nicht direkt neben dem Schloss? So einsam, wie sie liegt, kommt doch zu den Gottesdiensten niemand zufällig vorbei. Und trotzdem hat Sebastian hier ein Kirchenbuch entdeckt. Kein Wunder also, wenn der Altar so aussieht, als könnte er durchaus noch im Gebrauch sein. Ihn schmückt eine vergoldete Sonne und er ist von zwei Säulen gesäumt. Dazwischen hängt ein kitschiges Gemälde von der Jungfrau Maria mit ihrem Kind. Der Sockel ist aus grünem und rotem Marmor. Und auch die Kirchenbänke wirken nicht so baufällig und marode wie die Möbel drüben im Schloss.

Ich frage mich, wo das Kirchenbuch aufbewahrt wird, und ärgere mich, dass ich nicht Toms enzyklopädisches Wissen über Religion angezapft habe, bevor ich zur Kapelle losmarschiert bin.

Er wüsste sicher, wo es sich befindet. Ich hätte ihn wirklich fragen sollen. Es wird schwer, mit dem verletzten Knöchel herumzulaufen, aber genau das werde ich jetzt tun, um weiterzukommen. Ich richte mich auf, hebe den verletzten Fuß etwas an, doch sofort durchfährt mich ein solcher Schmerz, dass ich mit einer heftigen Bewegung den kleinen Turm umstoße, den Philipp für meinen Fuß gebaut hat. Mit lautem Getöse donnern die Gesangbücher zu Boden. Eine kleine Staubwolke steigt auf. Mist!

Ich presse mich flach an die Bank und greife nach den Büchern, um sie wieder ordentlich aufzustapeln. Einige Seiten sind verknickt, aus anderen sind Heiligenbildchen herausgefallen. Ich hebe gerade das letzte Buch auf, als sich der Einband löst. Das Buch muss so alt sein, dass der Kleber nicht mehr hält. Ich versuche, die Teile wieder vorsichtig zusammenzufügen, als mein Blick auf die erste Seite fällt.

Ich starre überrascht darauf. Es sieht aus wie ein Stempel oder ein Exlibris, in das man seinen Namen schreibt.

Anna-Maria Lambert, lese ich. Und ohne zu begreifen, noch einmal.

Anna-Maria Lambert.

Meine Urgroßmutter.

Nach der ersten Überraschung kommt mir das nicht mal so unwahrscheinlich vor. Vermutlich hat Mam das Büchlein von ihrer Großmutter bekommen und es mit ins Schloss genommen, warum auch immer sie dort war.

Ich blättere durch die Seiten. Vielleicht liegt noch etwas in dem Buch, ein Brief oder ein Zettel? Nichts davon finde ich, aber ich entdecke, dass jemand den wenigen freien Platz an den Rändern der Seiten genutzt hat, um dorthinein zu schreiben. Die Schrift ist so klein, dass ich sie im Halbdämmer der Kapelle nicht lesen kann, aber hier und da erkenne ich ein Wort. Mir wird klar, dass die Schrift nicht von meiner Urgroßmutter stammen kann, wenn man ihren Namenseintrag vergleicht, sieht man einen deutlichen Unterschied. Sie hat noch in Sütterlin geschrieben. Stammen die Notizen also von Mam?

Da dringt plötzlich ein Geräusch an meine Ohren, es macht mir Angst, weil ich es nicht zuordnen kann. Es kommt nicht von der Eingangstür, sondern vom Altar. Ein Scharren, dann ein vorsichtiges Tapsen. Schritte?

Was auch immer ich da höre, es hat was Zögerliches, Verstohlenes und treibt mir eine Gänsehaut über den Rücken. Noch zu sehr steckt mir das Erlebnis mit der Kammer in den Knochen – war das erst heute Vormittag?

hat in der
Kirche
erste heilige Kommunion
empfangen
aus der Hand des hochwürdigen Herrn

Und ich bin hier oben vollkommen allein. Das Einzige, was ich tun könnte, wäre, mich zwischen den Bänken zu verstecken.

Ich versuche hektisch, mich aufzurichten, Schmerz zieht durch meinen Fuß hoch durch mein Bein, ich schnappe nach Luft.

Keine Chance!

Instinktiv stopfe ich das Büchlein in meinen hinteren Hosenbund. Dann starre ich zum Altar, von wo die Schritte schleichend näher kommen.

Schritt für Schritt für Schritt.

Weglaufen kommt nicht infrage.

Am liebsten würde ich mir wie ein Kleinkind die Augen zuhalten. Ich rutsche tiefer und versuche, unsichtbar zu werden.

Die Schritte stoppen. Ich halte die Luft an.

»Emma!«

Ich öffne die Augen und atme laut aus.

Sebastian steht vor dem Altar und sieht genauso überrascht aus, wie ich mich fühle. Oder nein, das beschreibt es nicht richtig. Dieser hübsche Engel sieht nicht überrascht aus, sondern so, als ob er gerade vom Himmel in die Hölle gestürzt wäre. Als ob er einem Gespenst begegnet wäre. Mir fällt ein, was ich über ihn in der Zeitung gelesen habe, und würde gern davonlaufen. Vielleicht sieht er immer so aus, bevor er Frauen etwas antut. Was hat er hier zu suchen? Aber dann fällt mir ein, dass Nicoletta gesagt hat, Sebastian hätte Vorfahren im Kirchenbuch entdeckt.

»Hi!« Er räuspert sich ein paar Mal trocken, fügt aber

nichts mehr hinzu. Langsam kommt er näher. Mein Blick fällt auf seine Hände, ich suche nach der Tätowierung zwischen Daumen und Zeigefinger. Aber ich kann sie nicht sehen. Und ich weiß ja auch so, dass er ein Mädchen in den Selbstmord getrieben hat!

»Was machst du hier?«, frage ich und überlege verzweifelt, was ich Unverfängliches sagen kann. »Nicoletta hat mir von dem Kirchenbuch erzählt. Willst du es dir noch einmal anschauen?«

»Es ist nicht mehr da.« Sebastian klingt völlig geistesabwesend, bleibt stehen und scheint nicht zu wissen, was er antworten soll. Er ringt nach Worten, schüttelt ein paar Mal den Kopf und langsam frage ich mich, ob er vielleicht eine Art Schock erlitten hat. Oder ist er in einer Art Trance, in der er dann grausame Dinge tut?

»Die anderen haben dich nicht geschickt, oder?«, frage ich betont lässig weiter. »Du hast keine Ahnung, was passiert ist.«

Er kommt näher, dabei schaut er sich nervös in der Kapelle um. Jetzt steht er schon fast vor mir, weicht aber meinem Blick aus. Hat er vielleicht etwas aus der Kirche gestohlen? Etwas vom Altar oder das Kirchenbuch?

»Erwischt.« Er dreht die Handflächen nach oben und gibt sich Mühe, gefasst zu klingen. »Also, was ist denn nun passiert?«

»Ich habe mich verletzt«, erkläre ich dann. »Als Philipp und ich hier hochgelaufen sind.« Ich beiße mir auf die Lippen. Es fühlt sich falsch an, ausgerechnet ihm zu verraten, dass ich gehandicapt bin.

Er beugt sich über mein Bein, ich wappne mich innerlich, überlege, was ich als Waffe verwenden könnte, wenn er zudringlich wird.

»Ooohooh!«, er schüttelt den Kopf und hockt sich neben den Fuß auf die Bank, die unter seinem Gewicht laut ächzt. »Das sieht ja gar nicht gut aus!« Ganz leicht berührt er den dick geschwollenen Knöchel, der sich inzwischen blau verfärbt hat. Jetzt kann ich diese Dreipunkttätowierung erkennen, von der Philipp gesprochen hat.

»Oh mein Gott«, flüstert er, was ich etwas übertrieben finde. So schlimm sieht mein Knöchel auch wieder nicht aus. »Was für ein Wahnsinn.« Er greift sich an die Stirn, als hätte er Kopfschmerzen oder würde von einem furchtbaren inneren Kampf heimgesucht. Ich bin starr vor Angst, halte die Luft an und mache mich auf das Schlimmste gefasst.

In diesem Augenblick geht die Kapellentür auf.

»Emma? Alles in Ordnung mit dir?«, ruft Philipp schon von Weitem und ich bin heilfroh, seine Stimme zu hören. Quatschende und quietschende Schritte nähern sich schnell, und je näher sie kommen, desto mehr verändert sich Sebastians Gesicht. Ich merke, wie sehr er sich darum bemüht, einen freundlich amüsierten und entspannten Ausdruck anzunehmen, aber in seinen Augen bleibt eine flackernde Unruhe, die ich mir auch nicht durch den Artikel erklären kann.

Endlich stehen Sophia, Tom und Philipp vor mir. Sie sehen aus, als hätte man sie gerade aus dem See gefischt. Das Wasser läuft ihnen aus den Haaren, alles klebt auf ihrer Haut und unter ihren Füßen bilden sich Pfützen.

»Sebastian! Wo warst du denn?«, fragt Philipp. »Wir haben unten im Schloss überall nach Nicoletta und dir und Becker gesucht. Aber kein Mensch war dort.« Er stemmt seine Hände empört in die Taille und blitzt Sebastian angriffslustig an.

Sebastian ringt sich ein beruhigendes Lächeln ab, und wenn ich ihn nicht schon seit ein paar Minuten beobachtet hätte, würde ich es ihm sogar abkaufen.

»Was wollt ihr denn, ich bin doch hier. Becker und Nicoletta sind nach eurer Sitzung vermutlich ins Nachbartal, zum zweiten Quali-Camp in der Lochbihler-Hütte. Die Betreuer der Camps müssen sich regelmäßig austauschen.«

»Emma, wie geht es dir?«, fragt Philipp.

Sophia zwängt sich neben mich auf die Kirchenbank und holt eine Notfallausrüstung aus ihrem Rucksack. »Ich habe eine Sanitäterausbildung. Lasst mich mal ran.«

»Da kannst du froh sein, dass du keine Schuhe mit Knöpfen trägst«, flüstert Philipp mir zu, und gerade als ich ihm zuzwinkern will, schießt mir die Frage durch den Kopf, woher er davon weiß. Vorhin im Garten hatte ich den Eindruck, dass Sophia nicht allzu offen über ihre Angst spricht.

»Ich glaube, das sieht schlimmer aus, als es ist.« Sophia begutachtet den Knöchel

»Wie ist das denn passiert?«, fragt sie und schaut mir dann prüfend ins Gesicht.

»Bin blöd gestolpert«, murmele ich, merke aber, dass sie das nicht überzeugt.

»Ich bin kein Arzt. Entweder hast du die Bänder überdehnt, angerissen oder durchgerissen. Früher hat man das gegipst, aber heute wartet man meistens, bis es von alleine zusammengewachsen ist.«

»Dann wirst du sicher nach Hause geschickt.« Tom klingt fast ein bisschen schadenfreudig.

Daran habe ich noch gar nicht gedacht und ich spüre, wie mir kalt wird. Im selben Atemzug beschließe ich, auf keinen Fall zu gehen. Nicht nach allem, was ich jetzt schon herausgefunden habe. »Sebastian, stimmt das?«, frage ich.

»Vielleicht.« Sebastian mustert Tom. »Aber nicht wegen deines Knöchels. Im TYF spielen wir schließlich nicht survival of the fittest.« Er schüttelt sich leicht, als ob ihm dieser Gedanke unerträglich vorkäme.

Aber Holzhacken in der glühenden Hitze fand er okay.

»Und wie komme ich jetzt zum Schloss?«

Tom und Philipp schnallen zwei Besenstiele von ihren Rucksäcken ab.

Sophia sucht Sebastians Blick und grinst. »Ich glaube nicht, dass Emma fit genug für ihren Hexenbesen ist.«

Sebastian zieht nur müde eine Augenbraue hoch.

Tom und Philipp holen Schnüre, ein Bettlaken und eine Decke aus ihren völlig durchnässten Rucksäcken und basteln eine Trage. Dabei stellen sie sich so geschickt an, als ob sie eine Ausbildung im Dschungelcamp absolviert hätten.

Als Sebastian und Philipp mich schließlich auf die improvisierte Trage heben, fällt das Gebetsbuch mit einem satten Platsch aus dem Bund meiner Hose. Nach einem

Moment völliger Stille bückt sich Sophia danach, hebt es auf und gibt es mir zurück.

»So was schleppst du mit dir rum?« Sie starrt mich an und auch Toms Blick wird misstrauisch. Ich erinnere mich daran, wie ich ihm heute Vormittag erklärt habe, dass ich in den Ethikunterricht gegangen bin.

»Das Buch hat meiner Uroma gehört«, sage ich hastig. »Und nachdem ich von der Kapelle gehört habe, wollte ich hier eine Kerze für sie anzünden und ein paar Worte aus dem Buch für sie sprechen. Es gibt sonst niemanden, der das tun würde. Ich habe keine Familie mehr.«

Das mit dem Lügen klappt wirklich immer besser. Wobei ja nur die Hälfte gelogen ist.

Sophia legt das Buch neben mich auf die Trage und ihre Stimme wird plötzlich etwas sanfter. »Es tut mir leid, dass du ganz alleine bist. Aber um meine Großfamilie brauchst du mich auch nicht zu beneiden. Mein Vater war dreimal verheiratet und hat aus jeder Ehe Töchter. Und er gibt sich solche Mühe, uns auch ja alle gleich lieb zu haben, dass er sich niemals in Streitereien einmischt, nie Partei ergreift und nie seine Meinung sagt. Das ist sehr anstrengend, vor allem wenn meine Halbschwestern und ich zur gleichen Zeit bei ihm sind. Ich wünsche mir oft, dass er mal laut losbrüllt und mit der Faust auf den Tisch haut, und genau dafür, dass ich mir das wünsche, schäme ich mich dann wieder.«

Tom mischt sich ein, während Sebastian und Philipp die Trage anheben und mit mir loslaufen. Es liegt sich erstaunlich bequem auf dem improvisierten Tragetuch.

»Ich wäre froh wenn ich so viele Brüder hätte! Das würde von mir ablenken.«

»Wie meinst du das?«, frage ich ihn.

»Ich bin der einzige Sohn meines Vaters. Auch wenn er zwei Töchter aus erster Ehe hat, komme ich mir manchmal vor wie ein Insekt, das man unter dem Mikroskop beobachtet. Jeder Furz, den ich schaffe oder nicht schaffe, wird diskutiert. Zum Kotzen!«

Ich höre, wie sie über ihre Familie lästern, und denke an Mam und dass ich so gerne jemanden in meinem Leben hätte, der mir etwas bedeutet und für den ich wichtig bin.

Am Eingang der Kapelle bleibt der ganze Trupp plötzlich stehen und ich muss mich aufrichten, um zu sehen, was los ist.

Das Unwetter ist vorbei und die Luft hat sich abgekühlt. Alles ist noch nass vom Regen, die Erde ist bedeckt von heruntergewehten Ästen und Blüten, aber die Wolken haben sich verzogen. Die Sonne steht schon tief und taucht die Bergwipfel um uns herum in knallige Orangetöne. Unwillkürlich atmen wir alle tief ein und bestaunen dieses Farbspektakel.

»Los, Leute«, sagt Sebastian schließlich. »Wir sollten machen, dass wir zum Schloss kommen.«

Philipp, der das Kopfende übernommen hat, vergewissert sich, dass ich einigermaßen bequem liege. »Geht es so für dich?« Wasser tropft aus seinen Haaren auf mein Shirt. Die Tropfen durchdringen mein T-Shirt und plötzlich habe ich Gänsehaut überall.

Es hat bis eben gerade in Strömen geregnet. Die Jungs und Sophia sind immer noch bis auf die Haut durchnässt.

Nur einer nicht.

Sebastian.

Ich schiele zu ihm ans Fußende der Trage, aber tatsächlich, er ist vollkommen trocken. Selbst mit einem Schirm müsste er bei dem Sturm nass geworden sein.

Hat er sich schon die ganze Zeit hinter dem Altar versteckt, um mich zu beobachten? Oder wie ist er sonst zur Kapelle gekommen?

Schweigend tragen die anderen mich zurück ins Schloss, das wir erst kurz vor dem Sonnenuntergang erreichen, der mit seinem letzten kupfernen Aufglühen das alte Jagdschloss in loderndes Feuer verwandelt.

19. Kapitel

Als wir das Schloss durch die Eingangshalle betreten, empfängt uns Totenstille. Keiner kommt, um uns zu begrüßen, das Schloss wirkt wie ausgestorben. Sophia ruft nach Becker und Nicoletta, aber niemand antwortet. »Ich gehe sie suchen,« schlägt sie mit Blick auf meinen Fuß vor und Sebastian nickt ihr zu. Daraufhin rennt sie die Treppen nach oben, während Tom und Philipp mir von der Trage helfen und mich auf einen Stuhl am riesigen alten Tisch im Esssaal setzen. Wo ich heute wohl schlafen werde? Mit dem Fuß werde ich es nicht bis in den dritten Stock schaffen. Und von dort wieder nach unten zum Klo erst recht nicht.

Ich lege das Kommunionsbuch auf den Tisch und bin schon von dieser kleinen Anstrengung erschöpft. Ich betrachte die blinden Engel an den maroden Wänden. Jetzt reden sie wieder mit mir, so als wollten sie mich warnen, als würden sie mir zuflüstern, schau her, das passiert, wenn man länger hierbleibt, man zerbröselt, verfällt, stirbt.

Ich bin sicher, ich übersehe etwas ganz Wichtiges, aber was?

Sophia kommt völlig außer Atem zurück. »Keine Spur von den beiden.«

Immer noch nicht?

Sebastian, der gerade den Saal verlassen will, zuckt mit den Schultern. »Vielleicht sind sie nach ihrem Besuch im Lochbihler Camp noch nach unten ins Dorf zum Einkaufen gegangen.«

Philipps Gesicht verdüstert sich. »Du lügst doch«, knurrt er in Richtung Sebastian. »Für mich sieht das Ganze hier wieder verdächtig nach so einem Psychospielchen aus. Aber weißt du, was? Diesmal lass ich mich nicht verarschen.«

Sebastian verzieht keine Miene. Was auch immer in der Kapelle vorgefallen war, jetzt scheint er sich wieder voll im Griff zu haben. Aber ich wüsste zu gern, was dort mit ihm los gewesen ist. »Warum glaubst du, dass das hier ein Spiel ist?«

»Becker wollte sich am frühen Abend wieder hier mit uns treffen«, erwidert Philipp. »Das hat er selbst gesagt. Und dann soll er shoppen gegangen sein? Vermutlich ist es sein Hobby, nachts mit Einkäufen auf dem Rücken den Berg hochzuwandern. Ganz klar.«

Sebastian lächelt. »Na, wenn es nur das ist«, sagt er. »Es gibt eine kleine private Seilbahn auf der Nordseite des Berges. Dr. Becker hat dort Zugang. Vielleicht gab es durch das Gewitter eine Störung.«

Tom, Philipp, Sophia und ich wechseln einen langen Blick. Aber wenigstens erklärt das, warum Nicoletta gestern Abend vor mir hier oben war.

Sebastian verschwindet Richtung Küche und Sophia und Tom folgen ihm.

Philipp verschränkt die Arme vor der Brust. »Ich bleibe dabei, dass die etwas mit uns geplant haben«, sagt er, dann kommt er näher zu mir und geht neben mir in die Knie. »Was macht dein Fuß?«, fragt er so fürsorglich, dass in mir alles weich wird.

»Schon okay«, sage ich und merke, wie erschöpft ich bin, dabei sollte ich wach sein, hellwach. Denn Philipp hat recht, das Verschwinden von Becker und Nicoletta ist merkwürdig und ich habe Angst, dass das kein Spiel ist.

Philipp kniet immer noch neben mir, aber er schaut nicht mehr zu mir hoch, irgendetwas bedrückt ihn. »Was ist los?«, frage ich ihn.

»Es tut mir so leid wegen deinem Knöchel.«

»Das war ein Unfall.«

»Aber es macht mir Angst, wenn ich so außer mir bin vor lauter Zorn.« Jetzt schaut er hoch zu mir und er sieht sehr traurig aus. »Weißt du, als ich diese Kindergräber gesehen habe, das war wie eine Mahnung. Ich hätte beinahe eine Schwester gehabt.«

Was für eine komische Formulierung. Aber ich bleibe stumm, um ihn nicht zu unterbrechen.

»Meine Mutter sucht sich immer wieder Typen wie meinen Vater. Typen, die sehr wütend werden können und die gern mal ordentlich zuschlagen. Ganz egal, in welchem Zustand eine Frau ist.« Er räuspert sich und sieht aus, als würde er schon bereuen, dass er den Mund aufgemacht hat, aber ich bin froh darüber.

»Das tut mir sehr leid für euch. Aber ich glaube nicht, dass du dir darüber Sorgen machen musst. Du bist nicht wie dein Vater.«

In diesem Moment tragen Tom und Sophia eine Platte mit duftenden Lasagne-Stücken herein. Philipp legt den Finger an den Mund ich verstehe, dass er nicht vor den anderen darüber reden möchte.

Tom lässt sich auf den Stuhl neben mich fallen.

»Von wegen einkaufen.« Er schnaubt. »Du hattest recht, Philipp. Ich hab eben einen Blick in diesen Kühlschrank geworfen. Was da alles drin ist! Etwa hundert Würstchen und genauso viele Eier, endlos Butter, Joghurts und jede Menge Milch. Spätzle und Maultaschen und was weiß ich noch alles. Als müssten wir uns auf eine lange Belagerung einstellen.«

Philipp will gerade etwas erwidern, da kommt Sebastian mit einem Krug Wasser zu uns und ich frage ihn, warum er davon redet, dass Becker und Nicoletta zum Einkaufen gehen, wenn der Kühlschrank doch schon so voll ist.

Sebastian zuckt mit den Schultern. »Ehrlich gesagt, ich weiß nicht, wo die zwei stecken. Dabei sollte sich Becker um deinen Knöchel kümmern, er ist schließlich Arzt. Ansonsten verstehe ich nicht, warum ihr euren freien Abend nicht einfach nur genießt. Morgen warten dann neue Herausforderungen auf euch.«

Das klingt mehr als lahm, ich tausche mit den anderen einen Blick, aber alle zucken nur mit den Schultern, und weil wir von den Erlebnissen des Tages völlig ausgehungert sind, machen wir uns über die Lasagne her. Wir essen schweigend. Nachdem wir endlich satt sind, macht Sophia einen letzten Versuch. »Kannst du Becker denn nicht anrufen?«, fragt sie Sebastian. »Ja sicher«, sagt er mehr als schroff, geradezu abweisend. »Lass die beiden mal meine Sorge sein.«

Jetzt bin ich sicher. Wir nicken uns alle unmerklich zu. Das hier ist tatsächlich wieder eins von diesen Spielen, die uns als Gruppe zusammenschweißen sollen. Aber Sebastian scheint irgendwie auch nicht so recht zu wissen, was der Plan ist. Was, wenn das so eine Art Test auch für ihn ist? Zutrauen würde ich das Becker ohne Weiteres.

Als wir fertig sind mit Essen, weist Sebastian die anderen an, mein Bett in den Ballsaal zu bringen, damit ich es nicht so weit zum Waschraum habe.

Ich humpele an seinem Arm die Treppe hoch und merke, wie sehr ich am Ende meiner Kräfte bin. Schließlich nimmt mich Sebastian auf seine Arme, was mich so überrascht, dass ich gar nicht dazu komme zu protestieren. Er trägt mich hoch und setzt mich sehr behutsam neben den schrecklichen Ölbildern ab. Alles an ihm wirkt so freundlich und fürsorglich, dass es mich ganz durcheinanderbringt. Wie geht so ein Verhalten mit einer Vergewaltigung zusammen? Das passt doch alles nicht! Und wenn der Artikel falsch war?

Das Bett steht schon bereit, die Jungs müssen wieder nach unten zu Sophia gegangen sein.

Ich bin mit Sebastian allein und würde ihn so gern so vieles fragen. Aber der Artikel scheidet aus, bleibt das Kirchenbuch und die Kammer. Zuerst die Kammer.

Das habe ich heute Nachmittag in der Kapelle vor lauter Aufregung völlig vergessen. Ich möchte wissen, warum er mich in der Kammer eingesperrt hat und ob das stimmt, was ich in dem Artikel gelesen habe. Auch wenn ich mir nur schwer vorstellen kann, dass Becker uns mit einem üblen Kriminellen allein in diesem gottverlassenen Schloss lassen würde, oder doch? Immerhin hat er die Verantwortung für uns. Dr. Grünbein und die Eltern der anderen würden doch auf die Barrikaden gehen, wenn uns etwas zustieße. Aber wie kann ich Sebastian danach fragen, ohne ihn zu kränken? Ich betrachte sein schönes Gesicht, während er mir noch eine Taschenlampe bringt und das Andachtsbuch, und komme zu dem Schluss, dass es unmöglich ist, ihm diese Frage irgendwie nett zu stellen. Ich muss es direkt tun. Aber zuerst frage ich ihn nach der Kammer.

Er lächelt mich an und streicht eine Haarsträhne hinter sein Ohr.

»Was glaubst du denn?«, fragt er zurück.

Ich bin es leid und stöhne laut und genervt.

»Nicoletta wollte, dass ich dir eine Lektion erteile, weil du in den verbotenen Nordteil gegangen bist.«

Ich glaube ihm kein Wort. Warum hat das dann niemand gesagt, als wir nach dem Blutbad zusammengegessen haben? Da haben Becker und Nicoletta so getan, als wäre das Sebastians eigene Entscheidung gewesen. Obwohl ich nach dieser Lüge nicht mehr viel von ihm erwarte, frage ich ihn trotzdem, ob er mal im Gefängnis war und warum, und bin gespannt auf die nächste Lüge.

Offensichtlich hat er damit nicht gerechnet, verblüfft setzt er sich neben mich ans Bett und nimmt meine Hand. »Ich habe keine Ahnung, wie du das herausgefunden hast. Aber was denkst du denn, warum ich im Gefängnis war?«

Ich spüre, wie mir die Röte ins Gesicht steigt. Er möchte wissen, was ich weiß.

»Schwarzfahren?«, versuche ich einen Witz.

»Knapp daneben.« Er lächelt und sieht dabei mehr denn je wie ein dunkel gelockter Engel aus, dass ich mir trotz seiner Lüge von vorhin fast schäbig vorkomme, ihn weiter zu befragen. Oder ihm zu misstrauen. Aber denk an deine Mutter, denk an das, was du hier herausfinden willst, ermahne ich mich und mache weiter.

»Steuerhinterziehung?«

Er schüttelt den Kopf. »Du enttäuschst mich! Hör mal, Emma. Ganz egal, was passiert ist, ich war unschuldig. Jetzt muss ich das Vergangene hinter mir lassen und nach vorne schauen.« Er steht auf und lässt mich allein zurück, allein mit dem Wissen, dass er gerade fast exakt die Worte von Mam zitiert hat. Ist das ein Zufall oder ein Hinweis? Ich weiß es nicht, aber ich nehme mir vor, noch genauer hinzuhören, wenn er redet.

Nachdem er das Zimmer verlassen hat, kann ich mich endlich dem Andachtsbuch meiner Urgroßmutter widmen. Und ich bin froh, dass ich auf der Suche nach dem Kirchenbuch so etwas Persönliches aus meiner Familie gefunden habe. Trotzdem sollte ich das Kirchenbuch nicht ganz aus den Augen verlieren und ich nehme mir vor, sobald mein Fuß abgeschwollen ist, noch einmal zur Kapelle zurückzukehren. Aber vorher werde ich Tom fragen, wo ich am besten danach suchen soll. Vielleicht bringt mich das weiter. Ich schlage das Andachtsbuch auf und brauche die Taschenlampe, obwohl es draußen noch nicht richtig dunkel ist.

Ich suche nach den Seiten, die mit Text versehen sind. Die Schrift ist so winzig, dass ich sie kaum lesen kann. Aber nach einiger Zeit haben sich meine Augen daran gewöhnt und ich versuche zu verstehen, worum es hier geht.

Es ist kein Tagebuch, auch keine zusammenhängenden Notizen. Im Grunde genommen handelt es sich nur um einzelne Gedanken oder Absätze, und je mehr ich davon entdecke, desto mulmiger wird mir.

Denn die Ähnlichkeit mit der Handschrift meiner Mutter ist unverkennbar. Ja, sie wirkt etwas kindlicher, aber diese schrägen Buchstaben und die charakteristisch geschwungenen Großbuchstaben – genau so hat meine Mutter geschrieben. Nur der Inhalt passt überhaupt nicht zu ihr. Er liest sich wie etwas, das zu einer verrückten Heiligen gepasst hätte, aber doch nicht zu meiner Mutter.

Die Rede ist von der Jungfrau Maria, deren Hilfe und Schutz sie sich erfleht für ihre Liebe. Die wundervolle Liebe, von der man niemanden erzählen darf, weil sie verboten ist.

Auf der letzten Seite wendet sich die Schreiberin – wirklich meine Mutter? – direkt an diese heimliche Liebe und mir wird die Kehle eng, als ich die Zeilen überfliege.

Geliebter, ich weiß nicht, wie die anderen lieben. Ich weiß nicht, ob es recht ist, so zu lieben, wie ich dich liebe. Ich lebe, indem ich dich atme, dich trinke, dich sehe. Du gefällst mir jede Nacht mehr, doch wenn deine Augen im Morgen verschwinden, fühle ich mich armselig und dumm, nur mehr ein Schatten. Auch die Erinnerung an den Geruch deiner Haut und die Maßlosigkeit deiner dunklen Küsse kann mich nicht retten, mein Geliebter. Das kannst nur du. Mein Ritter, lass mich nicht so lange warten.

Das Buch sinkt herunter, in meinen Augen brennen Tränen, Tränen der Scham, weil es mir so vorkommt, als ob ich meine Mutter heimlich belausche, aber auch Tränen der Trauer. Denn jetzt bin ich sicher, dass es Mam war, die diese Zeilen geschrieben hat. Meinen Vater hat sie auch immer als ihren Ritter bezeichnet.

Die Frage ist nur, ob das hier etwas mit ihrem Tod zu tun haben könnte. Eine verbotene Liebe als Motiv für einen Mord?

Ach, Unsinn. Das ist schon viel zu lange her. Und in den Sechzigerjahren gab es so etwas wie verbotene Liebe doch nicht mehr. Diese Zeit verbinde ich mit freiem Sex und Kommunen. Für einen Moment stelle ich mir meine Mutter in einem langen Gewand und mit offenen Haaren vor und muss trotz allem lächeln, denn ich weiß, sie könnte mit mir darüber lachen, wenn sie jetzt hier wäre.

Aber sie ist nicht da. Und ich habe keine Ahnung, wo sie ist und ob ich sie jemals wiedersehen werde. Ich weiß nicht mal, ob ich sie je werde begraben können.

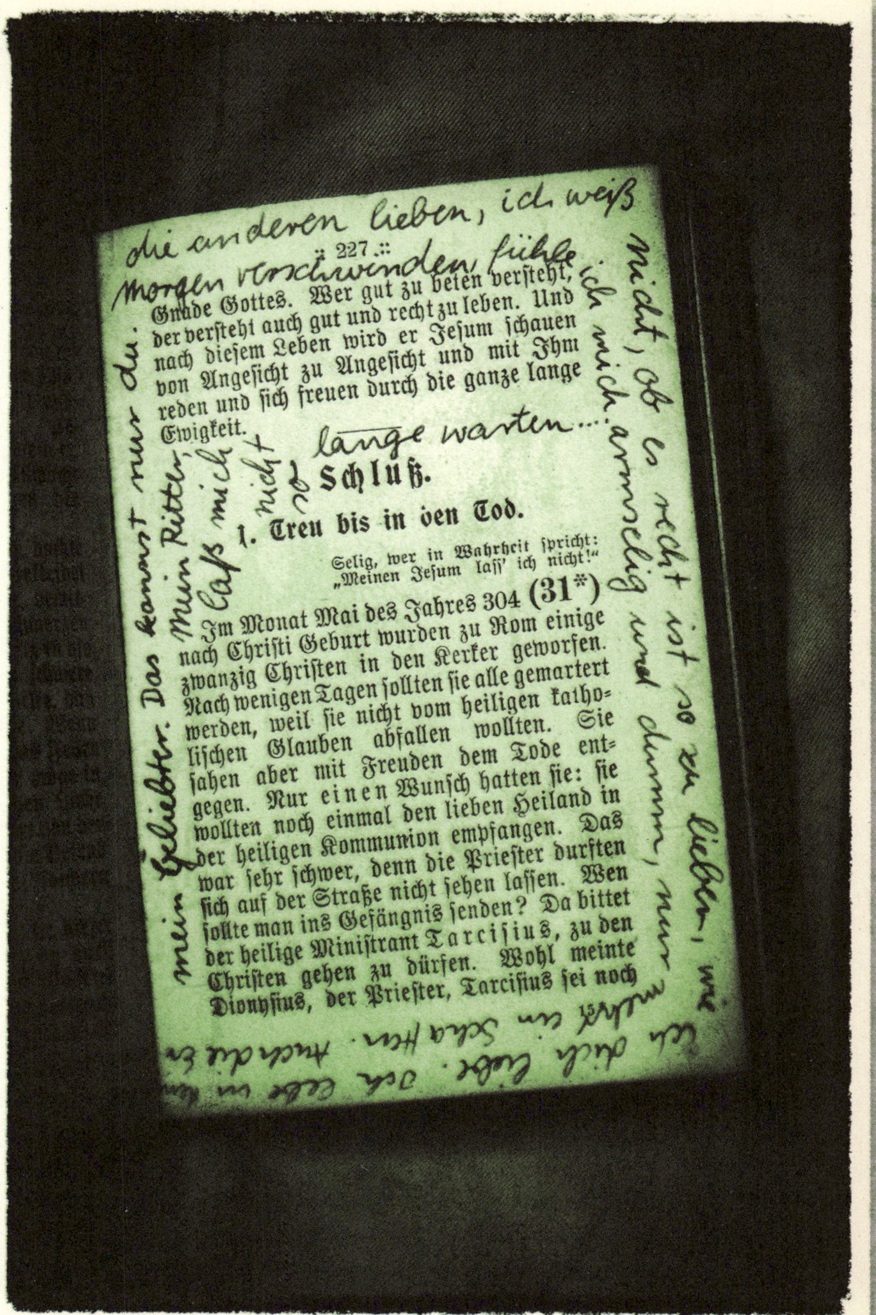
:: 227 ::

Gnade Gottes. Wer gut zu beten versteht, der versteht auch gut und recht zu leben. Und nach diesem Leben wird er Jesum schauen von Angesicht zu Angesicht und mit Ihm reden und sich freuen durch die ganze lange Ewigkeit.

Schluß.

1. Treu bis in den Tod.

Selig, wer in Wahrheit spricht: „Meinen Jesum lass' ich nicht!"

(31*)

Im Monat Mai des Jahres 304 nach Christi Geburt wurden zu Rom einige zwanzig Christen in den Kerker geworfen. Nach wenigen Tagen sollten sie alle gemartert werden, weil sie nicht vom heiligen katholischen Glauben abfallen wollten. Sie sahen aber mit Freuden dem Tode entgegen. Nur einen Wunsch hatten sie: sie wollten noch einmal den lieben Heiland in der heiligen Kommunion empfangen. Das war sehr schwer, denn die Priester durften sich auf der Straße nicht sehen lassen. Wen sollte man ins Gefängnis senden? Da bittet der heilige Ministrant Tarcisius, zu den Christen gehen zu dürfen. Wohl meinte Dionysius, der Priester, Tarcisius sei noch

Jetzt muss ich doch weinen, aber dann höre ich energische Schritte im Treppenhaus. Hastig wische ich mir übers Gesicht. Das klingt ganz nach Nicolettas Sportschritt, und obwohl ich es immer noch merkwürdig finde, dass sie diese Farbe über mich ausgekippt hat, und mich ihr Dauerlächeln nervt, bin ich erleichtert, dass sie endlich aufgetaucht ist. Mit Sebastian allein zu sein, ist mir unheimlich. Und ich frage mich, ob Dr. Becker auch gekommen ist und er noch nach meinem Knöchel schauen wird.

Wenig später klappt die Tür zum Ballsaal auf, aber statt Nicoletta oder Becker schaut noch einmal Sebastian zu mir herein. In der Hand hat er einige Briefumschläge, die alle das offizielle TYF-Logo tragen. »Das sind die Aufgaben für morgen«, erklärt er. »Ich lege deinen hier neben das Bett, okay?«

Und weil er so schnell ist, schaffe ich es erst, meinen ganzen Mut zusammenzuraffen und ihn zu fragen, was in der Kapelle mit ihm los war, als er schon wieder an der Tür ist.

Er dreht sich um, kommt zu mir zurück und kniet sich noch einmal neben mein Bett, nimmt wieder meine Hand, holt tief Luft und redet dann mit allergrößter Eindringlichkeit. »Glaub mir, das willst du ganz sicher nicht wissen. Du könntest Albträume davon bekommen.«

Im Aufstehen lächelt er mir zu, doch im Halbdunkel des Zimmers erscheint mir sein engelhaftes Lächeln nur noch wie eine venezianische Maske, unter der sich niemand anders als der Tod verbirgt.

20. Kapitel
Drei Wochen zuvor

Nachdem ich das Päckchen mit dem Album bekommen und dann die Tabletten entdeckt hatte, fing ich an, alles zu hinterfragen, was ich bis dahin über meine Mutter gewusst hatte.

Ich war wütend, kam mir wie eine Idiotin vor, die immer nur die Fassade ihrer Mutter angeschaut hat, ohne zu merken, welche Abgründe sich dahinter verborgen haben. Die Medikamente, von denen sie mir nichts erzählt hatte. Das Bild von ihr als Kind, das ich nicht kannte. Die fehlende Puppe auf dem Kleiderschrank.

Ich beschloss, systematisch all ihre Sachen durchzugehen. Eine ganze Woche war ich damit beschäftigt, ihren Kleiderschrank, ihre Taschen, ihre Bücher, sogar die alten Koffer und den Keller zu durchkämmen, immer auf der Suche nach Hinweisen darauf, wovor sie solche Angst gehabt hatte.

Ich musste mich sehr zwingen, nicht ständig in Tränen auszubrechen, denn alles roch nach ihr. Wenn ich ihre Tasche in meine Hand nahm, war es, als würde sie meine Hand nehmen, als würde sie sagen, Emma, Schatz, komm, lass uns einen Tee trinken und darüber reden, dann wird alles gut.

Meine Ausbeute war erbärmlich. In ihren drei Handtaschen fand ich den üblichen Krimskrams wie ihre Handcreme, Taschentücher, Stifte, einen zerfledderten, fünf Jahre alten Kalender, eine Lesebrille und einen Lederhandschuh. Dazu noch ein Minifläschchen mit ihrem Parfüm, das nach grüner Mandarine duftete, und ein hässliches gerissenes Armband, dass ich ihr mal aus graublauen Glasperlen gebastelt hatte.

Doch einen Tag, nachdem ich ihre Handtaschen durchsucht hatte, wurde mir klar, dass ich etwas übersehen hatte. Wo war eigentlich ihr Hausschlüssel? Sie bewahrte den Autoschlüssel getrennt vom Hausschlüssel auf, aber wenn sie zur Arbeit fuhr, hatte sie natürlich beide dabei. Dann hätte der Schlüssel in ihrem kleinen Rucksack sein müssen, den die Polizei im Auto gefunden hatte. Doch da war nur ihr Geldbeutel mit allen Ausweisen gewesen, während der Autoschlüssel noch steckte. Aber keine Spur von dem Hausschlüssel. Ich konnte mir nicht vorstellen, dass ausgerechnet nur dieser Schlüssel aus dem Rucksack gefallen und im See versunken war. Und wenn sie den Schlüssel im Krankenhaus vergessen hätte, hätte er in der Tüte mit den Sachen aus ihrem Spind gewesen sein müssen. Ich rief bei der kaugummikauenden Polizistin an und fragte nach, aber nein, man hatte bis heute keinen Schlüssel gefunden. Und sie sagte, in solchen Fällen wäre es angebracht, das Schloss auszuwechseln. Nur zur Sicherheit.

Nach diesem Telefonat war ich mit zitternden Knien zu meinem Computer gegangen und hatte mir das Bild mit der Puppe angeschaut. Die Puppe war nicht verschwunden, man hatte sie gestohlen. Daraufhin hatte ich sofort das Schloss auswechseln lassen und meine Suche nach weiteren Hinweisen noch verschärft.

Ich schüttelte jedes Buch aus, falls dort Briefe versteckt wären. Aber es gab nur Lesezeichen, einige aus geklebter Wolle, rohen Nudeln und Strohhalmen waren Geschenke von mir, andere hatte sie auf Weihnachtsmärkten und Wohltätigkeitsbasaren gekauft. Das einzige Lesezeichen, das mir Rätsel aufgab, war der Flyer von einem Hotel am Savignyplatz in Berlin. Aber als ich dort anrief, stellte sich heraus, dass das Hotel schon kurz nach meiner Geburt pleitegegangen war.

Meine ganze Suche hatte also nichts ergeben. Nichts über Mam, nichts über ihre Vergangenheit und nichts über meinen Vater. Und sosehr es mich zuerst auch getröstet hatte, dass Mam ihr Medaillon bei sich gehabt hatte, als sie verschwand, so sehr quälte es mich, dass ich nun kein einziges Bild mehr von meinem Vater besaß.

Schon lange vor Mams Tod hatte ich den Namen Charles-Philippe Chevalier im Internet eingegeben und nicht das Geringste gefunden – von einem schwarzen zwanzigjährigen Rugbyspieler mal abgesehen, der ganz sicher nicht mein Vater sein konnte.

Aber jetzt fing ich an, die Leute von *Ärzte ohne Grenzen* zu nerven. Wollte Namenslisten von Ärzten, wurde sogar Mitglied, weil ich dachte, das würde mich weiterbringen, aber an Informationen über meinen Vater gelangte ich so auch nicht.

Zuletzt blieb mir nichts mehr.

Alles war durchsucht, jede Spur war verfolgt.

Nur eine nicht.

Die Spur zum Camp.

21. Kapitel

Ich muss mich falsch bewegt haben, denn ich wache von starken Schmerzen in meinem Knöchel auf, und gerade als ich die Taschenlampe anknipsen will, um nachzuschauen, ob der Verband noch richtig sitzt, merke ich, dass ich nicht allein im Raum bin.

Von irgendwoher dringen kurze aufgeregte Atemzüge an mein Ohr, dann kleine schleichende Schritte auf dem Weg zu meinem Bett. Ich bin hin- und hergerissen, ob ich meine Taschenlampe anschalten soll, um den geheimen Besucher zu blenden, oder ob ich lieber abwarten soll.

Instinktiv würde ich am liebsten Ersteres tun, denn Abwarten bedeutet, dass ich meine Angst unterdrücke, still liegen bleibe und so tue, als ob ich schlafen würde. Und genau das würde mich vielleicht weiterbringen. Also versuche ich es.

Jetzt schaltet die Person eine winzige Taschenlampe an, bückt sich neben mein Bett, nimmt den Umschlag, den Sebastian gestern Abend noch gebracht hat, legt ihn in das Andachtsbuch meiner Großmutter und klemmt es sich unter den Arm.

Stöhnend tue ich so, als ob ich aufwache, die Person erstarrt und einen Moment später trifft das Licht der Taschenlampe auf ein rundes Mädchengesicht.

»Sophia, was machst du da?«

Sie zuckt nicht mal ertappt zusammen, sondern lächelt mich besorgt an, als ob es ganz normal wäre, hier im Dunklen herumzuschleichen.

»Ich wollte nur nach dir sehen und mich vergewissern, dass es dir gut geht.«

Statt einer Antwort leuchte ich demonstrativ das Buch unter ihrem Arm an. Daraufhin legt sie es wieder neben mein Bett und setzt sich auf die Bettkante. »Ich bin drüber gefallen und habe es aus dem Weg geräumt«, behauptet sie. »Wie geht es dir denn jetzt?«

Unwillkürlich reagiere ich auf ihren besorgten Ton und will schon anfangen, ihr davon zu erzählen, wie weh der verdammte Knöchel tut, als sie eine Bewegung macht und etwas aufblitzt. Es ist der Rosenkranz, den sie immer noch um den Hals trägt.

Ich erinnere mich an die Taktik, die ich bei Sebastian angewandt habe. Direkte Frage, direkte Antwort. »Woher hast du die Kette?«, frage ich ohne Umschweife.

Sophia lächelt so breit, dass ihre auffallend kleinen Zähne im Schein der kleinen Lampe aufblitzen. »Die ist von Sebastian.«

Mit allem hätte ich gerechnet, aber nicht damit. Gleich am ersten Tag, nachdem er sie kennengelernt hat. Ist das seine Masche, Frauen zu verführen? Warum schenkt Sebastian ihr Schmuck?

»Die Kette war mein Wetteinsatz«, erklärt Sophia, als hätte ich die Frage laut gestellt. »Dafür, dass ich die Sache mit dem Versteckspiel im Keller durchgezogen habe.«

»Findest du das nicht eher … ungewöhnlich?«, frage ich.

Sophias Augen verengen sich zu Schlitzen. »Du bist ja bloß neidisch.«

Wenn es nur so einfach wäre.

Sebastian. Immer wieder Sebastian. Er hat mich in die Kammer gesperrt, er lügt, er ist kriminell, war im Gefängnis und von ihm stammt dieser Rosenkranz, der auf dem Foto abgebildet war. Dazu noch sein Auftritt in der Kapelle. Und vorhin noch diese geheimnisvollen Andeutungen!

»Möchtest du etwas trinken?« Sophia klingt versöhnlich, als täte es ihr leid, dass sie mir Neid unterstellt hat, und kehrt jetzt die Sanitäterin heraus. »Und brauchst du noch eine Schmerztablette?«

Als ich nicke, verschwindet sie und kommt mit einem Cool Pack, einer Apfelschorle und Tabletten zurück.

»Das lag alles für dich in der Küche bereit.« Sie bleibt neben meinem Bett stehen und reicht mir das Kühlkissen und die Tabletten.

»Mit dem Ibuprofen kannst du bestimmt besser schlafen.« Sie gibt mir die Apfelschorle dazu. »Eine Tablette reicht.«

Sie hat recht, ich brauche Schlaf, um morgen endlich weiterzukommen. Ich drücke eine Tablette aus dem Blisterpack und spüle sie herunter.

»Wie kommt es, dass du eine Sanitäterausbildung gemacht hast?«, frage ich. »Willst du Krankenschwester werden?«

Sophia seufzt und setzt sich auf mein Bett.

»Nein.« Sie schweigt einen Moment. »Meine Mutter ... du musst wissen, sie hat Multiple Sklerose.«

Ich schlucke. Ich weiß von Mam, was MS bedeutet – die Krankheit ist immer noch unheilbar und endet oft mit einem entsetzlich grausamen Tod.

»Noch muss sie nicht komplett im Rollstuhl sitzen«, sagt Sophie. »Aber nach einem besonders heftigen Schub habe ich die Ausbildung gemacht. Ich dachte ... ich könnte dann vielleicht besser damit umgehen.«

»Hilft dir denn niemand?«, frage ich voller Mitleid. »Dein Vater? Oder deine Schwestern?«

»Das letzte Jahr war nicht einfach für uns alle. Mein Vater versucht zwar immer sein Bestes, aber die Wahrheit ist die, dass er mit Kranken nicht umgehen kann. Ich glaube, Krankheit und Tod machen ihm Angst. Doch das kann er vor sich selbst nicht zugeben und deshalb strengt er sich doppelt an, was jeder merkt und weshalb ihn alle für einen Märtyrer halten.« Sie schürzt verächtlich ihre Lippen. »Dabei ist doch meine Mutter krank und es muss um sie gehen und nicht um ihn! Und meine Halbschwestern sind viel älter und haben ihre eigenen Familien.« Sie schaut auf und ich sehe, dass ihre Augen schwimmen. »Emma, es tut mir leid, dass ich so ätzend zu dir war bei dem Gespräch im Garten mit Becker. Es muss furchtbar für dich sein, dass deine Mutter tot ist. Wenn meine Mutter sterben sollte, dann ... bin ich wenigstens vorbereitet. Und ich kann mich von ihr verabschieden und das konntest du nicht. Das ist wirklich traurig.« Sie steht abrupt auf, fast als wäre es ihr peinlich. »Gute Nacht, Emma!« Sie verlässt den Ballsaal im Laufschritt und ich bin froh, dass sie gegangen ist, weil mein Hals wie zugeschnürt ist.

Sophia hat recht. Vielleicht ist das Schlimmste an Mams Tod, dass wir im Streit auseinandergegangen sind und uns nicht verabschieden konnten.

Nie hätte ich Sophia zugetraut, dass sie sich so um ihre Mutter kümmert. Auf mich hat sie so unbedarft gewirkt, so, als wäre es das Erstrebenswerteste auf der Welt, mit Männern wie Sebastian zu flirten. Wie ich mich da getäuscht habe! Und ich bin ein bisschen eifersüchtig auf sie.

Im Gegensatz zu ihrer Mutter hat meine mir immer verschwiegen, wie schlecht es ihr wirklich ging. Von Angstattacken, gegen die sie schwere Medikamente nehmen musste, war nie die Rede gewesen. Sie wollte mich schützen, aber damit hat sie auch verhindert, dass wir uns näherkommen. Sie hat unsichtbare Mauern um sich aufgebaut. Aber warum?

Ich knipse die Taschenlampe aus und lege mich hin, doch der Schlaf will einfach nicht zurückkommen. Zu viel geht mir durch den Kopf. Wieso ist Sophia hier im Dunkeln rumgestolpert und war so interessiert an meinem Umschlag mit den Aufgaben für morgen? Über all dem, was sie von ihrer Mutter erzählt hat, habe ich das ganz vergessen. War das vielleicht genau ihre Absicht? Auf einmal schiebt sich wieder das Bild von ihr vor mein inneres Auge, wie sie fast nackt und wie tot in der Wanne liegt.

Ich schalte das Licht wieder ein und greife nach dem Kuvert. Ich weiß nicht so genau, was ich erwartet habe, eine Anweisung vielleicht, was wir morgen tun sollen, oder etwas zum Thema Trauer, aber ganz bestimmt nicht schon wieder ein Foto.

Wie alle anderen Bilder verursacht es mir Unbehagen. Aber das hier ist noch schlimmer. Dieser junge Typ scheint das Mädchen, das die Wäsche aufhängt, heimlich zu beobachten. Und das ist das eigentlich Perfide an dem Bild.

Etwas an ihm kommt mir bekannt vor. Ich glaube nicht, dass es Dr. Becker ist, Beckers Nase ist ziemlich breit und sehr gerade. Sebastian dagegen kann es auch nicht sein, der ist zu jung. Ist das Mädchen vielleicht meine Mutter? Die Haarfarbe stimmt, aber ich kann ihr Gesicht nicht sehen. Doch diese Art zu stehen, der Rücken, ein bisschen schief, als trüge sie eine Last, das würde zu Mam passen.

Diese Fotos, sie sehen nicht aus, als ob die Personen darauf gewusst hätten, dass sie fotografiert worden waren. Genauso wie das Bild von dem knienden Mädchen ist auch dieses Foto ganz eindeutig heimlich gemacht worden. Jedenfalls kann ich mir nicht vorstellen, dass diese Bilder einmal für ein Album gedacht worden waren. Sie sind das Gegenteil von den damals üblichen gestellten Fotos, die eine glückliche Familie zeigen.

Ich drehe das Bild um, um nachzuschauen, ob noch Kleber daran haftet oder Papierfetzen. Auch das wurde irgendwo herausgerissen und es gibt einen Text.

Die Rache ist mein, sagt der Herr, und mein Zorn wird fürchterlich sein. Nur noch vierundzwanzig Stunden, Emma, dann ist alles vorbei.

Jetzt klopft mein Herz so intensiv wie der Schmerz in meinem Fuß. Plötzlich geht es um Rache? Um Rache wofür? Und wieso habe ich nur noch vierundzwanzig Stunden Zeit? Soll das heißen, ich muss sterben, wenn ich nicht herausfinde, wie es zu dem Unfall meiner Mutter gekommen ist? Ich – oder jemand anderes? Oder lebt meine Mutter noch und ich muss dahinterkommen, was passiert ist? Ich drehe noch mal den Umschlag um, um mich davon zu überzeugen, dass er auch wirklich für mich bestimmt ist. Ja. Der Aufkleber sieht offiziell aus, offensichtlich am Computer erstellt. *Emma Bergmann.*

Ich betrachte meinen Namen und auf einmal kann ich nicht mehr, alles, von dem ich dachte, dass es mich, Emma Bergmann, ausmachen würde, scheint zu zerbrechen, scheint gar nicht zu existieren.

Ich lasse den Umschlag auf den Boden neben dem Bett sinken und wünsche mir, ich könnte in der Zeit zurückreisen, könnte mit Mam über all das reden, könnte zurück in ihre Arme, wo dann alles wieder gut wäre.

Immerhin wird der Schmerz im Fuß dank der Tablette allmählich weniger. Ich drehe mich um und mein Blick fällt auf die Klappe der Kammer, die offen steht.

Ich knipse die Lampe aus, ich will das nicht sehen. Aber als ich die Augen schließe, taucht diese Klappe trotzdem vor mir auf. Sie macht mich nervös, so wie mich eine offene Keller-, Terrassen- oder Balkontür in der Nacht nervös machen würde. Genervt öffne ich die Augen wieder, ich muss die Klappe verschließen, aber ich bin so müde, so leicht und gleichzeitig bleischwer. Außerdem ist die Leiter gar nicht mehr da und ohne die komme ich nicht mal in die Nähe der Klappe.

Bläuliches Licht quillt aus ihr heraus, wabernd und schlierig wie Zigarettenqualm. Ein Geräusch dringt an meine Ohren. Was ist das? Dann erkenne ich es, es ist ein leises Weinen wie gestern Nacht, aber diesmal klingt es, als wäre es in einem Bienenschwarm gefangen, das Weinen ist umgeben von wütendem Summen. Unsinn, ich glaube nicht an Geister und setze mich mit einem Ruck auf. Mir ist ein bisschen schwindelig, die offene Klappe verschwimmt vor meinen Augen, als würde sie sich auf Wellen spiegeln. Ich konzentriere mich, zwicke mich in den Unterarm und fixiere die Klappe. Das blaue Licht, das aus ihr herausströmt, wird intensiver und das Weinen geht in ein Flüstern über. Es ist das Flüstern von Kindern, vielen Kindern, ich strenge mich an, will verstehen, was sie mir sagen, und dann erkenne ich doch ein Wort. Glück. Das beruhigt mich, ich lege mich wieder hin. Glück. Das gefällt mir. Ich schließe meine Augen, spüre, wie sich mein Körper erhebt und leicht davonschwebt, hinüber zur Klappe, und mit einer Drehung durch sie hindurchfliegt, direkt in den mit funkelnden Sternen übersäten Nachthimmel.

22. Kapitel

Bevor ich die Augen aufschlage, höre ich das Vogelgezwitscher, sehr nah und laut, dann steigt eine Mischung aus feuchten Blättern, späten Rosen und merkwürdigerweise der Geruch von nassem Metall in meine Nase.

Wo bin ich? Ich versuche, die Augen zu öffnen, doch sie sind total verklebt, völlig anders als sonst morgens.

Ich bewege die Hände, um meine Augen zu reiben, aber meine Arme hängen wie tote Äste über dem Bettrand und gehorchen mir nicht. Das macht mir Angst, aber mein Herz klopft ganz ruhig weiter, als wäre alles in Ordnung.

Was ist hier los? Ist gestern etwas geschehen, das ich vergessen habe? Ich möchte mich erinnern, aber mein Hirn hat sich in einen Haufen träger ölgetränkter Wattebäuschchen verwandelt und mein Körper ist so starr, als wäre ich unter tonnenschwerem feuchtem Sand begraben.

Panik überfällt mich und ich muss, muss, muss jetzt meine Augen aufbekommen. Nichts. Mein Körper macht nicht, was ich will.

Ist das vielleicht ein Albtraum, aus dem ich gleich aufwachen kann? Ja, ich will aufwachen! Sofort!

Da höre ich ein Knacken, als ob jemand auf einen Ast getreten ist. Hallo?, will ich fragen, ist da wer? Aber aus meinem Mund kommt nur ein verwaschenes »uaho, issaweh«.

Oh mein Gott. Alle Horrorgeschichten über das *Locked-in-Syndrom* fallen mir, bei dem man bei vollem Bewusstsein in einem gelähmten Körper eingesperrt ist und es nicht schafft, mit der Außenwelt Kontakt aufzunehmen. Nein, Emma, du bist gesund, du hast dich zwar verletzt, aber du bist doch nicht auf den Kopf gefallen. Ah, ich kann mich also doch erinnern? Denk, Emma, denk! Der Fuß, Fuß, genau, du hast dir gestern den Fuß verletzt, sonst nichts.

Ich muss sofort meine Augen öffnen. Ich konzentriere all meine Energie auf meine Lidmuskeln. Nichts. Einmal tief durchatmen, dann versuche ich, meine Arme zu bewegen. Ganz ruhig bleiben, Emma, ganz, ganz ruhig. Nicht in Panik geraten, sondern alle Kraft in die Hände. Ich schaffe es, dass sich mein rechter Arm etwas hebt. Okay! Nun zu den Augen. Der metallische Geruch wird plötzlich viel stärker. Etwas stimmt nicht mit meiner Hand. Ich kann die Finger bewegen, aber irgendetwas ist mit meiner Handfläche.

Die Augen. Kümmere dich erst einmal um deine Augen. Nach einer gefühlten Ewigkeit schaffe ich es, ich kann sie zu Schlitzen öffnen.

Als Erstes betrachte ich meine Hände. Ich sehe Blut,

überall Blut, auch auf dem Bett. Nicht wie die Farbe gestern, nein, das hier ist klebriges, teilweise geronnenes Blut. Ich sehe es und fühle keine Angst, es ist eher so, als ob ich ein fremdes faszinierendes Insekt betrachte. Das ist doch verrückt. Mein Körper blutet und ich habe keine Angst? Ich will mich aufsetzen, doch mein Körper gehorcht mir einfach nicht. Mit einer unglaublichen Anstrengung gelingt es mir, meine Hände vors Gesicht zu bringen. In der Mitte der Handtellers entdecke ich Wunden, aus denen Blut austritt, und während ich diese Wunden fassungslos anstarre, merke ich, wie sich aus meinem Haaransatz Tropfen lösen und über meine Augenbrauen dunkelrot auf meine Wange tropfen. Ich zwinge meine rechte Hand an die Stirn und wirklich, an den Fingern ist klebriges Blut.

Doch obwohl Panik mein Gehirn in Aufruhr bringt, klopft mein Herz immer noch ganz ruhig, als wüsste es nichts von dem, was mit meinem Körper passiert. Und ich verspüre keine Schmerzen. Ich blute am ganzen Körper, aber nichts tut mir weh. Es ist, als ob die Lähmung allen Schmerz ausgelöscht hat.

Verdammt, ich muss mich aufsetzen, muss wissen, was hier passiert. Ich presse die Hände gegen das Bettgestell, um mich hochzuwuchten. Ich versuche es einmal, zweimal, atmen, Emma, du kannst das, und tatsächlich – ich schaffe es. Dabei tropft immer weiter Blut von meiner Stirn auf das Bett, das aussieht wie ein Schlachtfeld. Mir wird klar, dass ich auch links am Bauch eine Wunde habe, die blutet. Ich muss verrückt sein, das ist ein Traum, nur im Traum reagiert man so gelassen, wenn man sich derart schwer verletzt hat.

Dann erst entdecke ich sie und mir wird klar, dass das hier alles echt ist. Kein Albtraum, sondern Wirklichkeit.

»Was?«, keuche ich empört, »was soll das?« Aber es klingt wieder nur wie »Wascholas«.

Sophia und Tom stehen um mein Bett. Doch sie starren mich nicht nur an, ohne einen Finger zu rühren, nein, es ist viel schlimmer. Tom macht Fotos mit einer Profi-Kamera und Sophia steht da, so harmlos in einem grünen Sommerkleid voll roter Mohnblumen, und filmt mit einer Hingabe, als wäre ich ein süßes Kätzchen mit seinen Jungen. Ich suche ihre Blicke, doch Sophia und Tom verstecken sich hinter ihren Geräten. Ich möchte das Laken über den Kopf ziehen, um mich zu schützen, aber meine Muskeln weigern sich. Ätzende Galle steigt aus meinem Magen hoch, ich hasse sie aus tiefster Seele, möchte sie anspucken, sie schlagen, möchte wegrennen, weg, nur weg. Aber ich kann nicht, ich bin gelähmt. Nur die Tränen, sie strömen über mein Gesicht, Tränen der Wut und der Verzweiflung und der Hilflosigkeit. Immer weiter starre ich sie an, flehe Tom und Sophia mit meinen Blicken an, hinter ihren Geräten hervorzukommen, sich wie Menschen zu verhalten, aber die zwei machen wie ferngesteuerte Roboter weiter und filmen mich, als würden sie ein Millionen-Honorar dafür kassieren.

»Hört sofort auf damit!«, schreie ich, aber es kommt wieder nur Gebrabbel aus mir raus.

In diesem Augenblick taucht Philipp wild gestikulierend hinter den anderen auf. Ich kann gar nicht sagen, wie erleichtert ich bin, endlich reagiert hier jemand nicht wie ein seelenloser Alien.

»Hört sofort damit auf!«

Tatsächlich nehmen Tom und Sophia die Fotoapparate herunter.

Philipp beugt sich über mich, Entsetzen steht in seinen lilagrünen Augen. »Was ist denn passiert? Was ist mit ihr passiert?«, schreit er. Er greift nach meinen Händen, mustert sie eingehend, schlägt das Laken zurück und betrachtet die Wunde unterhalb meiner linken Brust und betastet meinen Haaransatz, dann schaut er auf seine blutigen Hände.

»Warum steht ihr hier einfach so?«, brüllt er. »Und filmt sie auch noch?«

»Wir dachten ...« Toms Stimme ist belegt.

»Bitte Kaffee!« Ich flehe Philipp an und hoffe, dass er mein Gebrabbel versteht. Er nickt mir beruhigend zu.

»Einer von euch bringt Emma den stärksten Kaffee, den ihr findet, und dann erklärt ihr mir, was hier vor sich geht.«

Sophia rennt weg, Tom holt einen Brief aus seinen Bermudas, der genauso aussieht wie derjenige, den ich gestern Abend von Sebastian bekommen habe.

Ich bin so erleichtert, dass Philipp sich um mich kümmert, ich würde ihn am liebsten umarmen. Aber ich kann meine Bewegungen immer noch nicht richtig koordinieren und ich würde sein Shirt mit Blut besudeln.

Tom reicht Philipp seinen Brief und er liest ihn laut vor:

»Deine Aufgabe ist es, morgen früh Emma zu fotografieren. Lass dich durch nichts davon abbringen, egal, wie sie aussieht oder was sie sagen wird. Sie hat sich im Vorfeld damit einverstanden erklärt, Modell für genau dieses Bild zu stehen. Du kannst das! Wir bauen auf dich, denn wir wollen dich dabeihaben! Dein Transnational Youth Award Team.«

Philipp ist weiß im Gesicht geworden. Sophia kommt heran, sie ist so schnell gerannt, dass Kaffee aus dem Becher auf ihr Mohnblumenkleid geschwappt ist, aber die Hälfte ist noch in der Tasse. Er ist schwarz und duftet bitter. Philipp hilft mir dabei, ihn zu trinken. Mit jedem Schluck werde ich klarer im Kopf.

»Ich kann nicht glauben, dass ihr das getan habt! Nicht nachdem wir gestern schon die Szene auf der Treppe hatten. Warum habt ihr alle solche Angst, nach Hause geschickt zu werden?« Philipp schlägt das Laken zurück und inspiziert meinen Körper noch einmal genauer. Als er vorsichtig die Wunde an meinem Bauch betastet, spüre ich ein leichtes Kitzeln und plötzlich hält er etwas in die Luft, das ziemlich schaurig aussieht. Die anderen kommen näher.

Ich strecke die Hand nach dem Ding aus und bin erleichtert, dass meine Finger endlich wieder genau das machen, was sie sollen. Aber Philipp hält sie fest, macht sich an meiner Handfläche zu schaffen und ich spüre wieder dieses Kitzeln.

»Wow, das sind Latexwunden!« Tom grinst breit und mir kommt es so vor, als ob alle wie befreit aufseufzen.

»So was habe ich mal für eine Halloweenparty bestellt. Sie sehen täuschend echt aus. Man muss einen Haufen Filmblut drüberkippen und die Übergänge mit Make-up und Silikonfeuchtspray wegschminken.« Tom scheint so erleichtert, dass er ohne Punkt und Komma redet.

Philipp schürzt die Lippen und zieht die Brauen zusammen. »Hast du Emma etwa beim Schminken geholfen?«, fragt er Tom.

Obwohl ich stinksauer bin, mische ich mich ein.

»Ich habe mich nicht selbst geschminkt! Jemand muss mir K.-o.-Tropfen gegeben haben.« Warum sonst konnte ich bis gerade eben noch nicht richtig reden und meine Glieder nicht bewegen?

Philipp wendet sich zu mir. »K.-o.-Tropfen?«, fragt er ungläubig.

Ich schließe kurz die Augen. »Ich kann mir das nicht anders erklären. Ich habe im Ballsaal im Bett gelegen. Ich erinnere mich nur noch daran, wie Sophia zu mir gekommen ist und mir Tabletten und eine Apfelschorle gebracht hat.«

»Das meinst du doch nicht im Ernst?« Sophia blitzt mich wütend an. »Du denkst doch nicht, ich hätte dir was anderes gegeben?«

»Und warum wolltest du gestern Nacht meinen Brief lesen?«

»Weil ich gehofft habe, es würde etwas drinstehen, das mir meine Aufgabe leichter macht.«

Ich würde ihr gern glauben und erinnere mich an unser Gespräch über ihre kranke Mutter. Aber wie sonst soll das

Zeug in meinen Körper gekommen sein? Vielleicht sollte sie mich mit ihrer Geschichte nur in Sicherheit wiegen, vielleicht wirkt das Zeug dann besser.

»Also hat keiner von euch gewusst«, insistiert Philipp, »dass Emmas Wunden nicht echt sind? Und lügt mich nicht an!«

Tom und Sophia starren auf den Boden, dann strafft Tom seine Schultern. »Na ja, dass das ein Trick ist, hab ich mir natürlich gedacht. Ich meine, ihr Bett steht mitten im Garten!«

Mit seinen Worten registriere ich erst so richtig, wo ich bin. Ich habe mir das Vogelzwitschern vorhin nicht eingebildet. Ich bin tatsächlich im Freien. Über mir wölbt sich der schwülgrau bedeckte Himmel und links von mir erkenne ich die Blätter der verkrüppelten Eiche, die jetzt schon schlapp von der Hitze herunterhängen.

»Okay, das mit den Latexwunden hab ich nicht gleich begriffen, aber dass Emma über Nacht plötzlich zu den Stigmatisierten gehört, wo sie nicht mal die von Franz von Assisi kennt, ist ja wohl mehr als unwahrscheinlich«, verteidigt Tom sich weiter. »Und schließlich ging aus dem Brief hervor, dass Emma mit allem einverstanden wäre.«

Stigmata! Ich bin wie vor den Kopf geschlagen, Tom hat recht, diese Wunden sollen die Wundmale Christi sein. Aber warum werde ausgerechnet ich so zurechtgemacht und dann gefilmt oder fotografiert?

Sophia stellt sich näher zu mir. »Mir ging es ganz genauso wie Tom! Und es ist ja nicht das erste Spielchen hier oben. Genau deshalb wollte ich ja Emmas Brief lesen.«

»Und wenn in dem Brief gestanden hätte, schneidet ihr einen Finger ab? Was dann?« Philipp steht auf und schüttelt den Kopf.

»Das ist ja wohl etwas anderes!« Sophia und Tom starren mich böse an, als ob ich schuld wäre, dabei fühle ich mich unsäglich mies.

Philipp läuft wütend neben meinem Bett auf und ab.

»Ich verstehe euch nicht. Habt ihr denn aus der Sache gestern nichts gelernt? Und Sophia, wenn dir nicht wohl dabei war, warum hast du dann nicht einfach allein eine Entscheidung getroffen, ohne die Briefe der anderen zu kennen?«

Sie zuckt mit den Schultern und wirkt jetzt so unglücklich wie ein begossener Pudel.

»Wenn das ein Spiel sein sollte, wo sind dann Becker und der Rest?«, fragt Philipp. »Und warum ausgerechnet so etwas wie Stigmata? Wir sind hier in einem Feriencamp und nicht in einem Exerzitienkloster! Ich will die auf der Stelle dazu befragen. Mir reicht es jetzt.«

Wir schauen uns alle an.

In der ganzen Aufregung ist uns das tatsächlich noch gar nicht aufgefallen. Aber von Becker, Nicoletta und Sebastian ist nichts zu sehen. Beckers Worte von gestern sind mir noch im Gedächtnis. *Und wir Betreuer sind immer dabei, um notfalls die Reißleine zu ziehen.*

Ach, wirklich?

»Hat jemand von euch irgendwen von den dreien heute Morgen schon gesehen?«

Alle schütteln die Köpfe.

»Was für ein Scheiß!« Philipp tippt sich an die Stirn. »Merkt ihr nicht, dass wir hier ständig dazu gebracht werden, uns wie Monster zu verhalten?«

»Jetzt macht mal halblang«, sagt Tom. »Es war doch wohl klar, dass Emma nichts Schlimmes passiert ist. Warum hätten wir da einen Aufstand machen sollen?«

»Weil es menschlicher gewesen wäre.« Philipp setzt sich zu mir aufs Bett, nimmt meine schmierige Hand in seine und streichelt sie. »Es tut mir wirklich leid«, flüstert er. »Immer trifft es dich.«

Also hat er es auch bemerkt.

Sophia unterbricht ihn. »Wenn du vor dem Frühstück noch duschen willst, sollten wir los.«

»Warum bist du so grob zu ihr?«, fragt Philipp sie. »Findest du richtig, was du gemacht hast?«

Sophia schüttelt den Kopf. Erst jetzt sehe ich, dass sie den Tränen nahe ist. Sie reicht mir wortlos ihren Umschlag und nickt mir zu.

Der Name *Sophia Ritter* steht darauf, aber er fühlt sich ganz anders an als meiner. Es ist eine dicke weiße Karte und ich sehe sofort, wie perfide der Absender vorgegangen ist. Er hat mit kleinen Knöpfen ein Grinse-Gesicht daraufgenäht. Und der Text lautet: *Du hältst hier den ersten therapeutischen Schritt im Kampf gegen deine Phobie in der Hand. Lies, was hier steht, und tue, was dir aufgetragen wird. Wenn du das geschafft hast, kann der nächste Schritt kommen. Morgen nach dem Wecken gehst du in den Obstgarten. Dort wirst du Emma finden. Du wirst sie filmen. Ganz egal, was die anderen sagen oder tun, du lässt dich davon nicht abbringen. Wenn du das geschafft hast, darfst du alle Knöpfe abreißen, und du wirst sehen, das ist der erste Weg zu deiner Befreiung. Viel Erfolg.*

»Es tut mir leid«, sage ich. Und das tut es mir wirklich. Auch Sophia ist zum Opfer gemacht worden. Das mit den Knöpfen, überlege ich, das hat nur Becker gewusst. Also muss er dahinterstecken, oder? Andererseits – würde ein Psychologe wirklich so eine extreme Schocktherapie wählen?

»Hier steht nichts von Drogen, die du mir geben sollst.«

Sophia wischt mit dem Handrücken über die Augen und schaut mich trotzig an. »Nein. Das Ibuprofen lag auf dem Küchentisch für dich bereit. Ich dachte, das wäre von Sebastian oder Becker. Außerdem waren die Tabletten doch noch in der Blisterpackung. Was hätte ich da dran drehen sollen?«

Ich setze mich auf, bringe die Beine über die Bettkante und sehe erst jetzt, dass mein Bett direkt neben dem Brunnen steht. Dem Brunnen, in dem das Kind ertrunken ist. Plötzlich muss ich an die Kindergräber denken. Was für ein unseliger Ort für ein Feriencamp!

Philipp tritt zu mir, stützt mich und kommt mir so nah, dass ich den Geruch seiner Haut einatmen kann. Er riecht sehr angenehm, frisch und leicht salzig, wie feuchter Sand am Meer. Ich möchte ihm so gern vertrauen. »Was hat in deinem Brief gestanden?«, frage ich leise.

Er schüttelt den Kopf. »Ich habe keinen Brief bekommen«, antwortet er.

Sophia, Tom und ich schauen ihn misstrauisch an.

»Das ist aber komisch«, sagt Tom. »Unglaubwürdig, irgendwie.«

Philipp zuckt mit den Schultern. »Leute, hier ist doch alles verrückt.«

Er hat recht, es ist unfassbar, dass ich nichts davon gemerkt habe, wie mein Bett hierher getragen worden ist.

Dieses schwarze Loch in meinem Kopf, dort wo meine Erinnerung sein sollte, breitet sich aus und stülpt sich über mein Inneres.

Und irgendwie denke ich zum ersten Mal, dass ich nichts dagegen hätte, wenn es mich einfach verschlingen würde und alles vorbei wäre.

Wie schön und wie lieblich bist du, du Liebe voller Wonne! Hohelied 7.7

Sie scheuerte das meterlange stumpfe Waschbecken mit so viel Kraft, dass sie außer Atem geriet, und der Schweiß stetig von ihrer Stirn auf die Scheuerbürste tropfte. Es war ihr egal, dass sie die Einzige war, der der Ausflug verboten worden war. Es war ihr egal, dass Gertrud sie zu dieser Putzaktion abkommandiert hatte. Es war ihr egal, denn so konnte sie viel besser nachdenken.

Martha hatte sie für verrückt erklärt, weil sie nicht lautstark protestiert hatte, aber Martha wusste auch nichts von ihm.

Niemand wusste von ihm, und weil es hier keine richtige Beichte gab, musste sie auch niemandem davon erzählen. Außerdem war sie tief in ihrem Herzen davon überzeugt, dass nichts Schändliches dabei war. Ihr Tun war nicht tadelnswert, nur Gertrud durfte nichts davon erfahren, denn für sie war alles, was Agnes tat, des Teufels.

Es hatte damit angefangen, dass er ihr heimlich Essen und Trinken in die Kammer brachte, wann immer Gertrud sie dort eingesperrt hatte. Das war freundlich von ihm, aber das hatten andere auch schon für sie getan, Onkel Lorenz oder Martha, die Gertrud nachts den Schlüssel stibitzt hatte.

Aber bei ihm war alles anders, denn er sprach mit ihr. Nein, ganz anders, er interessierte sich für sie, für das, was sie dachte. Er glaubte an sie und das machte sie viel satter als Käsebrote. Letztes Mal hatte er sogar ihre Wange gestreichelt, nachdem sie ihm von ihrem Plan erzählt hatte, Krankenschwester zu werden. Wie gern hätte sie sich Martha anvertraut. Aber leider musste sie ihr Geheimnis wahren.

Sie war so vertieft in ihre Arbeit und ihre Gedanken, dass sie ihn nicht kommen hörte und zusammenzuckte, als er sie an der Schulter berührte.

Trotz des Schrecks wusste sie sofort, dass er es war, denn niemand sonst hier berührte sie so sanft. Das Blut schoss ihr ins Gesicht und sie hatte Angst davor, sich umzudrehen. Als sie sich endlich traute, legte er den Zeigefinger auf seine Lippen, und das brachte sie noch mehr durcheinander.

Es waren seine dunkelrosa Lippen, die so aussahen wie die von dem hübschen Jesus auf einem ihrer Fleißbildchen, die sie vor so vielen Jahren von ihrer Großmutter bekommen hatte und die sie in dem alten Andachtsbuch versteckte. Nein, schoss es ihr durch den Kopf, es waren die petrolblauen Augen und die kinnlangen hellbraunen Haare. Nein, verbesserte sie sich, als er zu reden begann, es war einzig und allein seine Stimme.

»Gertrud macht gerade einen Mittagsschlaf. Wir könnten zum See spazieren und ein Bad nehmen.«

Allein schwimmen gehen? Mit ihr, der Schlimmsten von allen, die nicht mal mit auf den Ausflug gedurft hatte?

»Wenn ich erwischt werde, schlägt Gertrud mich tot und ich komme für Jahre in die Kammer.« Sie wunderte sich, dass sie klare Worte angesichts seines ungeheuerlichen Vorschlags fand.

Er lachte sie aus. »Du musst dich entscheiden. Was denn nun – schlägt sie dich tot oder kommst du in die Kammer?«

»Warum sind Sie denn nicht bei dem Ausflug nach Salzburg?« Agnes wusste genau, dass Martha und alle anderen sich nur seinetwegen auf den Ausflug gefreut hatten, und jetzt stand er ausgerechnet bei ihr.

»Ich habe mir heute Morgen leider das Knie ... verletzt.« Er zwinkerte und humpelte ein paar Schritte auf sie zu wie ein alter Mann, doch dann wurde er schneller, packte sie um die Taille, die Scheuerbürste fiel ihr aus der Hand auf den grauen Fliesenboden. Er wirbelte sie um sich herum und tat so, als würde er mit ihr Walzer tanzen.

Ihr wurde so heiß, dass sie am liebsten alles von sich geworfen hätte, der Gedanke trieb ihr noch heftiger die Röte ins Gesicht. Und sie wusste, dass es nichts mehr werden konnte mit ihrer Aufnahme in das christliche Jungfrauenbündnis.

»Nicht!«, bat sie völlig außer Atem.

Doch er presste sie nur noch fester an sich und es gefiel ihr, auch wenn ihr schwindelig von den schnellen Drehungen wurde. Nur deshalb musste sie ihren Kopf auf seine Schulter drücken, wo dieser einzigartige Duft seiner Haut ihre Sinne betäubte, so fleischig und salzig und auch ein wenig säuerlich wie der von frisch geschlagenem Holz. Mit jedem Atemzug wurde sie leichter, ihr Körper war schwerelos, nur ihr Herz klopfte bleiern in dem Takt, den er leise vorgab: eins und zwei und drei, und eins zwei drei, zusammen flogen sie durch den grauen Waschraum in einen Himmel, in dem es nur noch sie beide gab.

Nach viel zu kurzer Zeit stellte er sie vorsichtig wieder ab. Völlig außer Atem standen sie sich gegenüber. Sie hielt sich mit einer Hand am Waschbecken fest, weil sich alles weiterdrehte, und sie wünschte, es würde nie mehr aufhören.

»Du ...«, keuchte er.

»Ja?«

»Also, was hältst du davon? Gehen wir schwimmen?«

»Ja«, brach es aus ihr heraus, »ja, ja, ja!« Und wenn es das Letzte ist, was ich tue, dachte sie. Gott hat einen Plan für mich, einen guten Plan.

Überrascht lächelte er sie an und griff nach ihrer Hand, die in seiner fast verschwand. Die Berührung sendete vibrierende Impulse aus, die sich einen Weg durch ihren Körper suchten und in ihrem Bauch weitertanzten, eins, zwei, drei und eins, zwei, drei.

Das war ein guter Plan, sie fühlte es, als sie nach draußen schlichen, wo die Hitze der Hundstage nach dem kühlen Waschkeller ihr Verlangen nach einem Bad im See nur zu bestätigen schien.

Es war, als hätte er den ganzen Ort verzaubert, niemand war mehr hier, alle irgendwo versteinert, nur sie beide waren lebendig. Sie sprachen kein Wort, bis sie am See waren.

Auf dem Weg fiel ihr ein, dass sie keinen Badeanzug besaß. Er würde ihren Körper, den hässlichen mageren Körper der Schlimmsten von allen sehen. Sie schielte zu ihm hinüber, betrachtete verstohlen seine breiten Schultern, die schmale Taille, die langen Beine und dachte daran, dass auch er nackt sein würde.

Martha würde sie hassen. Alle würden sie hassen, denn sie alle verzehrten sich nach ihm, vielleicht sogar Gertrud. Sie unterdrückte ein Kichern, nicht an sie denken, das würde den Zauber zerstören, das spürte sie. Jetzt nur nichts sagen, kein Wort.

Der See leuchtete türkisblau in der Mittagssonne.

»Bist du bereit?«, fragte er und seine Stimme klang mit einem Mal anders. Unsicher.

Sie nickte ihm zu. »Ja«, sagte sie mit fester Stimme. »Mir ist so heiß!«

Sie zog ihre klobigen Schuhe und die Kniestrümpfe aus und suchte seinen Blick, hielt sich daran fest, während sie ihre Schürze, ihren Rock, die Bluse, den Schlüpfer und das Unterhemd abwarf.

Als sie nackt vor ihm in der Sonne stand, stöhnte er leise. »Weißt du eigentlich, wie schön du bist, Agnes?«

Nein, dachte sie, nein, und hatte nur Augen für ihn.

Er gab sich einen Ruck, warf seine Kleider von sich, bedeckte seine Scham mit einer Hand, während er ihr die andere reichte. Sie griff fest zu.

Dann rannten sie los.

Agnes spürte nichts von dem stachligen Gras und den spitzen Kieseln, die sich in ihre Fußsohlen bohrten, sie spürte nichts von dem eiskalten Wasser, das sie nach Luft schnappen ließ, sie spürte nur, wie ihr Herz durch ihren Körper hämmerte, und dann überließ sie sich all dem Wunderbaren, das ER für sie geplant hatte.

23. Kapitel

Nachdem ich mit Sophias Hilfe geduscht habe, treffen wir uns wieder in der Küche, wo es so heiß ist, als hätte eine böse Hexe den großen Kachelofen eingeschürt. Obwohl alle Doppelfenster geöffnet sind und die Sonne am bedeckten Himmel nicht zu sehen ist, kommt es mir so vor, als würde durch die Gitter der Dampf nur so hereinströmen. Das gestrige Gewitter hat zwar kurz für Abkühlung gesorgt, doch dann alles in einen tropischen Bergwald verwandelt.

»Sie sind weg«, verkündet Philipp und schiebt mir noch einen Becher Kaffee hin, den ich gierig herunterstürze, um endgültig dieses Zittern aus meinem Körper zu vertreiben.

Er erklärt uns, dass Tom und er das Schloss von oben bis unten durchsucht haben, angefangen bei den Zimmern, die Becker, Nicoletta und Sebastian bewohnten, über die Kammern im dritten Stock bis hin zum Keller. Sogar im gesperrten Nordflügel waren sie.

»Ich vermute mal, ihr Verschwinden gehört dazu«, sagt Philipp. »Angefangen von gestern Abend bis heute früh, die haben genau das geplant.«

»Trefft *Entscheidungen.«* Sophia zitiert Beckers Worte von gestern. »Das ist es, was euch im Leben weiterbringt.«

Tom lacht. »Okay, ich weiß, eine gute Entscheidung, die mich weiterbringt. Wir machen einfach gar nichts. Wir gehen auf ihr Spiel nicht ein.« Er legt demonstrativ seine nackten Füße auf den vernarbten Holztisch und steckt seine verschwitzen Haare hinter die Ohren.

Sophia knabbert gedankenverloren an ihrem Rosenkranz.

Ich schüttele den Kopf. »Aber macht ihr euch gar keine Gedanken über das Spiel an sich? Ich meine, ich wurde mit Stigmata geschminkt! Und Tom hat recht, bis gestern hatte ich keine Ahnung, was das ist. Was für ein Teamspiel sollte das denn sein?«

»Und wer sagt, dass du es nicht selbst warst?«, fragt Tom.

Philipp widerspricht ihm vehement und ich bin froh, dass ich einen Verbündeten gefunden habe. Wenigstens er glaubt mir.

Sophia steht auf und geht zu dem Foto mit dem Brot. »Vielleicht hat es mit diesem Haus zu tun? Ihr müsst doch zugeben, dass es hier nur von religiösem Zeug wimmelt.«

»Ich glaube, das Schloss war mal so etwas wie eine Klosterschule«, sage ich langsam. »Oder ein christliches Kinderheim.«

»Aber jetzt ist es einfach nur ein Camp.« Tom zuckt mit den Schultern. »Und ihr tut Becker und Konsorten einen Gefallen, wenn ihr weiter auf ihr Spiel eingeht. Nehmen wir ihnen den Wind aus den Segeln. Drehen wir den Spieß um und gehen wir schwimmen!«

Unschlüssig schauen wir uns an.

»Tom hat recht. Draußen fühle ich mich sowieso viel wohler als hier drin.« Sophia springt auf und sagt dann mit Blick auf meinen Fuß: »Ich hole unser Badezeug, okay?«

Tom und Philipp schließen sich ihr an und ich höre sie durchs Treppenhaus poltern, während ich sitzen bleibe, um meinen Fuß zu schonen.

Sophia hat recht, die Stigmata passen zu den religiösen Symbolen. Aber anders als die anderen bin ich überzeugt davon, dass da mehr dahintersteckt. Aber worauf läuft das hinaus? Dass Satan den Unfall meiner Mutter verursacht hat oder dass Dämonen sie geholt haben? Ich betrachte die Hand mit dem Kreuzring und eine Gänsehaut läuft mir über den Rücken. Wer ist die alte Frau im Auto meiner Mutter gewesen? Wer trägt solche Ringe? Eine Nonne? Eine Nonne könnte aber nicht die Mutter des Mädchens sein, das sich im Krankenhaus meiner Mutter umgebracht hat, dann kommt das als Verbindung auch wieder nicht infrage.

Tom und Philipp poltern die Treppe herunter, reißen mich zurück in die Gegenwart und ich wundere mich, wie sorglos sie damit umgehen, dass wir völlig allein hier sind. Aber vielleicht ist es auch nur Trotz, um den Betreuern einen auszuwischen? Sie schwingen ihre Handtücher und Badehosen über dem Kopf wie Propeller und erzählen sich Simpsons-Witze. Als sie bei mir ankommen, verstummen sie und lassen sich neben mich auf die harten Holzstühle fallen.

»Habt ihr auch so einen Durst?«, fragt Tom, steht wieder auf und geht zu dem riesigen Kühlschrank, der in der Speisekammer neben der Kellertür untergebracht ist.

»Das ist ja komisch!«, sagt er und seine Stimme klingt alarmiert. »Kommt mal her, das müsst ihr euch ansehen.«

Ich stehe spontan auf und will zu ihm hinüber, aber ich habe meinen Knöchel vergessen. Leise stöhne ich auf und humpele dann mit Philipps Hilfe zum Kühlschrank.

Und dort wünschte ich, dass ich einfach sitzen geblieben wäre. Sitzen geblieben und am besten meine Augen fest verschlossen hätte.

Der Kühlschrank ist fast vollkommen leer. Keine Getränke, keine Lebensmittel, keine hundert Würstchen, keine Unmengen von Milch. Das Einzige, was sich jetzt noch darin befindet, ist die Puppe meiner Mutter, die so spurlos aus unserer Wohnung verschwunden war.

Jemand hat sie auf den mittleren Rost gesetzt und ihr Anblick hier drin hat allein schon eine verstörende Wirkung auf mich. Aber das ist noch nicht alles. Die Puppe trägt noch etwas um den Hals. Ich erkenne es sofort. Mams Medaillon. Es ist aus Silber, leicht oval und die verschlungenen Linien auf der Deckelseite deuten Blüten an.

In mir bricht ein Sturm los. Ich strecke meinen Arm nach der Puppe aus, um sie herauszuziehen, kann mich aber kaum mehr auf den Beinen halten.

Denn das alles bedeutet nur eines: Meine Mutter lebt!

Wenn sie ertrunken wäre, wäre das Medaillon mit ihr zusammen auf dem Grund des Sees. Alles verschwimmt vor meinen Augen.

Die anderen bekommen gar nicht richtig mit, wie es

mir geht, sie sind in eine Diskussion vertieft darüber, wie die Puppe in den Kühlschrank gekommen und wohin all das Essen verschwunden ist und was das wohl für Konsequenzen für uns haben wird.

»Gestern Abend, als ich Sebastian mit der Lasagne geholfen habe, war das Ding proppenvoll, wie für eine Hungersnot«, erklärt Tom.

Philipp schüttelt den Kopf. »Das gefällt mir nicht«, murmelt er. »Das gefällt mir einfach nicht.«

Ich greife nach der Puppe und taste nach einem Stuhl. Wieder hilft mir Philipp, aber ich achte nicht auf ihn und selbst der Schmerz in meinem Knöchel ist vergessen. Ich halte die Puppe im Arm und klappe mit zitternden Fingern das Medaillon auf.

Gott sei Dank! Die Bilder sind völlig unversehrt, sie sehen nicht danach aus, als hätten sie im Wasser gelegen. Rechts erkenne ich das Schwarz-Weiß-Porträt meines noch sehr jungen Vater, links daneben ein Foto von mir, das an meinem sechszehnten Geburtstag aufgenommen worden ist, und meine Kinderhaarlocke.

Auch wenn ich jetzt sicher bin, das Mam noch lebt, leben muss, wirft es nur neue Fragen auf. Wenn sie lebt, warum wurde ich in dieses Camp gelockt? Wozu diese Umstände?

Sie selbst würde mir das freiwillig niemals antun, unter keinen Umständen würde sie mich glauben lassen, sie wäre tot, wenn das gar nicht der Fall ist. Ganz egal, was ich seit dem Unfall über sie herausgefunden habe, einer Sache bin ich mir ganz sicher: Meine Mutter würde mich nie,

nie, niemals so dermaßen quälen! Was nur einen einzigen Schluss zulässt. Man hat sie dazu gezwungen.

Tränen laufen mir über die Wangen und ich fange an zu schluchzen.

Tom und Philipp starren mich an. Sie wissen natürlich nicht, was in mir vorgeht, aber mir ist klar, dass ich sie jetzt ins Vertrauen ziehen muss. Der Kühlschrank ist leer, das ist kein Zufall, das ist ein Zeichen. Und ein Spiel ist das alles ganz sicher nicht mehr!

Aber was soll ich ihnen sagen? Wo soll ich anfangen? Meine Kehle ist wie zugeschnürt.

Ich brauche ein paar Minuten für mich, deshalb schaue ich Philipp Hilfe suchend an und er versteht mich sofort.

»Hey«, sagt er und wirft mir einen liebevollen Blick zu, den ich gerade nicht erwidern kann.

»Komm, wir schauen nach, wo Sophia bleibt«, schlägt er Tom vor.

»Aber was ist hier los? Wieso heult Emma, als hätten wir einen blutigen Pferdekopf im Kühlschrank gefunden?«

Philipp schüttelt nur den Kopf, murmelt etwas von einem groben Klotz, zieht Tom aus der Küche und zusammen laufen sie nach oben.

Ich nehme das Medaillon in meine Hand, es fühlt sich kalt an, nicht nur, weil es im Kühlschrank war. Ich streichele über das kühle Silber, wieder und wieder. Nein, es gibt mir meine Mutter nicht zurück, aber es flößt mir Hoffnung ein.

Ich habe keinen Grund zu weinen, im Gegenteil, ich

kann jetzt hoffen, dass sie noch lebt. Das ist doch alles, was zählt, oder? Und ich schwöre mir, dass ich sie finden werde.

Ich lege das Medaillon aufgeklappt vor mich auf den Tisch und erinnere mich daran, wie oft es mich gestreift hat, über meine Haare geglitten ist, wenn Mam sich über mich gebeugt hat. Wenn sie mich getröstet hat, wenn sie mich ins Bett gebracht hat, wenn sie mich liebevoll geweckt hat. Aber ich habe es nie beachtet, viel wichtiger war ihre warme Stimme, die sanften Hände und ihr Duft nach Hautcreme und Mandarine.

Reglos sitze ich am Tisch und starre das silberne Schmuckstück an, als könnte es mir verraten, wo meine Mutter ist.

Erst nach langer, sehr langer Zeit wird mir bewusst, wie still es um mich herum ist, und langsam wird mir klar, dass weder Sophia noch Tom oder Philipp zurückgekommen sind.

Ich bin allein.

24. Kapitel

Ich lausche nach oben, ob ich etwas höre, Schritte, Stimmen, irgendetwas. Aber nein, da ist nichts. Ich rufe ihre Namen, wieder und wieder, zuerst laut und wütend, dann flehend, aber meine Stimme wird von dem hungrigen Gemäuer gierig geschluckt und lässt mich schließlich in heiserer Stille zurück.

Warum verschwinden alle genau in dem Moment, in dem ich den Beweis dafür gefunden habe, dass meine Mutter lebt? Wenn jemand das Verschwinden der anderen eingefädelt hat, um unser Wiedersehen nicht zu stören, dann war das keine gute Idee, denn in mir schreit alles nur noch danach zu verschwinden – lauf, Emma, lauf, bloß weg von hier!

Ich vergrabe mein Gesicht in meinen Händen, bitte, ich muss jetzt sehr überlegt handeln, alles richtig machen. Plötzlich erscheint mir die Drohung, die in meinem Brief stand, die vierundzwanzig Stunden, in einem anderen Licht. Ist das die Zeit, die meine Mutter noch zu leben hat? Dann muss ich mich beeilen, aber ich sollte nicht hektisch werden. Ich kann mir keine Fehler leisten. Ich humpele zum offenen Fenster, um zu hören, ob sich die anderen draußen versteckt haben und mich beobachten.

Nichts, in der klebrigen Hitze hört man nicht mal eine einzige Mücke, zumindest kommt es mir so vor, denn mein Puls hämmert durch meinen Körper und übertönt die Stille.

Ich umklammere das Medaillon fest und kehre zum Tisch zurück. Schaue zur Kellertür, dann zu der Tür, die zum Treppenhaus führt. Du reagierst über, Emma, es gibt keinen Grund, Angst zu haben. Es ist Tag, es ist Sommer. Trotzdem bewege ich mich schleichend, als ob ich mich nicht trauen würde, die Stille zu durchbrechen. Sie müssen draußen sein, sonst hätten sie auf meine Rufe reagiert, entscheide ich, sie wollten zum See und meine Aufgabe ist es, zum Team dazuzustoßen, egal welche Hindernisse sich vor mir auftun.

Klar doch, Emma. Und an Weihnachten kommt der Weihnachtsmann.

Ich humpele durch den Vorraum zur massiven Eingangstür mit den dicken geschnitzten Holzkassetten und drücke die schwere goldene Klinke.

Nichts.

Ich drücke fester, rüttele an ihr.

Nichts.

Die Tür ist zu. Ich lege beide Hände auf die Klinke und ziehe mit aller Macht, aber sie bewegt sich kein bisschen, als wäre die Tür schon seit Jahrhunderten verschlossen.

Unsinn, das kann nicht sein! Ich versuche es wieder, aber vergeblich.

Ich erinnere mich, dass vom Esssaal noch eine Tür auf die baufällige Terrasse führt. Den Schmerz in meinem Knöchel ignorierend, haste ich so schnell es geht in den Saal hinüber. Auch hier lässt sich die Klinke herunterdrücken, ohne die Tür freizugeben.

Ich schaue mich nach einem Schlüssel um, einer Alternative, aber da sind nur die blinden Engel, die aus ihren maroden Ecken müde zu mir hinunterlächeln, als wollten sie sagen, schaut sie euch an, diese Idiotin.

Es gibt noch zwei Terrassenfenster, aber sie sind wie alle Fenster im Erdgeschoss vergittert. Nur eine Schlange könnte sich zwischen den Stäben hindurchwinden.

Ich bin eingesperrt. Und ich habe keine Ahnung, ob ich nun ganz allein im Haus bin oder nicht. Aber etwas in der Luft, etwas in meinem Bauch sagt mir, dass noch jemand hier ist. Jemand, der es nicht gut mit mir meint. Vielleicht derjenige, der meine Mutter in seiner Gewalt hat.

Denk an die Drohung in deinem Umschlag. *Die Rache ist mein, sagt der Herr, und mein Zorn wird fürchterlich sein. Nur noch vierundzwanzig Stunden, Emma, dann ist alles vorbei.*

Wie lange ist das her? Zehn Stunden? Zwölf Stunden?

Ich atme tief durch. Denk nach, Emma, denk nach.

Was muss dein nächster Schritt sein?

Die anderen finden. Irgendjemanden finden. Oder ein Telefon.

Man sucht zuerst dort, wo man die anderen verloren hat. Ich humpele so schnell ich kann nach oben in unseren Mädchenschlafsaal.

Je höher ich komme, desto mehr Angst habe ich, nach den anderen laut zu rufen, als könnten meine Rufe ein Ungeheuer wecken, das dann dafür sorgen wird, dass keiner von uns mehr hier rauskommt.

Unser Schlafsaal ist leer, ich sehe es sofort, aber da liegt etwas auf meinem Bett. Unwillkürlich trete ich näher und erkenne, dass es der Rosenkranz ist, den Sophia von Sebastian bekommen hat. Hat sie ihn als Geschenk hier hingelegt oder ist das eine Botschaft an mich?

»Sophia?« Ich rufe sie ein paar Mal, aber es bleibt still und es kommt mir so vor, als würde mich der Totenkopf von dem Rosenkranz höhnisch anlächeln, als wüsste er, wie lächerlich meine Bemühungen sind, aber genau das verstärkt meine Anstrengungen. Ich schaue unter alle Betten, dabei streift mein Blick die Nische mit den Glasperlen, in der Mams Foto aufgenommen worden ist. Nichts. Alles ist wie gestern.

Obwohl ich das Gefühl habe, dass ich den Rosenkranz mitnehmen sollte, lasse ich ihn, wo er ist, und haste in den Schlafsaal der Jungs und schaue auch dort in den Spinden nach und unter den Betten.

Da dringt ein Geräusch an meine Ohren – es kommt von draußen. Ich ignoriere meinen Knöchel und eile zum Fenster, schaue durch die schmutzigen Scheiben nach unten und bin mir nicht sicher, ob ich gerade den roten Rock von Nicoletta gesehen habe oder ob das Einbildung war. Du musst dich beruhigen. Gespenster zu sehen, bringt dich auch nicht weiter.

Als ich mich vom Fenster wegdrehe, erregt etwas in

meinem Blickfeld meine Aufmerksamkeit. Der Mülleimer, er ist bis oben hin gefüllt und das kommt mir komisch vor.

Ich gehe in die Knie und schaue in den Eimer hinein. Zuoberst liegt eine alte Zeitschrift, es ist der *Spiegel* von letzter Woche, aber darunter finde ich zehn leere Fläschchen. Sie sind beschriftet. Helles und dunkles Filmblut, lese ich. Blut für die Augen. Schließlich entdecke ich noch Schachteln, in denen die Latexwunden aufbewahrt worden sind, und blutige Taschentücher und ganz unten den rot gefärbten, getrockneten unlesbaren Brief und das kaum noch zu erkennende Foto von dem Mädchen, das ich in der Bibliothek gefunden habe.

Aber das alles ist nicht das, was mich innerlich erstarren lässt.

Es ist ein Umschlag mit dem TYF-Logo und einem Namensaufkleber. *Philipp Winter.* Genau so ein Umschlag, wie ich ihn bekommen habe. Wie Sophia. Wir alle.

Er riecht wie nasser Sand am Meer, seine grün-lila Augen können so sanft schauen und sein Lächeln kann Herzen aus Glas zum Schmelzen bringen. Aber seine Lügen sind mörderisch.

Meine Hand zittert, als ich seinen Brief herausziehe.

Philipp, deine Aufgabe ist eine sehr kreative, die dir sicher gefallen wird. Du schminkst heute Nacht Emma so wie die Frau auf dem beigefügten Foto. Mach dir keine Sorgen. Emma wird tief schlafen, weil wir ihr wegen des Knöchels ein Schmerzmittel verabreicht haben. Sie hat sich mit der Aktion einverstanden erklärt. Wenn du deine Aufgabe er-

ledigst, bist du einen Schritt weiter, wenn nicht, finden wir schon einen Grund, warum wir dich nach Hause schicken müssen. Diebstahl, der Gebrauch verbotener Substanzen, da gibt es viele Möglichkeiten. Es liegt also ganz bei dir.

PS: Das Blut ist unbedenklich, aber du solltest es nicht übertreiben.

Jedes einzelne Wort in diesem Brief durchbohrt mich, vernichtet mich, erschlägt mich. Ich habe ihm heute Morgen geglaubt. Ich hätte geschworen, dass er von nichts wusste, dabei war er der Drahtzieher. Und dann fällt mir ein, was er mir über Sophia in der Kapelle zugeflüstert hat. Er wusste, dass Sophia eine Knopfphobie hat. Hat er etwa auch ihren Brief geschrieben?

Trotz der Hitze ist mir kalt und ich habe Angst, das Foto herauszunehmen und anzuschauen, aber was könnte noch schlimmer sein als dieser elende Verrat? Widerstrebend hole ich das Foto aus dem Kuvert.

Mein eben noch starrer Körper reagiert sofort und mein Hals wird eng, ich kann nicht mehr schlucken.

Das Mädchen auf diesem alten Bild hat Wunden an den Händen. Über ihr Gesicht strömt Blut und sie liegt in exakt der gleichen Position im Bett wie ich heute Morgen. Doch ihr Gesichtsausdruck wirkt auf mich nicht etwa leidend, sondern fast ekstatisch.

Es gibt kein Zweifel, das Mädchen hat Stigmata. Echte Stigmata. Keine geschminkten Latexwunden.

Und sie ist mir wie aus dem Gesicht geschnitten. Es

könnte meine Schwester, sogar mein Zwilling sein oder – meine Mutter.

Mir wird bewusst, dass ich mit der Linken immer noch krampfhaft das Medaillon umklammere, ich habe es während der gesamten Suche nicht einmal aus der Hand gelegt.

Ungläubig starre ich auf das Foto.

Kann es wirklich sein, dass dieses Mädchen meine Mutter ist?

Ich muss mich hinsetzen. Philipps Bett gibt unter mir nach. Mam war nicht ein einziges Mal mit mir in eine Kirche gegangen. Sie wollte, dass ich in den Ethikunterricht gehe. An Weihnachten gab es bei uns keine Krippe. Lass uns lieber ein Lichtfest feiern wie die Schweden, hat sie immer gesagt, und ich habe nie darüber nachgedacht, sondern fand es toll, dass wir etwas Besonderes machten.

Und jetzt soll meine Mutter Stigmata gehabt haben? Über Stigmata wusste ich bis gestern nicht mal, dass Franz von Assisi als Erster welche gehabt haben soll. Narben, die überall dort bluten, wo Christus bei der Kreuzigung verletzt wurde. Ich hatte so etwas immer als Unsinn abgetan, Betrug, von irgendwelchen gläubigen Irren inszeniert, die sich selbst für auserwählt hielten und alles dafür taten, um das auch zu beweisen.

Doch der Ausdruck im Gesicht dieses Mädchens wirkt nicht nur echt, sondern geradezu verstörend glücklich.

So etwas passt einfach nicht zu meiner Mutter. Ich sehe sie vor mir, wie sie mich anschaut, ernst und sanft und liebevoll. Wie sie meine langen verfilzten Haare kämmt, ohne mich dabei auszuschimpfen.

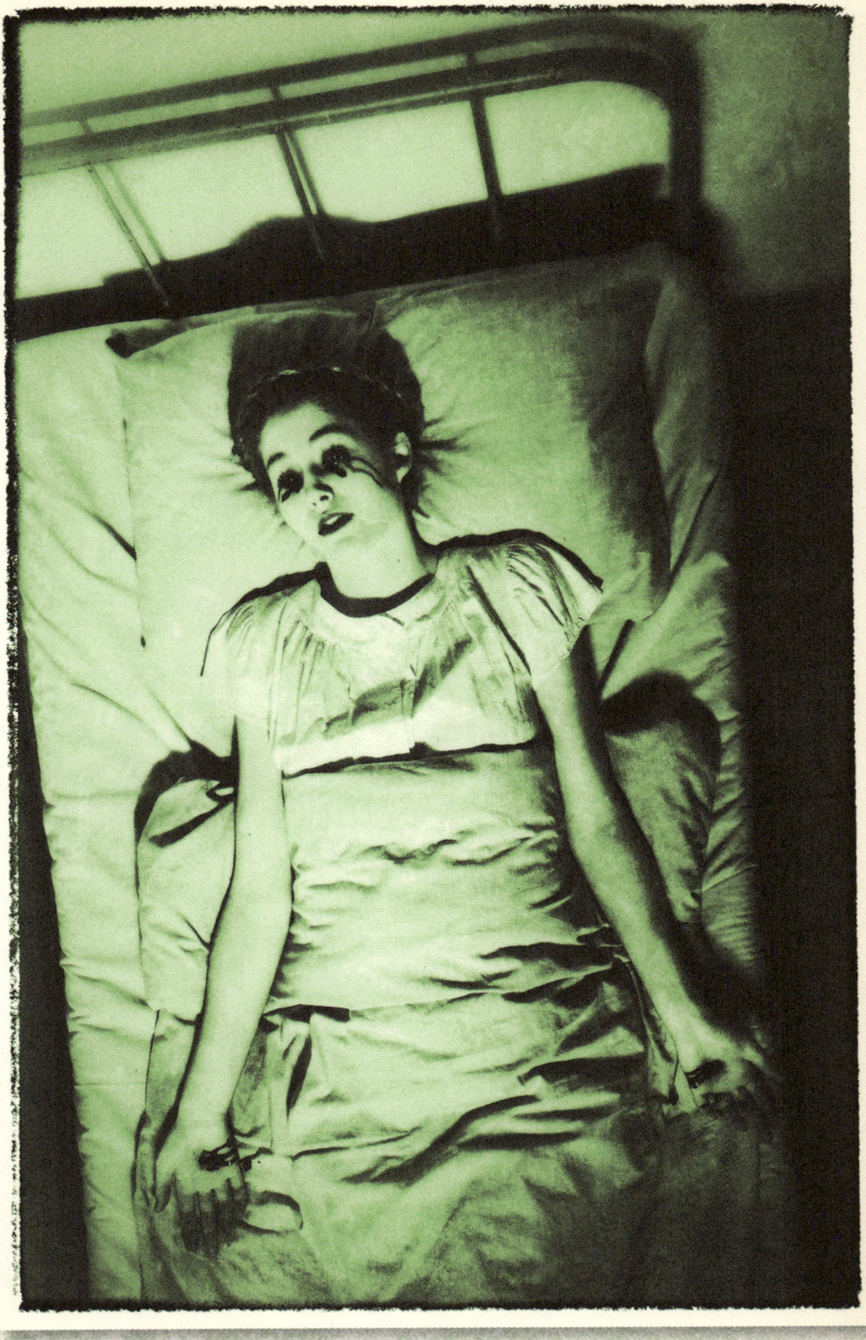

Die Bürste in ihrer Hand.

Ihre Hände! Ich sehe die Narben, die angeblich von dem Wohnungsbrand stammen sollten, bei dem unsere Fotos vernichtet worden waren, deutlich vor mir. Sie waren in der Mitte ihrer Hand rechts und links je ein rundes vernarbtes Loch.

Als ob man Nägel durch ihre Hand geschlagen hätte.

Eine Gänsehaut läuft mir über den Rücken.

Nein!

Meine Mutter eine Stigmatisierte. Eine, die die Wundmale von Jesus Christus gehabt hatte.

Mir wird schwindelig. Ihre Narben stammten gar nicht von einem Brand. Es gab nie einen Brand, alles, was Mam mir über unsere Vergangenheit gesagt hat, ist eine einzige Lüge. Ich zittere am ganzen Körper und werfe das Medaillon voller Wucht auf den Boden und starre es wütend an.

Lügen, nichts als Lügen.

25. Kapitel

Nachdem, was ich im Mülleimer gefunden habe, frage ich mich, was das alles noch für einen Sinn macht? Soll ich weiter nach den anderen suchen? Wäre es nicht viel leichter, sich hier ins Bett zu legen und abzuwarten, was passiert? Einfach hinlegen, einschlafen und von früher träumen, als Mams Geschichten für mich noch Wirklichkeit waren?

Ich tue es nicht. Ich kann nicht.

Ich will Antworten. Die richtigen, die wahren Antworten.

Die Wut lässt mich den Schmerz in meinem geschwollenen Knöchel ausblenden und ich hinke erstaunlich schnell los. Mein nächstes Ziel ist der Nordflügel. Wenn es einen Ort in diesem Schloss gibt, wo man Menschen einsperren kann, dann kenne ich ihn. Ich gehe los, aber dann bringe ich es nicht übers Herz, das Medaillon dort liegen zu lassen, laufe zurück und hebe es auf.

Immer wieder bleibe ich stehen, um zu lauschen, schaue nach unten auf die ausgeblichenen Teppichläufer, deren Löcher von oben wie Pockenbefall aussehen, spähe hoch zu den leeren Nischen, die so wirken, als hätten sich die Statuen davongemacht, um ihr Leben zu retten.

Ich humpele noch schneller und betrete wenig später die Bibliothek, ignoriere das Höllengemälde an der Decke, haste zu dem Regal mit der Schiene und schiebe es zur Seite. Das Gepolter der Bücher durchschneidet die Stille, es klingt wie höhnisches Gelächter. Doch als das Geräusch verebbt, höre ich etwas. Ich bin ganz sicher, halte extra die Luft an und ja, hinter der Kammertür ist jemand. Für einen Moment muss ich an den Geist in der Flasche denken, den man besser nicht befreien sollte. Alles Ammenmärchen. Geister existieren nur in meinem Kopf.

Mit einem Ruck ziehe ich die Tür auf und erschrecke mich so sehr, dass ich ein paar Schritte zurücktaumele und hinfalle.

Fassungslos betrachte ich die zwei graublauen Tauben, die ich gerade befreit habe und die mit geblähtem Kropf gierig auf mich zuflattern, als wäre ich eine Futterstation.

Ich war auf den letzten Metern so sicher, dass Tom, Sophia und Philipp oder meine Mutter hier sind.

Die Tauben schweben durch die Bibliothek, setzen sich einen Moment auf eine der goldfarbenen Säulen der Empore, dann flattert eine von ihnen hoch und die andere folgt ihr laut gurrend. Zusammen fliegen sie weiter zum Licht oberhalb der Empore und prallen dort mit einem dumpfen Laut gegen die Fensterscheiben.

Das wirkt auf mich, als hätte man eine Pistole abgefeuert. Ich will hier raus, ich will, dass das alles ein Ende hat, und renne aus diesem Raum, versuche, mich zusammenzunehmen, doch das Einzige, woran ich noch denken kann, ist ein Telefon, ich will hier rausgeholt werden und dann mit dem Medaillon und all diesen Bildern zur Polizei gehen. Sofort! Keine Sekunde länger kann ich diesen Ort ertragen, ganz egal, was mit den anderen geschehen ist oder wie sie da mit drinhängen. Ich bin denen nichts schuldig, jeder Einzelne von ihnen hat mich belogen!

Okay. Einmal tief Luft holen. Alle Handys wurden von Nicoletta eingesammelt. Und es muss hier ein funktionierendes Telefon geben. Sebastian hat auch so etwas angedeutet, oder? Becker hat Verbindung zur Außenwelt gehabt, hat sich ja auch mit dem Nachbarcamp abgesprochen. Ich werde in seinem Zimmer anfangen.

Der Weg zurück zum Südflügel erscheint mir ewig und meine Finger tun schon weh, so fest umklammere ich das Medaillon. Völlig außer Atem erreiche ich Beckers Zimmer im dritten Stock. Ich drücke die Klinke und befürchte das Schlimmste, aber es ist unverschlossen.

Es ist ein verhältnismäßig kleiner Raum mit einem Bett an der Längsseite, das, ich registriere es mit Verblüffung, aus einem der Schlafsäle stammen muss. Über der Schmalseite des Bettes hängt eine Lampe und neben dem Bett liegt ein Stapel Psychologiebücher. Vor dem Doppelfenster steht ein alter Esstisch, rechts neben der Tür befindet sich ein kümmerlicher Holzschrank bemalt mit Bauernblumen. Ich stecke das Medaillon in meine Hosentasche und probiere es zuerst beim Tisch, der eine alte Schublade hat. Sie klemmt ein wenig, aber als ich sie endlich aufbekomme, ist sie bis auf verblichenes Auslegepapier leer. Dann versuche ich es im Schrank und meine Hoffnung steigt, als ich unter den sorgfältig gefalteten Hemden und Hosen eine kleine Reisetasche und eine Umhängetasche finde, doch als ich beides kurzerhand auf dem Fußboden leere, könnte ich vor Enttäuschung losheulen. Ein Ladekabel, eine Packung Taschentücher und ein Autoschlüssel finden sich in der Umhängetasche, in der Reisetasche ist nichts.

Verdammt! Sein Handy hat er also schon einmal bei sich. Aber wenn er das Schloss verlassen hätte, dann doch sicher mit dem Ladekabel und Autoschlüsseln?

Vorsichtshalber schaue ich noch unter sein Bett und bin überrascht, dort wirklich etwas zu finden. Leider kein Handy, sondern ein dickes altes in Leder gebundenes Buch. Mir schwant sofort, was es sein könnte, doch sosehr ich mir gewünscht habe, es in der Kapelle zu entdecken, so wenig nützlich ist es jetzt. Als ich das Buch eilig aufschlage, um ganz sicherzugehen, dass es nicht nur ein innen ausgehöhltes Versteck für sein Handy ist, entdecke ich Daten und Einträge, alles in altmodischer Schrift. Es ist wirklich das Kirchenbuch, aber jetzt interessiert mich nur noch eines: hier wegzukommen. Schnell wegzukommen! Und das Buch ist zu schwer, um es mitzunehmen. Resigniert schiebe ich es wieder unter das Bett und haste ins Nebenzimmer, wo Nicoletta wohnt. Das Zimmer sieht noch genauso unordentlich aus wie gestern Morgen.

Nicolettas Zimmer ist meine letzte Hoffnung, immerhin hat sie unsere Telefone eingesammelt. Den Schreibtisch spare ich mir, ich durchsuche rasch ihre Klamotten, ihren Kulturbeutel, schaue unter das Bett, hinter den

Schrank, aber schnell sehe ich ein, dass hier nichts zu finden ist.

Ein Geräusch lässt mich erstarren. Ich schleiche zur Tür und spähe hinaus, aber der Flur ist leer. Ich denke an Sebastian, der mich in der Kammer eingesperrt hat.

Hör auf zu denken, Emma, beschwöre ich mich selbst.

Das alles kann warten. Die Schlussfolgerungen kannst du der Polizei überlassen.

Konzentrier dich nur auf das verdammte Telefon.

Hass erregt Hader;
aber Liebe deckt zu alle Übertretungen. Sprüche 10.12

Martha drückte ihre Zigarette aus, packte die Kamera wieder in ihre schwarze Lederhülle und schüttelte ihren Kopf. »Irgendetwas hat sich verändert.«

»Wie meinst du das?« Agnes betrachtete ihre Freundin voller Angst. Worauf wollte Martha hinaus? Ahnte sie etwas?

»Ich kann es dir nicht sagen, aber du siehst anders aus.« Für sich fügte sie so leise hinzu, dass Agnes es nicht hören konnte. »Noch besser.«

Agnes, die sich gerade nach den Eiern bückte, überlief es kalt. Hatten seine Küsse irgendwelche Male hinterlassen? Sie hatte Karl geschworen, dass sie ihn niemals verraten würde. Martha kam jetzt so nah und starrte Agnes so unverwandt in die Augen, dass sie die Zigarette in deren Atem riechen konnte. Ihr wurde flau.

»Was meinst du mit anders?«, fragte Agnes und versuchte, unbefangen zu wirken.

»Du bist weiblicher geworden.«

Erleichtert unterdrückte Agnes ein Lächeln. »Immerhin werde ich bald sechzehn, da sollte ich doch langsam wie eine Frau aussehen.«

»Ja, aber bei dir ist es nicht nur das. Ich werde noch nicht schlau daraus, aber vielleicht komme ich darauf, wenn ich die Bilder entwickelt habe.«

Hoffentlich nicht, dachte Agnes. Ihre Freundin war zwar der klügste Mensch, den sie kannte, aber sie war auch entsetzlich eifersüchtig. Sie wollte Agnes ganz für sich allein haben. Außerdem war auch sie in Karl verliebt und redete stundenlang mit Agnes darüber, wie es ihr gelingen könnte, seine Aufmerksamkeit auf sich zu ziehen.

Das war Agnes so verhasst, dass sie ständig nach Ausflüchten suchte, um nicht mit Martha allein sein zu müssen.

Heute hatte man sie zusammen zum Eierholen geschickt, was aber nur daran lag, dass Gertrud noch mit der Bestrafung einer Neuen beschäftigt war. Noch immer missgönnte sie Agnes alles, was ihr Freude bereitete, und die Freundschaft mit Martha war ihr natürlich nicht entgangen.

Es machte Agnes nichts aus, Gertrud anzulügen, aber bei Martha war das etwas anderes. Auch wenn Agnes Karl schon lange nicht mehr allein getroffen hatte, genügte es ihr, wenn er sie ansah und ihr unmerklich zuzwinkerte. Dann wusste sie, dass sie das nicht alles geträumt hatte und sie füreinander bestimmt waren. Und dass er genauso unter der ständigen Überwachung litt wie sie.

Martha hatte sie vorhin dazu überredet, in der Oktobersonne für sie zu posieren. Es wäre so strahlendes Licht und der Tau würde so schön glitzern. Und obwohl sie sich bereitwillig hatte fotografieren lassen, spürte Agnes, dass Marthas Stimmung gereizt war.

Sie steckte sich jetzt schon die zweite Zigarette an und Agnes drehte sich unwillkürlich weg. Neuerdings wurde ihr vom Tabakgeruch übel.

»Woran denkst du?«

Martha tat einen tiefen Zug. »Ich werde abhauen. Ich muss hier weg und du solltest mitkommen.«

»Das geht nicht!« Karl, dachte Agnes, ohne ihn kann ich nicht mehr leben.

»Ich werde nicht schlau aus dir, Agnes.« Martha sah sie kopfschüttelnd an. »Einerseits bist du die Einzige, die Gertrud Kontra gibt, egal, welche Strafe du dafür zu erwarten hast. Und dann wieder bist du nichts weiter als ein schreckhaftes Kätzchen.« Sie streichelte ihr versöhnlich über den Arm, aber Agnes wusste auch so, dass sie es nicht böse meinte.

»Lass uns das hier durchziehen, bis wir fertig mit der Schule sind, und dann brennen wir durch«, schlug Agnes vor.

»Ist das ein Versprechen?«

»Hoch und heilig!« Denn dann wird Karl mitkommen, dachte sie. Dann darf er mit mir zusammen sein.

»Dein Wort in Gottes Ohr.« Martha lächelte, dann wurde sie wieder ernst. »Aber ich weiß nicht, ob ich das wirklich noch so lange durchhalte. Ich muss hier raus, ich will Fotos machen, und zwar nicht nur von diesen schwarzen Raben.«

Sie rauchte die Zigarette nicht zu Ende, steckte sie zurück in das Päckchen, das sie dann in sein Versteck unter ihr Strumpfband klemmte. »Gehen wir lieber, sonst kriegt Gertrud noch einen Wutanfall.«

Sie brachten die Eier in die dampfige Küche, wo die anderen Mädchen mit der Zubereitung des Frühstücks beschäftigt waren. Der Kontrast zur frischen Bergluft hätte nicht größer sein können, es roch nach dünnem Früchtetee, hart gekochten Eiern und Leberwurst, was Agnes unversehens die Kehle zuschnürte. Ihr wurde entsetzlich übel.

»Was ist los?«, fragte Martha, die gesehen hatte, wie blass Agnes plötzlich geworden war.

»Mir ist schlecht«, stammelte Agnes, ohne zu bemerken, dass auch Gertrud gerade in die Küche gekommen war. »Ich brauche frische Luft!«

»Man sollte meinen, dass ihr davon gerade genug bekommen hättet.« Schwester Gertrud drängte sich zwischen Agnes und Martha, stellte sich drohend vor Agnes und beäugte sie misstrauisch.

Der Geruch von altem Kölnischwasser in den Kleidern von Schwester Gertrud vermischte sich mit dem von Schweiß und Kernseife und gesellte sich zu den übrigen Küchendüften. Agnes hielt sich die Hand vor den Mund, stieß Gertrud zur Seite und rannte so schnell sie konnte die Treppe nach unten in den Mädchenwaschsaal, wo sie es gerade noch zum Waschbecken schaffte. Gertrud und Martha folgten ihr auf dem Fuß und sahen zu, wie Agnes' schmaler Körper vom Würgen geschüttelt wurde.

Hilfe suchend stützte sie sich am Beckenrand ab, ihre Bluse rutschte aus dem Rock, weil Agnes weder den Knopf in der Taille noch den Reißverschluss richtig zugemacht hatte. In ihrer Not bemerkte sie nicht, dass Martha und Gertrud sehen konnten, was der Grund für diese ungewohnte Schlampigkeit war. Agnes' Bauch war dafür zu dick geworden.

Gertrud schickte Martha aus dem Waschraum, schloss die Tür hinter ihr ab und wandte sich dann Agnes zu.

26. Kapitel

Diesmal bin ich sicher, dass ich mir das nicht eingebildet habe. Das war eindeutig das Geräusch einer zufallenden Tür. Ich bin nicht allein!

Aber es klang so verstohlen, dass ich lieber vorsichtig bleibe. Ich stecke das Medaillon zusammen mit dem Foto in meine Jeans. Dann höre ich wieder leise Schritte, daraufhin schleiche ich Richtung Treppenhaus und beuge mich vorsichtig über das steinerne Geländer.

Es ist Sebastian. Er geht seelenruhig die Treppe hinunter, fast hat er den Absatz zum Erdgeschoss erreicht.

Ein Teil von mir möchte ihn rufen, damit mein Alleinsein ein Ende hat, aber ich bringe keinen Ton über die Lippen.

Woher ist er nur gekommen? Was für eine Tür habe ich gehört? Hier oben war er nicht, das hätte ich mitbekommen.

Aber im Treppenhaus gibt es keine Türen. Oder habe ich mir das Geräusch nur eingebildet? Ich spähe erneut über das Geländer nach unten. Das Treppenhaus ist leer.

Ich warte vorsichtshalber noch einen Moment, dann humpele ich so leise ich kann die Treppe hinunter bis zum nächsten Absatz, wo mich das aufbäumende Napoleon-Pferd anspringt. Keine Tür, nur das hässliche Bild, das ein bisschen hin und her schwankt. Ich brauche einen Moment, bis mir klar wird, was das bedeutet. Ich schiebe das Bild zur Seite und bin noch nicht einmal überrascht, als ich einen winzigen Türknauf entdeckte.

Ein geheimes Zimmer, so ähnlich wie die Kammer. Ich zögere keinen Moment, vielleicht ist hier der Ort, wo sie die Telefone versteckt haben? Ich drehe den Knauf und stoße auf einen schwach beleuchteten Korridor. Langsam humpele ich vorwärts, dabei drehen sich die Gedanken in meinem Kopf wie ein wahnsinnig gewordenes Karussell. Meine Mutter, die mich angelogen hat und die vielleicht noch lebt, meine Mutter, das Mädchen mit den Wundmalen Christi, die Studentin, die sich im Krankenhaus umgebracht hat, und Sebastian, immer wieder Sebastian.

Der Gang macht zweimal eine leichte Biegung, dann stehe ich vor einer Brandschutztür aus Eisen. Ich zögere nur einen winzigen Moment, bevor ich sie öffne.

Dahinter entdecke ich zwei schwere Plastikvorhänge, wie sie in Lokalen als Windfang verwendet werden. Ich schiebe sie beiseite und schnappe einen Moment später nach Luft.

Vor mir liegt so etwas wie ein Kontrollraum bei der NASA, nur sieht man auf den Monitoren nicht das All oder den Mond, sondern die Zimmer im Schloss. Monitor an Monitor.

Unwillkürlich schüttele ich den Kopf und murmele ständig »nein, nein, nein« vor mich hin, als könnte ich meinen Fund damit zurücknehmen, auslöschen. Dieses Camp ist kein Hochsicherheitstrakt und wir sind keine Schwerkriminellen. Ich zähle die Monitore. Es sind zwölf. Zwölf!

Ich erkenne das Haupttreppenhaus und die beiden Waschräume sowie die Gänge im Keller, den Essraum, den Ballsaal mit der Kammer, die Schlafzimmer von Sophia und mir und den Schlafsaal der Jungs, den Obstgarten und die Nordseite des Schlosses. Drei Monitore sind schwarz.

Außerdem gibt es Tonkanäle, wenn ich das richtig sehe. Man kann jedes Gespräch an jedem beliebigen Ort in diesem Schloss belauschen. Jeder hätte hören können, was ich über die Mörder meiner Mutter gesagt habe. Oder das, was Sophia über ihre Angst vor Knöpfen Becker und mir anvertraut hat.

Ich fühle mich, als hätte jemand mein Innerstes nach außen gedreht. Die Vorstellung, dass gestern Abend jemand hier gesessen und zugeschaut hat, wie Philipp mich für dieses blutige Foto präpariert hat, während ich keine Erinnerung daran habe, ist demütigender als alles, was ich je erlebt habe.

Aber dann nehme ich mich zusammen. Ich muss die Monitore nutzen. Wenn die anderen noch hier sind, müssten sie doch zu sehen sein, oder? Hektisch schaue ich von einem zum anderen, aber da ist nichts.

Das Schloss ist wie ausgestorben.

Bleiben noch die schwarzen Monitore. Welche Räume verbergen sich dahinter?

Ich drehe mich um und schaue auf den langen Tisch, der gegenüber der Monitorwand steht und auf dem Notizbücher und Kugelschreiber liegen.

Man schreibt also mit, protokolliert, wie im Leben der anderen. Ich schiebe die Blätter zusammen und da kommt unter einem Stapel Notizen Sophias blutrot funkelndes Handy zum Vorschein. Triumph zuckt durch meinen Körper, sofort greife ich danach. Bitte, bitte, lass es einen Empfang haben!

Es ist ausgeschaltet oder der Akku ist leer. Ich schalte es ein, aber ich habe wenig Hoffnung, mit Sicherheit brauche ich eine PIN. Und natürlich, gleich darauf verlangt das Handy einen Code und wie zum Hohn ertönt eine Kuhglocke, während das Hintergrundbild hochfährt. Wütend starre ich auf eine Collage von Fotos und begreife nicht sofort, aber dann wird mir übel und schwindelig, alles gleichzeitig.

Das kann doch nicht sein!

Das ist doch völlig unmöglich!

Aufgeregt tippe ich auf das Foto oben rechts, in der Hoffnung, dass es dann etwas größer wird, aber das Bild bleibt so briefmarkengroß, wie es ist. Ich halte das Handy näher an die Augen, um ganz sicherzugehen.

Mit zitternden Fingern hole ich das Medaillon aus meiner Hosentasche und lege es neben das Handy. Es ist das gleiche Bild. Das angeblich einzige Bild, das es von meinem Vater gibt.

Was hat das auf Sophias Handy zu suchen? Ich könnte mich ohrfeigen, dass ich ihr Handy nicht genauer angeschaut habe, als Philipp es vorgestern im Keller gefunden hat. Ich klappe das Medaillon zu und stecke es wieder ein.

Eine Bewegung zwingt meine Aufmerksamkeit zu den Monitoren, und zwar auf den, der den Waschraum der Mädchen zeigt. Sogar dort wurde eine Kamera installiert.

Nicoletta kommt aus der Toilette.

Überrascht starre ich auf den Monitor. Im ersten Moment spüre ich bei ihrem Anblick eine Erleichterung, die aber sofort verfliegt. Sie war also auch hier, genauso wie Sebastian.

Die ganze Zeit?

Aber wo haben sie gesteckt?

Sebastian ist mit Sicherheit aus diesem Monitorraum gekommen. War sie mit ihm zusammen? Haben sie uns von hier aus beobachtet wie Amöben unter dem Mikroskop?

Es ist wie ein Schlag in die Magengrube. Ich hatte so furchtbare Angst heute Morgen und sie saßen hier gemütlich und haben sich das angeschaut wie einen Film. Aber jetzt habe ich den Spieß umgedreht. Und ich beobachte sie.

Nicoletta geht so dynamisch zum Waschbecken, dass ihr roter Sommerrock hin und her schwingt, dreht den rostigen Hahn auf und greift nach der Seife. Sie wirkt zufrieden, geradezu glücklich.

Also ist das doch nur alles ein Spiel, diesmal ausgefeilter und komplexer als vorher?

In dem Moment kommt Sebastian in den Waschraum und sagt etwas zu ihr. Sie erstarrt und legt die Seife zurück. Sie wird ganz rot im Gesicht, ihre Augen weiten sich und sie gibt eine Antwort, aber ich kann sie nicht hören. Verdammt, es ist der falsche Tonkanal eingestellt. Ich starre auf das Mischpult unter den Monitoren und versuche, Nummern zuzuordnen. Der Monitor mit dem Waschraum hat die Nummer fünf, ich suche die Tonspur mit derselben Nummer und drücke hektisch auf den Knopf.

»Verschwinde!« Nicolettas Stimme ist kaum zu verstehen, sogar das Tröpfeln des Wasserhahns klingt lauter. Sie scheint plötzlich sehr aufgewühlt zu sein.

»Zuerst brauche ich eine Erklärung.« Sebastian geht sehr nah zu ihr hin.

Nicoletta lacht, klingt aber ziemlich nervös. »Becker hat mich vor dir gewarnt! Er sagt, du bist ein pathologischer Lügner!«

Ich denke an den Zeitungsartikel, den ich in ihrem Zimmer entdeckt habe. Ich denke an das Mädchen.

»Das ist doch lächerlich!« Er nähert sich ihr, während Nicoletta versucht, unauffällig seitlich zur Tür zu gelangen. Ich sehe ihrem Gesicht an, wie viel Angst sie hat. Sie weiß, dass er im Knast war, ganz sicher weiß sie das. Ein Schritt, ein zweiter, fast sieht es so aus, als ob Sebastian sie gewähren lässt.

»Wie erklärst du dir dann, dass Becker einem pathologischen Lügner kostbare Jugendliche anvertraut?« Er schneidet ihr den Weg ab und baut sich vor ihr auf, zwingt sie rückwärtszugehen.

»Von dir lasse ich mir keine Angst machen. Becker hat mich darauf vorbereitet, dass du mit irgend so was ankommen könntest. Er sagt, du manipulierst gern andere!«

Jetzt ist sie mit dem Rücken an der Wand angekommen.

Im gleichen Moment wischt etwas durch mein seitliches Gesichtsfeld, eine Bewegung auf dem Treppenhausmonitor. Dr. Becker betritt das Treppenhaus. Ich weiß nicht, ob ich erleichtert sein soll oder eher das Gegenteil. Ist er auf dem Weg hierher? Vermutlich ist es keine gute Idee, sich hier erwischen zu lassen, aber vielleicht kann er Nicoletta helfen?

Mein Blick fliegt wieder auf den Monitor. Sebastian stützt seine muskelbepackten Arme rechts und links neben Nicoletta an die Wandfliesen und klemmt ihren Körper dazwischen ein. Sie versucht, lässig zu wirken, aber ich sehe, dass ihre Knie unter ihrem roten Rock zittern.

»Vergiss es, ich glaube dir kein Wort! Du widerst mich an!« Ihre Stimme ist nur ein Raunen.

Sebastian geht mit seinem Kopf ganz nah zu ihr hin und spuckt ihr seine Worte ins Gesicht.

»Wenn ich ohne dich gehe, wirst du das bereuen.«

Dr. Becker hat den ersten Treppenabsatz erreicht.

Hektisch schaue ich zwischen den beiden Monitoren hin und her. Ich muss Nicoletta helfen.

In diesem Moment tritt Nicoletta Sebastian so heftig zwischen die Beine, dass ihr roter Ballerina durch die Luft schleudert.

Sebastian schreit auf, krümmt sich zusammen, sie stößt ihn weg, rennt zu ihrem Schuh, schlüpft hinein.

Ich atme auf, raus da, Nicoletta, los, aber genau in dem Moment stolpert sie und Sebastian ist über ihr. Er greift nach ihren Schultern und schleift sie über den Boden in

Richtung der Toiletten. Sie stöhnt und ich höre, wie er immer wieder murmelt: »Ich lasse mich nicht verarschen, das haben schon ganz andere versucht!«

Dann höre ich sie. »Sebastian, lass mich los! Lass uns reden. Es gibt für alles eine Lösung!«

Panisch suche ich nach einem Mikrofon und überlege, was ihn so schockieren würde, dass er aufhört. Aber da ist kein Mikrofon. Hilflos muss ich mit ansehen, wie er sie um die Ecke zieht und damit aus dem Blickfeld der Kamera schafft. Verdammt! Einen Moment lang bin ich wie gelähmt, dann erst kapiere ich, was ich zu tun habe, greife mir Sophias Handy und stürze humpelnd raus durch den Gang ins Treppenhaus. Becker muss mir helfen, er ist stärker als ich und muss mit in den Waschraum, und mir ist egal, dass er dann weiß, wo ich gewesen bin.

Aber im Treppenhaus ist – ich würde am liebsten heulen vor Enttäuschung – niemand. Ich rufe nach ihm. Nichts. Becker ist spurlos verschwunden. Aber das kann gar nicht sein. Eben gerade habe ich ihn doch noch auf dem Monitor gesehen. Wenn es nicht eine Aufzeichnung war, schießt es mir durch den Kopf.

Aber das darf mich jetzt nicht aufhalten. Ich muss diese Stufen runter. Es erscheint mir wie eine Ewigkeit, bis ich endlich die Küche erreicht habe, die Tür zum Keller steht weit offen.

Oh Gott, wenn ich runtergehe, gerate ich in eine Sackgasse. Was, wenn mir Sebastian direkt entgegenkommt?

Aber ich habe keine Wahl, ich muss Nicoletta helfen.

Ich stürze durch den Gang, ohne jemandem zu begegnen. Mein Herz fängt an, unkontrolliert zu schlagen, als ich die Tür zum Waschraum langsam öffne und hektisch hineinspähe. Nichts.

»Hallo?«, flüstere ich.

Die Toiletten. Ich muss um die Ecke und nachschauen.

Du kannst das tun, Emma, beschwöre ich mich.

Du kannst es.

Mit drei großen Schritten biege ich um die Ecke. Die Kabinen stehen offen, niemand ist zu sehen. Nicht Sebastian und auch nicht Nicoletta. Aber als ich mich wieder umdrehe, sehe ich von hier aus etwas anderes, das mir die Knie weich werden lässt. An den schmutzig grauen Kacheln unter dem Waschbecken und an der seitlichen Wand sind rote Spritzer, am Waschbecken sind Blutspuren und unter dem Waschbecken ist eine kleine rote Lache. Ich spüre, wie ich zu würgen beginne, aber ich bezwinge meine Angst.

Das hier ist nicht echt, beschwöre ich mich. In diesem Haus gibt es so viel Theaterblut, man könnte vermutlich eine ganze Badewanne damit füllen.

Wie in Trance gehe ich auf die Blutspur zu. Ich tippe meinen Zeigefinger vorsichtig in einen winzigen Blutstropfen und rieche daran.

Es ist kein Filmblut.

Das ist echt.

27. Kapitel

Die Gewissheit, dass es sich um echtes Blut handelt, schärft meine Sinne und macht mir unwiderruflich klar, dass ich hier wegmuss. Ich stütze mich einen Moment am anderen sauberen Ende des langen Waschbeckens ab, um mich besser zu konzentrieren und den Knöchel zu entlasten.

Auf keinen Fall ist dieser Monitorraum zu unserem Schutz installiert worden, er dient nur dazu, uns zu kontrollieren. Und warum sollte das nötig sein? Keiner von uns ist verrückt oder gemeingefährlich. Nein, es geht einzig und allein um Macht. Und es ist mir egal, warum und was hier gespielt wird, es ist eskaliert. Außer Kontrolle geraten.

Ich muss hier weg, bevor es mein Blut ist, das man im Waschraum findet, nur so kann ich den anderen wirklich helfen. Dazu muss ich den Weg nach draußen finden. Vielleicht hat dieser verzweigte Keller irgendwo einen Ausgang, der nicht verschlossen ist? Ich umklammere Sophias Handy in meiner Tasche fester. Ich werde damit so weit laufen, bis ich irgendwo Empfang habe. Denn mir ist eingefallen, dass Handys alle eine Notruffunktion haben, die man ohne die Eingabe der PIN absetzen kann.

Und wenn ich keinen Ausgang finde, muss ich aus einem der unvergitterten Fenster aus dem ersten Stock klettern, mit einem Seil oder notfalls aneinandergeknoteten Laken. Jedenfalls muss ich hier raus und so schnell wie möglich die Polizei holen.

Denk nach, Emma, bevor du wieder planlos losrennst.

Philipp hat Sophias Handy in einer Art Eiskeller gefunden, vielleicht gibt es dort einen Ausgang, durch den man im Winter die Eisblöcke in den Keller geschafft hat?

Ich werfe einen letzten Blick auf das blutige Spritzmuster auf den Kacheln und verlasse den Waschraum.

Im Gang ist es dunkel und mein mutiger Entschluss, den Keller zu durchsuchen, fühlt sich eher todesmutig an. Durch all das Gurgeln und Summen der Röhren und Leitungen hindurch dringt leises Atmen an meine Ohren.

Meine linke Hand umklammert Sophias Handy noch fester, mit der rechten taste ich nach dem Lichtschalter an der grob behauenen Wand.

Plötzlich fühlt sich die Wand weich an, warm, atmet, lebt, und bevor ich noch verstehe, was das zu bedeuten hat, stülpt mir jemand etwas über Kopf und Oberkörper, packt mich und trägt mich davon.

Der Stoff über meinem Kopf ist rau und kratzig, ich atme hektisch, voller Angst, ich könnte durch die groben Fasern keine Luft mehr bekommen, versuche, gegen die Panik anzukämpfen, aber sie brandet hoch, überschwemmt alles andere, lässt mich nur noch zappeln und treten und schreien.

Der Mensch, der mir das antut, sagt nichts, versucht nicht, mich zu beruhigen, es entwischt ihm kein »Schsch«, kein Kommentar, nichts.

Der Brief fällt mir ein.

Nur noch vierundzwanzig Stunden, Emma, dann ist alles vorbei.

Wie spät ist es? Oh Gott, wie spät ist es?

»Sebastian!«, brülle ich, »verdammt, Sebastian, bist du das? Lass mich los! Lass mich sofort los.«

Aber der Mann bleibt stumm, nicht die geringste Reaktion, wie ein Roboter geht er weiter, hält mich in starker Umklammerung. Ich bilde mir plötzlich ein, es riecht nach nassem Sand. Philipp?

Kurz hält er inne, offenbar öffnet er eine Tür, setzt mich dann dahinter grob auf dem Boden ab und verlässt den Raum.

Sofort versuche ich, diesen Sack von meinem Kopf zu zerren, was mir zu meiner Überraschung mit einigen Verrenkungen gelingt. Warum wurde er mir dann überhaupt übergestülpt? Hektisch schaue ich mich um. Es ist dunkel hier drinnen, aber es gibt ein schmales Oberlicht, durch das etwas Licht in den Keller fällt. Nachdem sich meine Augen an das Dämmerlicht gewöhnt haben, erkenne ich vor mir am Boden einen Ausguss. Über mir sind Wäscheleinen gespannt, hinten an der Wand liegen zwei alte ovale Blechwannen umgedreht am Boden wie gekenterte Schiffe. Ansonsten ist der Raum kahl, die Wände nackt.

Okay, noch ist nicht alles verloren. Ich habe immer noch das Handy von Sophia. Selbst wenn hier unten die

Chancen auf Empfang noch schlechter stehen als oben, kommt es mir wie eine Geheimwaffe, wie ein Triumph vor. Aber mein Angreifer – und ich bin mir nicht sicher, ob es Sebastian oder Philipp gewesen ist –, hat vielleicht nur vergessen, mich zu durchsuchen. Ich gehe zu den Wannen und lege das Handy darunter. Kein wirklich gutes Versteck, aber ein besseres habe ich nicht.

Danach ziehe ich das Medaillon meiner Mutter aus der Hosentasche, dabei fällt das Foto, das in Philipps Umschlag war, auf den Boden. Ich hebe es auf, vermag es mir aber jetzt nicht anzuschauen. Kurz entschlossen falte ich es einmal in der Mitte, verstecke es in meinem BH und lege mir das Medaillon um den Hals. Fast im gleichen Moment höre ich Geräusche an der Tür. Ich überlege, ob ich mir den Sack wieder überstülpen soll, aber dann lasse ich es.

Jemand kommt herein und ich könnte nicht mal sagen, ob das ein Mann oder eine Frau ist oder der Mensch, der mich hierher geschleppt hat. Denn dieser Jemand hat eine weite wallende Mönchskutte an und trägt dazu eine Homer-Simpson-Maske, was mir für einen Moment den Atem verschlägt. Es sieht so grotesk, so lächerlich und gleichzeitig so schaurig aus, dass ich mir mit einem Mal sicher bin, dass all das doch zu den Campspielen gehören muss. Warum ist es sonst einer der Simpsons? Soll ich glauben, dass Tom hinter alldem steckt? Aber der wäre sicher so klug, sich eine andere Maske aufzusetzen. Außerdem würde ich ihn immer noch an dem charakteristischen Kopfwackeln erkennen.

Und wenn es jemand ist, den ich gar nicht kenne? Ein

Drahtzieher im Hintergrund, der nach und nach Becker, die anderen, dann vielleicht sogar Nicoletta und Sebastian hat verschwinden lassen?

Nein, obwohl hier so viel Wahnwitziges passiert ist, kann ich mir einfach nicht vorstellen, dass das Schloss plötzlich von finsteren Gestalten gekapert worden ist. Wir sind hier doch nicht auf See, wo mal eben ein anderes Schiff mit Piraten vorbeikommt.

»Anziehen!«, befiehlt Homer und zeigt auf eine Tüte, die er neben mir abstellt. Hinter der Maske klingt die Stimme metallisch verzerrt, sodass ich nicht sicher bin, ob ich sie kenne.

»Und wenn ich mich weigere?«

»Stirbt einer von den anderen.«

»Was soll das heißen?«

»Zieh dich um, mach dir einen Zopf. Ich hole dich in fünf Minuten ab.«

Homer verlässt den Raum.

Stirbt einer von den anderen.

Ich sacke zusammen. Bitte. Wer sind die anderen? Sophia? Becker? Doch Philipp? Ich weiß einfach nicht mehr, was ich denken soll.

Ich sehe in die Tüte. Darin finde ich einen Faltenrock, eine karierte Bluse, einen weißen Überkittel und Kniestrümpfe. Dazu noch Kamm und ein Haargummi. Genau die Kleider, die das Mädchen auf dem Foto mit der Wäscheleine angehabt hat.

Plötzlich verliere ich den Mut. Alles, was ich tue, bringt nichts, führt zu nichts.

Warum sollte ich mich jetzt umziehen? Ich lege mich auf den Sack, ziehe meine Knie an, lege meine Arme um sie und halte mich fest umklammert. Das ist alles, was du hast, schießt es mir durch den Kopf, und so bleibe ich liegen.

Es ist vorbei.

Es ist mir egal, als die Tür klappt und Homer wieder hereinkommt, es ist mir egal, was er sagt. Ich bleibe liegen.

Er beugt sich zu mir. Etwas wird gegen meinen Kopf gepresst. Eine Waffe? Er flüstert mir mit metallisch verzerrter Stimme zu: »Wenn du dich nicht augenblicklich umziehst, stirbt Philipp.«

Ich kann nur müde lächeln. Guter Trick, wenn Philipp unter der Kutte steckt. Ich bleibe liegen.

Er drückt die Waffe fester an meinen Schädel und ich bilde mir ein, Mams Stimme zu hören, die mich anfleht, mein Leben nicht aufs Spiel zu setzen. Die mich anfleht, aufzustehen und zu machen, was Homer sagt. Du hast mich belogen, flüstere ich dieser Stimme zu. Und wennschon, antwortet sie, reiß dich zusammen, Emma, sonst war alles umsonst.

Homers Geduld ist am Ende. »Dann werde ich Philipp eben vor deinen Augen erschießen.«

Widerstrebend lasse ich meine Knie los und richte mich wieder auf, dann fange ich an, mich umzuziehen. Ist mir egal, wer zuschaut, ist mir alles egal.

Ich ziehe den schwarzen Faltenrock aus der Tüte und mache mich an meine Verwandlung. Die karierte Bluse, der weiße Überkittel, schließlich die Frisur. Ich bringe die weißen Kniestrümpfe mit Lochmuster kaum über meinen stark geschwollenen Knöchel, aber Homer drängt zur Eile.

Mit zitternden Fingern flechte ich meine Haare zu einem Zopf, wie ihn das Mädchen auf dem Foto gehabt hat. Ich bin noch nicht ganz fertig, als er mich zwingt, mit ihm zu kommen.

Wir verlassen den Keller und laufen durch das Treppenhaus nach oben, dabei drängt er mich ständig, schneller zu gehen.

Je weiter wir nach oben kommen, desto heißer wird es, aber innerlich ist mir kalt vor Angst und Schmerzen.

Als ich erkenne, wohin wir gehen, kehren meine Überlebensinstinkte zurück. Nordflügel.

Wir nähern uns der Bibliothek. Ich will nicht mehr in diese Kammer und verlangsame das Tempo, sage, dass ich nicht mehr kann, bleibe stehen und überlege verzweifelt, was ich tun kann.

Aber Homer drückt mir die Waffe in den Rücken und treibt mich voran.

»Du musst keine Angst haben, Emma!«, flüstert er plötzlich, aber ich bin nicht sicher, ob das real ist oder ob ich anfange, Wahnvorstellungen zu haben, denn für einen Moment hatte ich das Gefühl, dass eine Frau zu mir spricht. Höre ich Stimmen? Vielleicht die Stimme meiner Mutter, um mich zu trösten?

Wir betreten die Bibliothek und durchqueren den Raum, auf dessen Fußboden sich die Qualen der Hölle noch stärker spiegeln als zuvor. Zuerst denke ich, dass ich jetzt wirklich Visionen habe, aber dann erkenne ich, dass vor der Kammer Scheinwerfer aufgestellt sind und eine Kamera. Und vor der Kammer sitzt Tom mit einer Tageszeitung von heute vor der Brust. Aber er sitzt nicht nur einfach da. Er ist an den Stuhl gefesselt.

Nun aber bleibt Glaube, Hoffnung, Liebe,
diese drei; aber die Liebe ist die größte unter ihnen.

1. Korinther 13.13

Es war nicht gleich passiert. Die erste Woche, nachdem sie Gertrud zu Boden geprügelt hatte, weinte Agnes in der Kammer und verzehrte sich nach Karl, aber er kam nicht. Nie.

Nach einer Woche brachte ihr Martha ein Leberwurstbrot, das sie gierig verschlungen hatte. Martha beschwor sie durchzuhalten. »Sie wollen, dass du das Kind verlierst. Gertrud ist außer sich. In ihrem Heim wird niemand schwanger. Nicht mal die Heilige Jungfrau. Aber du bist keine Heilige Jungfrau«, hatte Martha dann gesagt und sie angefleht, ihr zu verraten, wer ihr das angetan hatte.

Aber Agnes konnte es nicht sagen. Sie hatte es versprochen und sie wusste, es würde ihre heilige Liebe zerstören, und deshalb schwieg sie.

Martha war wütend gegangen und nicht wiedergekommen. Dann hatte Ursi Messwein für sie gestohlen, weil das gut für das Kind wäre. Sie hatte ihr beim Trinken zugesehen und auch sie hatte geschworen, sie würde das Geheimnis für sich behalten, aber Agnes schwieg.

Ursi war genauso wenig wie Martha wiedergekommen. Und Karl war kein einziges Mal aufgetaucht. Nur Gertrud, die den Eimer mit ihren Ausscheidungen persönlich wegschaffte und ihr frisches Wasser hinstellte.

Schweigend.

Nach zwei Wochen gewöhnte Agnes sich an die dunkle Stille, die sie und ihr Kind umgab. Sie wurde jeden Tag ein bisschen matter und der Hunger wurde jeden Tag weniger, während ihr Leib immer dicker wurde. Und sie begann, zur Jungfrau zu beten, wie es ihr die Großmutter beigebracht hatte.

»Wir grüßen dich, Maria, Mutter Gottes, ehrwürdiger Schatz, der der ganzen Welt gehört, nie erlöschendes Licht. Durch dich herrscht im Himmel Jubel, deinetwegen freuen sich die Engel und Erzengel. Durch dich werden die Dämonen verjagt. Durch dich wird der Versucher, der Teufel, aus dem Himmel vertrieben. Durch dich, oh mächtige Himmelskönigin, wird die gefallene Kreatur zum Himmel erhoben.«

Und dann irgendwann kam das Licht zu ihr zurück. Nicht plötzlich, sondern sachte.

Erst erhellte es ihre Träume, und wenn sie daraus erwachte, schmeckte ihr das Wasser ein wenig süßer und betäubte jeglichen Hunger. Dafür dankte sie der Jungfrau Maria und betete noch inbrünstiger zu ihr, denn die verstand ihr Schweigen und beschützte sie. Nachdem sie ihr eine Woche lang jeden Tag himmlische Träume und Wein geschickt hatte, geschah es dann.

Am neunundvierzigsten Tag in der Kammer, an einem

Freitag. Der Erzengel selbst kam zu ihr, von goldenen Lichtwolken umhüllt und umgeben von den reinen Stimmen seiner Engel, die das Kyrieeleison für sie sangen.

Nach der langen Zeit im Schatten war das Licht so gleißend, dass Agnes ihn selbst nicht erkennen konnte, aber sie hörte ihn, denn er sprach die Worte aus der Offenbarung zu ihr:

»Deine Sünde ist vergeben, denn ›Lob sei ihm, der uns liebt und uns von unseren Sünden befreit hat, indem er sein Blut für uns vergoss‹. Denn höre, Agnes, ich spreche zu dir von ihm unseren Erlöser. ›Als ich mich umdrehte, um zu sehen, wer zu mir sprach, sah ich sieben goldene Leuchter. Und mitten unter den Leuchtern stand der Menschensohn. Er trug ein langes Gewand mit einem goldenen Gürtel über der Brust. Sein Kopf und sein Haar waren weiß wie Wolle, so weiß wie Schnee. Und seine Augen leuchteten wie Feuerflammen. Seine Füße glänzten wie im Feuer gereinigtes Erz und seine Stimme war wie das Tosen mächtiger Meereswellen. Er hielt sieben Sterne in seiner rechten Hand und aus seinem Mund kam ein scharfes zweischneidiges Schwert. Und sein Gesicht strahlte wie die Sonne in ihrer ganzen Pracht.‹«

Er verschwand und mit ihm das Licht und der Chor der Engel und danach lag sie stundenlang wach, erfüllt von Liebe, Freude und Zuversicht. Ihre Gedanken galten Gertrud, die sich so in ihr getäuscht hatte, denn der Erzengel besuchte keine Unwürdige. Gertrud tat ihr leid, die in ihrem Leben noch keine solche Liebe, kein solches Glück empfangen hatte.

Und als Agnes am nächsten Tag erwachte, erinnerte sie sich und wusste, dass sie sich nichts vorzuwerfen hatte, weil sie keine Sünde begangen hatte. Gott hatte sie geführt. All das war sein Plan und es war ein guter Plan, wie ihre Großmutter gesagt hatte, denn Gott liebte seine Kinder. Alle, auch die geringsten unter ihnen.

Es war nicht das letzte Mal, dass der Erzengel sie besuchte und sie vorbereitete auf das, was ihr Schicksal war und das mit seinem Schicksal verbunden war, so wie die Jungfrau mit ihrem Sohn verbunden war. Agnes' Sehnsucht nach Karl war einem seligen Gefühl gewichen und sie bedurfte seiner auch nicht mehr, denn Er hatte sich ihr zugewandt, durch die Fürbitte der allmächtigen Himmelskönigin. Als sie jetzt die ersten Tropfen aus der Dornenkrone ihres Erlösers auf ihrer Stirn spürte, als der Schmerz in der Mitte ihrer Hände anschwoll und als aus der Seite ihres Leibes dann das Blut hervorquoll, da erkannte sie ihn und wusste, es war gut so.

Diese Stigmata waren die Zeichen seiner umfassenden Liebe, die ihre Seele mit Licht und Vergebung erfüllte. Und so war ihr Gefängnis der Himmel auf Erden für sie. Und ihr Kind war sein Kind, sein gesegnetes Kind.

Und es war gut.

Und es war gut.

Die Liebe war mit ihr.

28. Kapitel

»Tom«, rufe ich. »Tom! Bist du okay? Was ist hier los?«

»Still«, sagt Homer und drückt mir den Lauf seiner Pistole stärker in den Rücken. Aber ich kann nicht anders, ich bin so froh, ihn zu sehen, renne zu Tom hin und umarme ihn. Jemand hat ihn geschlagen, seine Lippe ist wie gespalten, geschwollen und sie blutet. Er sieht bleich aus.

»Was geht hier vor, Tom?«

Er zuckt mit den Schultern und sagt mit heiserer Stimme: »Wie es scheint, haben uns die Simpsons entführt.« Seine Augen glitzern verdächtig feucht und ich würde ihn gern trösten, habe aber keine Ahnung, was ich tun kann.

In diesem Augenblick werde ich von Tom weggerissen und hinter seinen Stuhl gezwungen. »Bleib einfach dort stehen und gib keinen Mucks von dir«, befiehlt Homer, der sich an der Videokamera zu schaffen macht.

Aber warum soll ich hier in dieser Verkleidung stehen? Das Ganze wirkt wie eine von diesen inszenierten Szenen in einem Film, in denen Selbstmordattentäter ihren Appell an die Nachwelt richten. Ich presse meine Fingernägel in die weiche Haut meiner Hand, ich darf jetzt nicht durchdrehen, das hilft weder mir noch Tom.

Aus den Augenwinkeln beobachte ich Homer. Vielleicht kann ich herausfinden, wer hinter der Maske steckt. Ist das Philipp oder Sebastian? Oder Becker, der vorhin im Treppenhaus so spurlos verschwunden ist? Es könnte von der Größe her sogar Nicoletta sein, wenn das Blut im Damenbad nur ein Täuschungsmanöver war, was ich immer noch hoffe. Schließlich habe ich ja nicht gesehen, was wirklich passiert ist.

»Du wirst jetzt einen Appell an deine Eltern richten«, sagt Homer zu Tom. »Wenn sie dich lebend wiedersehen wollen, dann sollen sie die Nummer anrufen, die über dem Titel der Zeitung steht. Und zwar innerhalb der nächsten drei Stunden, um sich Instruktionen abzuholen. Schalten sie die Polizei ein – und das werde ich erfahren, egal wie schlau sie es anstellen –, dann stirbst du besonders grausam. Melden sie sich nicht rechtzeitig, dann stirbst du auch.« Homer schaut zu mir und nickt, als wollte er mir verdeutlichen, dass er ernst meint.

»Los, Tom, wir haben nicht den ganzen Tag Zeit!«

Eine Entführung. Ich kann das einfach nicht glauben. Darauf läuft das jetzt alles hinaus?

Tom räuspert sich ein paar Mal, bevor einen Ton rausbringt. »Aber Sie werden sie gar nicht erreichen. Mein Vater ist auf einem Kongress in Los Angeles und meine Mutter ist mitgereist.«

Die metallische Stimme klingt zwar fremd, aber trotzdem so, als ob sie sich amüsieren würde. »Was du nicht sagst. Ich weiß sogar, in welchem Hotel sie untergekommen sind. Aber keine Sorge, diese Mail wird dein Vater öffnen. Ich schreibe nicht im Betreff: ›Sohn aus Feriencamp entführt‹, das wäre bei deinem Vater in der Tat wenig vielversprechend, nein, wir wissen ja, wie mediengeil er ist. Es wird um eine dringende Terminanfrage für eine ARD-Talkshow gehen.«

Meine Hand tastet sich vor, ich streiche Tom über den Rücken und versuche, ihn ein kleines bisschen zu beruhigen, aber er verspannt sich noch mehr.

»Wenn Sie alles wissen, dann ist Ihnen sicher auch klar, dass wir nicht reich sind!«

»Oh, es geht hier nicht um Geld! Mach dir nicht so einen Kopf, Tom. Alles, was ich von dir will, ist das Video.«

Ich kann die Stimme einfach nicht zuordnen. Becker ist das nicht, dazu spricht er zu flapsig. Mir fällt auf, dass er mal von wir und dann wieder nur von sich redet. Ist das Absicht oder hat es etwas zu bedeuten?

»Los jetzt!«

Tom versucht, sich zusammenzureißen, er schaut tapfer in die Kamera. Aber er muss ständig gegen seine von Tränen erstickte Stimme ankämpfen. Als er beginnt, fange ich unkontrolliert an zu zittern. Ich will das nicht hören.

Fast bin ich froh, als es in meinen Ohren vor lauter Panik anfängt zu rauschen.

Aber in meinem Kopf arbeitet es weiter, es muss einen Grund geben, warum sie uns nicht gleich am ersten Tag in den Keller geworfen und Videos produziert haben. Oder es sind doch Fremde, die das Camp überfallen haben.

»Das reicht!« Homer schneidet Tom mitten im Satz das Wort ab, schaltet die Kamera aus und bindet ihn vom Stuhl los.

Ich erwarte, dass ich jetzt an die Reihe komme, aber Fehlanzeige.

Er fesselt mich zwar, aber nicht an den Stuhl, sondern ich muss mich hinknien, was in dem Rock und mit meinem Fuß schwierig ist. Dann holt er Handschellen aus seiner Kutte und kettet mich an einen alten Heizköper. Ohne ein weiteres Wort oder eine Erklärung packt er Tom am Arm und geht mit ihm hinaus. Ich bleibe allein.

Erst als von meinen malträtierten Knien schon stechende Schmerzen durch meinen Körper ziehen, kommt er endlich wieder.

Diesmal bringt er Sophia mit. Ihr rundes Gesicht wirkt plötzlich abgemagert und ihr Blick ist ganz leer, sie scheint völlig unter Schock zu stehen.

Als sie mich sieht, huscht zuerst etwas wie ungläubige Erleichterung über ihr Gesicht, aber als sie meine Kleider bemerkt, fällt sie wieder in sich zusammen.

Homer dirigiert sie zum Stuhl und erklärt ihr, was sie zu tun hat. Sie zeigt keine Reaktion, nichts. Erst nachdem er sie zum dritten Mal gefragt hat, ob sie ihn verstanden hat, nickt sie widerwillig.

Nun muss ich mich neben Sophia setzen, meine Hände werden hinter dem Rücken wieder zusammengekettet. Nachdem er die Kamera eingeschaltet hat und sie angewiesen hat loszulegen, schüttelt Sophia den Kopf.

»Nein, ich mach das nicht«, sagt sie.

»Nein?« Homer lacht und sein Lachen erinnert mich diesmal nicht an Sebastian, sondern vielmehr an Philipp.

»Ich spiele nicht mit. Ich will jetzt nach Hause. Ich habe genug von all diesem Psychokram. Das Spiel endet für mich genau hier.«

Ich halte die Luft an. Oh Gott, das glaubt sie doch nicht wirklich? »Sophia, das ist kein Spiel«, beschwöre ich sie. »Bitte, tu, was er sagt. Er hat eine Waffe!«

Sie wendet den Kopf und blickt mich mit ihren leeren Augen an. Sie ist völlig weggetreten. Ich dringe überhaupt nicht zu ihr durch.

Um ihr eine kleine Verschnaufpause zu verschaffen, wende ich mich an unseren Entführer. »Warum machen Sie nicht gleich eine Gruppenaufnahme von uns allen und schicken eine Rundmail? Das spart Zeit und Nerven.«

Homer winkt ab. »Meine Nerven lass mal meine Sorge sein.«

Ich nutze es aus, dass ich in Augenkontakt mit Sophia treten kann. Wir sind zu zweit. Wenn wir es schaffen würden, unsere Fesseln und Handschellen loszuwerden, könnten wir uns auf ihn stürzen. Aber ein Blick auf Sophia sagt mir, dass ich den ohnehin aberwitzigen Plan vergessen kann. Sie reagiert immer noch nicht.

»Sophia, bist du so weit?«

Sie nickt wie in Zeitlupe. Und dann tut sie, was er sagt.

Nachdem er mit ihr fertig ist, kettet er mich abermals an der Heizung fest und bringt sie raus.

Und dann passiert – nichts. Die Minuten verstreichen, die Zeit gerät für mich völlig aus den Fugen. Wieder und wieder gehe ich im Kopf durch, wer sich hinter Homer versteckt. Und je mehr Zeit vergeht, desto mehr spricht alles dafür, dass es Philipp ist.

Er hat mich nicht nur belogen und geschminkt, während ich wie bewusstlos war, sondern er ist als Einziger von uns nicht vor die Kamera gezerrt worden. Außerdem hat er versucht, Sebastian verdächtig zu machen. Es könnte doch sein, dass diese Tätowierung etwas ganz anderes bedeutet, er wusste ja nicht, dass ich den Artikel gelesen hatte. Ich denke daran, wie gerührt er getan hat, als wir die Kindergräber gefunden haben, und wie er sich um meinen Knöchel gesorgt hat. Was für ein grandioser Schauspieler.

Ich reiße an den Fesseln, trete mit meinem gesunden Fuß gegen den Heizkörper, um zu sehen, ob die Verankerung nur noch halb in der Wand hängt. Keine Chance. Und das Handy, das mir hier oben vielleicht hätte helfen können, liegt nutzlos im Keller.

Irgendwo gurren Tauben, als wäre alles ganz normal. Für die Eltern von Tom und Sophia ist nach dem Anschauen dieser Videos nichts mehr normal. Ihr Leben wird zur Hölle.

Schräg über mir sehe ich die nackten Menschen, die von hässlichen Teufeln mit langen Gabeln gequält und in den siedenden Kesseln der Hölle gekocht werden.

Wie lächerlich das ist. Als ob die Hölle so wäre.

Die Hölle ist hier.

29. Kapitel

Ich muss trotz der Schmerzen im Knie und im Fuß weggetreten sein, denn als ich die Tür klappern höre, kommt es mir so vor, als müssten Stunden vergangen sein. Das Licht hat sich verändert. Alles in mir zieht sich panisch zusammen. Wie geht es jetzt weiter? Haben sich schon Eltern gemeldet? Werde ich freigelassen?

Homer ist nicht allein, er zerrt jemanden mit sich.

Philipp.

Ich spüre, wie etwas in mir anfängt, jämmerlich zu schluchzen. Ich habe mich getäuscht.

Philipp ist nicht Homer.

Homer ist nicht Philipp.

Er ist genauso in die Falle gegangen wie wir alle.

Philipp sieht viel schlimmer aus als Tom, sein linkes Auge ist blau und schon stark geschwollen. Aber sein anderes Auge sucht sofort meinen Blick und ich merke, dass er mich trösten will. Offensichtlich hat er kein schlechtes Gewissen, obwohl er mich so getäuscht hat. Trotz meiner Erleichterung kann ich seinen Blick nicht erwidern.

Auch bei ihm muss ich mich hinter den Stuhl stellen und auch bei ihm wird ein Video gedreht. Er macht keinen Versuch, mit Homer zu diskutieren, er wirkt überhaupt sehr gefasst, als wollte er seine Kräfte schonen, und das ist vielleicht keine schlechte Idee. Ich möchte lieber nicht wissen, was es für Szenen zwischen Philipp und unserem Entführer gegeben hat, die zu seinem blauen Auge geführt haben.

Nachdem das Video gedreht ist, kettet Homer mich wieder an, dann führt er Philipp weg. Kurz vor der Tür erwacht Philipp aus seiner vorgetäuschten Ruhe und macht Anstalten, sich noch einmal loszureißen.

»Emma«, ruft er, »Emma, wir schaffen das hier raus, das wirst du schon sehen. Die sind nicht so schlau, wie sie denken!«

Doch in diesem Moment schlägt Homer ihm die Waffe brutal ins Kreuz und bringt ihn zum Schweigen. Ich fühle mich hilfloser denn je.

Diesmal ist Homer innerhalb kürzester Zeit zurück und führt mich ab. Wenn doch nicht diese Mönchskutte wäre! Dann wüsste ich vermutlich sofort, mit wem ich es hier zu tun habe, und dann könnte ich denjenigen vielleicht irgendwie erreichen. Und was, wenn es immer jemand anders ist? In der Mönchskutte würde man nicht erkennen, ob der Homer wechselt. Das würde zumindest erklären, warum er mal von ich und mal von wir spricht.

»Was hat das alles mit meiner Mutter zu tun«, frage ich, auch wenn ich keine große Hoffnung mehr habe, dass ich darauf eine Antwort bekomme.

Aber Homer überrascht mich. »Sei nicht so ungeduldig, Emma«, sagt er. »Du wirst es als Erste erfahren.«

Die metallische Stimme klingt so zynisch, dass ich mir wünschte, ich hätte nie gefragt. Er treibt mich erbarmungslos an und zwingt mich wieder runter in den Keller des Südflügels.

Ich zittere am ganzen Körper, als Homer im Keller eine Tür öffnet und mich hineinstößt. Ich habe erwartet, dass er mich wieder in den Waschkeller bringt, deswegen zucke ich zusammen, als eine Stimme aus dem Halbdunkeln ertönt.

»Emma!«

Es ist Sophia, die da auf dem Steinboden liegt. Ihre Füße sind mit Kabelbindern gefesselt. Und neben ihr liegen Tom und Philipp! Alle sind an den Füßen gefesselt und ihre Hände vor dem Körper stecken in Handschellen. Mir werden jetzt auch noch Kabelbinder um meine Knöchel gebunden, dann verschwindet Homer. Wortlos.

Kaum ist er weg, robbt Philipp zu mir und legt seine zusammengeketteten Hände auf meine, während Sophia mir über die Haare streicht. Sie scheint etwas weniger in Panik zu sein als vorhin. »Wir waren so in Sorge um dich. Wir wussten nicht, was sie mit dir vorhaben. Deine Verkleidung hat uns noch mehr Angst gemacht.«

Ein warmes Gefühl macht sich in meinem Bauch breit und meine Kehle ist wie zugeschnürt, weil ich mich schäme, an Philipp gezweifelt zu haben. Trotzdem muss ich ihn das jetzt fragen.

»Warum hast du mir nichts von deinem Brief erzählt? Den mit dem Stigmatafoto?«

»Was für ein Brief?« Trotz des dämmrigen Lichts sehe ich die Fassungslosigkeit in seinem Gesicht.

»Ich habe ihn im Mülleimer in eurem Schlafsaal gefunden. Du solltest mich schminken.«

Philipp rückt ein kleines Stück weg. »Ich schwöre dir, Emma, ich habe nie einen Brief bekommen. Und ich habe dich nicht angerührt.« Er macht eine winzige Pause. »Warum sollte ich dich anlügen?«

Ich weiß es nicht.

»Das ist doch jetzt egal«, flüstert Sophia. »Jemand hat uns entführt. Das ist kein Spiel mehr. Wir müssen etwas tun.«

Sie hat recht und ich fühle mich so viel besser, weil ich nicht mehr ganz allein bin. Unwillkürlich frage ich mich, warum Homer mich zu den anderen gelassen hat. Zusammen sind wir viel stärker als jeder für sich.

Doch dann fällt mir der Monitorraum wieder ein. Er kann uns beobachten und hören, was wir reden, also besteht gar keine Gefahr für ihn, dass wir einen Plan aushecken und ihn überraschen könnten. Und ganz sicher haben wir aus diesem Grund auch ausreichend Licht hier unten.

Wir sitzen mit dem Rücken an die Wand gelehnt auf dem nackten, staubig feuchten Steinboden, in einem niedrigen Kellergewölbe, in dem sich nichts sonst befindet. Weder Waschbütten noch leere Flaschen oder Körbe. Dieser Keller ist völlig leer. Nichts, was man als Waffe verwenden könnte, absolut gar nichts.

Ich betrachte Philipps zugeschwollenes Auge, Toms Platzwunde an der Lippe und Sophias verweintes eingefallenes Gesicht. Sie wirken erschöpft und als hätten sie jede Hoffnung verloren, und vermutlich sehe ich auch so aus, in meinem altmodischen, jetzt schmutzigen Rock. Ich kann mir nicht vorstellen, dass wir noch lange durchhalten.

Wir brauchen einen Plan, auch wenn wir beobachtet werden. Aber mein Kopf ist voller Puzzlestückchen, die sich partout nicht zu einem Bild und schon gar nicht zu einem Plan zusammenfügen wollen, sondern nur zu immer neuen Rätseln.

Ich klammere mich an die Hoffnung, dass ich einen Weg aus dem Ganzen finden würde, wenn es mir gelänge, das große Ganze dahinter zu erkennen.

»Sophia, du hast doch auf deinem Handy ein Startbild mit Fotos?«, frage ich schließlich.

»Hast du etwa ihr Handy?« Tom hört sich so hoffnungsfroh an, dass ich es kaum aushalten kann, ihm die Wahrheit zu sagen. »Nein, aber ich versuche, etwas herauszufinden. Sophia, auf deinem Handy ist ein Schwarz-Weiß-Porträt von einem Mann, oben links in der Ecke. Wer ist das?«

Tom rastet aus. »Wir sind hier von einem irren Entführer in einem Jagdschloss eingekerkert worden, unsere Eltern werden erpresst und du willst mit Sophia über ihren Handybildschirm quatschen? Hast du sie noch alle?«

Philipp versucht, ihn mit einer Handbewegung zu beschwichtigen. Seine Handschellen klirren leise. »Emma fragt das bestimmt nicht ohne Grund. Oder, Emma?«

»Tom, es tut mir leid, wenn dir das dumm vorkommt,

aber …« Meine Stimme bricht und ich kriege keinen Ton mehr raus.

»Hey, Leute, so geht das nicht«, beschwört uns Philipp, »wir müssen zusammenhalten. Bitte!« Er schaut mich an und nickt mir ermutigend zu und ich nehme einen neuen Anlauf.

»Sophia, wer ist dieser Mann auf dem Foto?«

»Das ist ein uraltes Bild von meinem Vater.« Sie fängt leise an zu weinen. »Er hasst es, weil er darauf raucht. Ich habe es nur genommen, um ihn zu ärgern. Und jetzt kriegen sie vielleicht gerade unsere Videonachricht. Das wird Mama umbringen.« Sie schluchzt lauter.

Ich weiß nicht, ob ich das wirklich richtig verstanden habe. »Dein Vater? Das ist unmöglich«, stammele ich. »Der Mann auf diesem Bild ist doch schon lange tot.« Und dann nestele ich mit den gefesselten Händen die Kette hervor, öffne mit den Zähnen das Medaillon und zeige es ihr.

Sophia betrachtet es, hört auf zu schluchzen und wirkt verwirrt. »Das … ist tatsächlich das gleiche Bild«, sagt sie und klingt so, wie ich mich fühle. Vollkommen orientierungslos. »Emma, das ist wirklich mein Vater.«

Philipp schaut ratlos von mir zu ihr und dann auf das Medaillon. »Emma, woher hast du das Foto?«

»Von meiner Mutter. Sie hat gesagt, das ist mein Vater«, flüstere ich. »Charles-Philippe Chevalier. Er starb vor meiner Geburt bei einem Einsatz für *Ärzte ohne Grenzen.*« Ich hole tief Luft.

Alle drei starren mich verblüfft an und mir dämmert langsam, was das bedeutet.

Meine ganze bisherige Welt zerbricht in tausend Stücke und muss völlig neu zusammengesetzt werden. Sie leben beide noch. Meine Mutter und mein Vater!

30. Kapitel

»Aber dann wärt ihr Halbschwestern!« Philipp spricht das aus, was mir noch nicht einmal in den Sinn gekommen ist. Doch ja, natürlich hat er recht. Und plötzlich fällt es mir wie Schuppen von den Augen, woher mir Sophia bekannt vorgekommen ist. Sie sieht mir ähnlich. Nicht auf den ersten Blick, dazu ist ihr Gesicht zu rund, aber etwas hat sie an sich, das mich an mich selbst erinnert.

»Wie bringt uns das weiter?« Tom schaltet sich wieder ein und ich kann hören, wie mühsam er sich beherrscht. »Wie soll uns das helfen?«

Ich beiße mir auf die Lippen. »Tom, Philipp, erinnert ihr euch, dass ich euch gefragt habe, wie ihr hierhergekommen seid?«

Beide nicken.

»Okay, dann hört zu.«

Jetzt ist der Moment gekommen, an dem ich erklären muss, warum ich hier bin. Ich kann nicht mehr mit dem hinter dem Berg halten, was ich weiß.

Ich hole tief Luft und erzähle alles. Vom Unfall über

das Päckchen bis hin zu den Bildern. Nichts lasse ich aus, sogar meine Verdächtigungen gegenüber den anderen. Ich berichte ihnen von meiner Entdeckung in Nicolettas Zimmer, den Zeitungsausschnitten über Sebastian und die Studentin, die im Krankenhaus meiner Mutter gestorben ist. Ich bin schon fast am Schluss, will noch das Schrecklichste erzählen, das mit dem Monitorraum und Nicoletta, da beiße ich mir im letzten Moment noch auf die Zunge. Wenn dort oben Sebastian sitzt und uns belauscht, dann könnte es mein Todesurteil sein, wenn er wüsste, was ich gesehen habe.

Nachdem ich geendet habe, herrscht eine lange, eine sehr ungemütliche Stille.

»Du hast allen Ernstes gedacht, einer von uns könnte der Mörder deiner Mutter sein?« Sophia schüttelt den Kopf. Ihre blonden und glänzenden Haare wirken grau wie die einer Siebzigjährigen. »Das ist krank.«

»Bevor wir hierhergekommen sind, haben wir uns doch gar nicht gekannt«, sagt Tom und seine Stimme klingt fast tonlos. »Was für eine idiotische Idee.«

»Moment mal«, mischt sich Philipp ein, »so idiotisch finde ich sie nicht. Immerhin gab es diesen Unfall mit einer Leiche, die niemand kannte, und die Leiche ihrer Mutter fehlt bis heute. Da kann man ins Grübeln kommen, oder? Zum Beispiel hätte es doch sein können, dass Emmas Mutter einen von uns mit Drogen im Krankenhaus erwischt hat oder so etwas.«

»Das glaubst du ja wohl selbst nicht«, sagt Tom, aber ich bin Philipp dankbar, dass er mich verteidigt. Er, von dem ich dachte, er wäre Homer! Mir schießt die Röte ins Gesicht. Vielleicht hat Sophia doch recht und mein Misstrauen ist nur der Beweis dafür, dass mit mir etwas nicht stimmt.

Aber dann fällt mir etwas ein. »Kennt vielleicht jemand von euch diese Studentin, die sich umgebracht hat?«, frage ich. »Könnte das eine Verbindung sein?«

Die anderen schütteln den Kopf und ich vergrabe meinen Kopf in den Händen. Nein, das macht natürlich auch gar keinen Sinn. Die Studentin ist die Verbindung zu Sebastian und nicht zu den anderen.

Philipp hat eine andere Idee. »War eigentlich bei eurem Video auch Emma mit im Bild?«, fragt er in die Runde.

»Ja, aber was soll das mit ihrer Mutter zu tun haben?«, wirft Sophia ein.

Wir reden durcheinander, aufgeregt, wie aus dem Koma aufgewacht, und ich werde mir immer schmerzlicher bewusst, dass wir sowohl belauscht als auch betrachtet werden. Aber wie soll ich das den anderen verständlich machen, ohne mich zu verraten? Und selbst wenn Homer hören kann, was wir hier reden, schlimmer kann es eigentlich nicht mehr kommen, oder?

»Also noch einmal von vorn. Irgendwo muss eine Verbindung sein«, sage ich. »Wir alle sind hierhergelockt worden, richtig? Tom, weiß du eigentlich sicher, dass dein Vater eine Bewerbung für dich abgeschickt hat?«

Tom sieht mich mit großen Augen an, dann schüttelt er den Kopf. »Ich hab das automatisch angenommen, weil er ständig Sachen deichselt. Aber ...« Er bricht ab.

Ich nicke. »Philipp ist hier, weil sein Vater im Knast sitzt und man seiner Mutter das Camp als Chance für Kinder von Kriminellen angedreht hat.«

»Und Sophia, warum bist du hier?«

Sophia zögert. »Mein Vater hat die Unterlagen der *Transnational Youth Foundation* von einem Kollegen bekommen, der ihm versichert hat, nach einem Aufenthalt in dem Camp hätte ich definitiv keine Phobien mehr.«

Tom stöhnt. »Das beweist nur, jemand wollte uns vier hier zusammen haben. Aber warum?«

»Bei Sophia und Emma liegt die Verbindung auf der Hand.«

Sophia und ich schauen uns betreten an.

»Aber es könnte auch sein«, sagt Sophia, »dass deine Mutter einfach irgendein Bild genommen hat, um dir einen Vater zu präsentieren, weil sie sonst keinen anderen hatte.«

Ich kann mir vorstellen, wie schwer das für Sophia sein muss, aber ich weiß, trotz all der Lügen, dass Mam das nicht getan hätte. Doch ich bringe es nicht über mich, an meinen Vater zu denken, der vielleicht noch lebt, und daran, was das für mich heißt. Nicht jetzt!

»Die Verwandtschaft kann nicht die Verbindung sein, denn wir sind nicht alle verwandt«, sagt Tom.

»Wir sind uns nie zuvor begegnet, oder? Wir kommen aus verschiedenen Städten und es gibt nichts, was uns verbindet.«

»Es muss etwas geben.« Philipp schaut uns der Reihe nach an. »Haben wir am selben Tag Geburtstag? Oder sind wir in der gleichen Klinik geboren? Seid ihr vielleicht schon mal in der Klinik von Emmas Mutter gewesen?« Er wendet sich zu mir. »Wie hieß die Klinik und wo ist die?«

»Das ist das Marienhospital in München, aber ...«

»Ich war nur bei meiner Geburt im Krankenhaus in Aachen«, unterbricht mich Tom. »Am fünften Januar 1996.«

»Ich bin fast ein Jahr jünger. Und ich habe im November Geburtstag, am zehnten. Und in einer Klinik war ich nur wegen einer Blinddarmentzündung. Das war allerdings in Berlin, dort haben wir lange gelebt.« Sophia schüttelt sich, als wäre ihr kalt. »Für mich klingt das alles, als wären wir in den Händen von durchgeknallten Psychopathen. Seit wann brauchen die denn logische Gründe für das, was sie tun? Vielleicht sind wir einfach nur bei den Anmeldungen zu den Camps ausgelost worden. Man liest doch ständig so kranke Dinge. Wisst ihr nicht mehr, die drei Mädchen, die in Ohio aus einem Haus geholt wurden, in dem sie zehn Jahre lang festgehalten worden sind?« Jetzt laufen ihr wieder Tränen über die Wangen.

Plötzlich kracht es über uns. Wir alle zucken zusammen, selbst ich erschrecke, obwohl ich eigentlich auf einen Lautsprecher hätte vorbereitet sein müssen.

»Ich freue mich, dass ihr alle so fleißig überlegt«, ertönt es aus einem Lautsprecher irgendwo über uns. Obwohl die Stimme wieder metallisch verzerrt ist, ist der Sarkasmus nicht zu überhören.

»Wir werden abgehört«, flüstert Tom.

»Und vielleicht sogar beobachtet«, füge ich hinzu, damit die anderen mitbekommen, was hier geschieht.

»Wie schlau du bist, Emma«, sagt die Stimme. »Aber ich melde mich nicht, um mit euch zu plaudern. Inzwischen ist über eine Stunde vergangen, aber keiner eurer Eltern hat gehandelt. Offensichtlich seid ihr nicht überzeugend genug gewesen. Ich fürchte, ich muss ein bisschen deutlicher werden.«

Ich versuche, mich auf die Stimme zu konzentrieren.

»Was soll das heißen, Sebastian?« Gleich darauf beiße ich mir auf die Lippen. Wie blöd kann man sein? Wenn es Sebastian ist, dann hat er nicht ohne Grund eine Maske aufgesetzt. Das bedeutet doch wohl, er will nicht erkannt werden. Und würde er sich die Mühe machen, wenn er uns sowieso töten wollte?

Wieder dieses Lachen. »Das soll etwas ganz Simples heißen. Ich muss wohl oder übel eure Eltern ein bisschen anspornen. Aber ich bin kein Unmensch. Deswegen braucht nur einer von euch zu sterben und – ratet mal – ihr dürft sogar aussuchen, wer das sein soll!«

Das Knacken und Rauschen verstummt. Das Mikrofon ist abgeschaltet und lässt uns in einer Stille zurück, die sich über uns legt wie ein schwarzes Leichentuch.

... und dieweil die Ungerechtigkeit wird überhandnehmen, wird die Liebe in vielen erkalten. Matthäus 24.12

»Ich möchte es sehen!«, bettelte Agnes. Die letzte mächtige Welle hatte sie weggetrieben, fort aus der Welt des unendlichen Schmerzes, hinüber in eine schwarze gnädige Finsternis, die sie umhüllt hatte, aber jetzt war sie wieder da und sie hatte nur einen Wunsch. »Ich möchte es sehen«, wiederholte sie.

Doch niemand antwortete ihr. Sie waren beschäftigt. Eine Schwester drückte auf ihren Bauch, damit die Nachgeburt herauskam, eine andere faltete ein blutiges Laken zusammen.

Wo war ihr Kind? Agnes versuchte, sich aufzusetzen, aber sie war noch zu geschwächt von der Geburt. Warum hörte sie nichts? Es musste doch schreien? Weinen?

»Ist es ein Junge oder ein Mädchen?«, fragte sie und fing hemmungslos an zu schluchzen, vollkommen erschöpft von der Geburt.

Plötzlich stand Schwester Gertrud neben ihr, die sich während der Wehen in den letzten zwölf Stunden ferngehalten hatte. »Man hat es bereits weggebracht. Das Kind der Schande ist tot. Deine Sperenzchen haben es umgebracht.«

»Nein!«, keuchte Agnes. Nein, die Jungfrau Maria hatte sie beschützt die ganze Zeit über, hatte sie nie verlassen. Sie stand unter ihrem Schutz, als man sie aus der Kammer geholt hatte. Als sie ihr wieder zu essen gegeben und ihre Wundmale verbunden hatten. Sogar als man sie zwang, all die Medikamente zu nehmen und mit diesem evangelischen Pfarrer zu reden, der sich wie ein Teufelsaustreiber gebärdet hatte.

Die ganze Zeit war die Himmelskönigin bei ihr gewesen und bei ihrem Kind, denn Maria war gütig.

Agnes begann, leise zu murmeln. »Heilige Maria, Mutter Gottes, hilf mir ...« Aber Gertrud unterbrach sie rüde und nickte noch einmal. »Dein Kind der Schande ist tot.«

Gott prüfte sie hart. All dieser Schmerz für nichts. Tränen strömten über ihr Gesicht. »Gebt mir mein Kind! Ich muss es sehen.«

»Ich würde vorsichtig sein mit dem, was ich mir wünsche.« Gertrud lächelte. Agnes begann zu frösteln. Gertrud hatte sie noch niemals angelächelt.

»Was soll das heißen?«

»Das Kind war von der teuflischen Schande seiner Mutter gezeichnet.«

»Das ist eine Lüge!« Agnes warf den anderen Schwestern Hilfe suchende Blick zu. Aber niemand sagte etwas. Hilf mir, Maria, erbarme dich, flehte sie innerlich, doch sie brachte kein Wort heraus.

»Gezeichnet!« Gertrud lächelte nicht mehr. Ernst berührte sie das Kruzifix, das um ihren Hals hing, als hätte sie den Leibhaftigen gesehen, schlug ein Kreuz und setzte sich neben Agnes' Bett auf einen Stuhl, wo sie ihre Hände zum Gebet faltete.

»Wir wollen beten und Gott dafür danken, dass er so eine Unwürdige wie dich errettet hat.

Was schön war heute, kam von dir.
Was unrecht war, vergib es mir!
Lass mich bei dir geborgen sein.
In deinem Frieden schlaf ich ein.

Die Nacht bricht an über Stadt und Feld.
Gott, segne die Erde, behüte die Welt.
Müde bin ich, geh zur Ruh,
schließe meine Augen zu.
Vater, lass die Augen dein
über meinem Bette sein.

Hab ich unrecht heut getan,
sieh es, lieber Gott, nicht an.
Deine Gnad und Jesu Blut
machen Schaden gut.«

Agnes war zum ersten Mal in ihrem Leben nicht imstande, in das Gebet einzustimmen, durch ihren Körper raste einzig und allein die Sehnsucht nach ihrem Kind. Sie musste es sehen oder sie würde sterben.

Gertrud erhob sich, hielt inne und setzte sich wieder zu Agnes. Kurz schöpfte sie Hoffnung, dass Gertrud ihr das Kind doch noch zeigen würden.

Stattdessen flüsterte Gertrud ihr nur ins Ohr.

»Du weißt ja, wir glauben nicht daran, dass ungetaufte Kinder in die Hölle kommen, weil der Teufel ihre Seele geholt hat.« Sie lächelte wieder. »Wir werden es anständig beerdigen. Auch wenn du es nicht verdient hast.« Sie nickte den anderen Schwestern zu und verließ zusammen mit ihnen den Raum.

Agnes blieb allein zurück.

Das konnten sie doch nicht machen! Auch wenn Gott und die Heilige Jungfrau sie verlassen hatten, sie musste ihr Kind sehen, es im Arm halten. Ganz egal, was diese alte Hexe zu ihr gesagt hatte. Sie setzte sich auf, ihr wurde sofort schwarz vor Augen und sie sackte zurück auf das Kissen. Langsam, Agnes, sagte sie sich. Langsamer. Sie versuchte es wieder und schaffte es, ihre Beine über den Bettrand zu schieben, stellte ihre Füße auf den Boden, spürte, wie geschwächt ihr Körper von der Geburt war, ignorierte das Blut, das an ihren Beinen hinunterlief, und schob sich zitternd Schritt für Schritt vorwärts hin zur Tür. Ich werde dich finden, dachte sie. Ich finde dich, und wenn ich ans andere Ende der Welt kriechen muss. Ich muss dich wenigstens einmal sehen, bevor du begraben wirst. Sie hatte die Tür erreicht, umklammerte die kalte Klinke und drückte sie herunter. Nichts.

Das war nicht wahr. Sie drückte die Klinke wieder und wieder und wieder. Rüttelte so lange an ihr, bis ihr unbändiger Zorn sie verließ und sie an der Tür zusammensackte. Sie war zu schwach, um wieder aufzustehen, legte ihre Arme auf ihren leeren Bauch und wünschte sich, sie wäre mit ihrem Kind gestorben. Ihr letzter Gedanke war, dass Gott eben doch keinen Plan für sie gehabt hatte.

Für ein Nichts wie sie gab es keinen Plan, nur Schmerz.

31. Kapitel

Meine Kehle ist immer noch wie zugeschnürt. Und ich fürchte, den anderen geht es genauso, denn keiner sagt ein Wort.

Einer von uns soll sterben.

Und wir sollen es selbst bestimmen.

So eine Entscheidung können wir nicht treffen, unter keinen Umständen.

Wem kann so etwas Grausames einfallen? Und warum?

Das Krachen des Lautsprechers lässt uns alle zusammenzucken.

»Ihr wisst, was zu tun ist«, sagte die Stimme. »Jetzt wird sich zeigen, wie fest ihr als Gruppe schon zusammengewachsen seid.«

Das Lachen, inzwischen schon grausam vertraut, dann wieder ein Knacken und die Stimme erlischt.

Toms Kopf wackelt mehr denn je, dann fängt er an zu schreien. »Ich kann das nicht! Ich kann das nicht tun! Das kann er nicht von uns verlangen!«

Sophia schluchzt leise vor sich hin.

Ich krieche zu Tom hinüber, der immer noch brüllt. »Er ist weg, Tom. Er wird dir nicht mehr antworten.«

Er zittert, seine langen Haare fallen ihm wirr ins Gesicht, aber als ich ihm über den Rücken streicheln will, schiebt er mich wieder weg, wie schon vorhin bei dem Videodreh. Ich verstehe, was er fühlt.

Philipp ist am gefasstesten von uns. Nur seine Kiefer sehen so angespannt aus, als würden sie gleich durchbrechen. Seine Zähne mahlen unentwegt.

»Es wird keine Entscheidung darüber geben, wer von uns zuerst sterben soll«, beschwöre ich sie. »Weil niemand von uns stirbt.«

»Ach ja?«, braust Sophia auf und blickt mich mit tränennassem Gesicht an. »Wenn du nicht wärst, würden wir hier vielleicht gar nicht sitzen. Du hast als Einzige gewusst, dass hier etwas faul ist, und uns nicht gewarnt, sondern dein eigenes Süppchen gekocht.«

Ihre Worte schnüren mir die Kehle zu und ich spüre, wie Tränen hochsteigen. Ich wische mir mit dem Ärmel der karierten Bluse die Augen. Einen Plan, Emma, du brauchst einen guten Plan! Unwillkürlich taste ich nach dem Medaillon, als ob es mir helfen könnte.

»Du glaubst doch selbst nicht, was du da sagst.« Jetzt entlädt sich auch Philipps Wut und Hilflosigkeit. »Emma trifft überhaupt keine Schuld, genauso wenig wie einen anderen von uns. Und nachdem, was Emma über deinen Vater ...«

»Lass meinen Vater aus dem Spiel.« Sophie weint immer lauter. »Wir wissen überhaupt noch nicht, ob das nicht alles eine einzige Lüge ist. Schließlich hat Emma ihren Vater nie gesehen, oder?«

Ich senke den Kopf. Das ist richtig.

»Die Entscheidung«, sagt Tom mit Grabesstimme.

»Keine Entscheidung«, erwidere ich und weiß nicht, woher ich diesen Mut nehme. »Wir machen es einfach nicht. Wir treffen sie nicht.«

Es knackt im Lautsprecher. »Bravo«, hören wir Homer sagen. »Keine Entscheidung ist auch eine Entscheidung. Dann trifft es eben gleich alle.«

»Nein«, schreie ich los und mit mir die anderen, aber das Mikrofon wird wieder ausgeschaltet. Was jetzt? Macht er sich jetzt auf den Weg hier herunter, um uns ... zu erschießen?

Ich sehe auf Sophia. Ihr Gesicht ist wieder ganz leer, wie vorhin bei dem Video.

»Es geht nicht«, sagt sie monoton. »Es geht nicht. Sie braucht mich. Meine Mutter braucht mich. Sie sitzt im Rollstuhl und versucht, immer fröhlich zu sein, damit mein Vater sich keine Sorgen machen muss. Ich bin die Einzige, bei der sie einfach nur sie selbst sein kann. Wer ist noch für sie da, wenn ich tot bin?« Sophias Stimme bricht ab. Ich greife nach ihrer Hand und sie drückt sie.

»Philipp?«, flüstere ich in der Hoffnung, dass ihm etwas einfällt. »Was können wir tun?«

Er zerrt hilflos an seinen Fesseln, kommt auf die Knie, aber seine Versuche sind so eindeutig zum Scheitern verurteilt, dass ich kaum hinsehen kann.

Sophia neben mir sackt immer mehr in sich zusammen und sieht aus wie das perfekte Opferlamm. Und das macht mich so wütend, dass ein Entschluss in mir aufkeimt.

Mir reicht es. Ich habe es so was von satt, immer nur auf die Sachen zu reagieren, die mir hingeworfen werden, ich will endlich etwas tun.

Ich hole tief Luft. Nach vorn schauen, hat Mam gesagt. Nach vorn schauen. Vergiss die Schatten. Ich muss an die Stimme denken, die ich vorhin gehört habe, die gesagt hat, mir wird nichts passieren. Hoffentlich war das wirklich mein Schutzengel und nicht nur eine Halluzination.

»Sophia, beruhige dich. Wir können sehr wohl eine Entscheidung treffen, wer gehen soll. Oder zumindest ich kann sie treffen.«

»Was?« Philipp und Tom wenden sich mir zu. Sie scheinen nicht richtig zu begreifen. »Was meinst du damit?«

»Hier im Camp war ich immer diejenige, die fotografiert wurde. Ich habe Sophia gefunden, ich bin mit Filmblut überschüttet worden, jemand hat mir K.-o.-Tropfen eingeflößt, um mir Stigmata zu schminken. Sophia hat recht. Es geht einzig und allein um mich. Und deswegen werde ich gehen.« Ich schlucke. Ich fühle mich keineswegs so mutig, wie ich klinge. »Ihr müsst mir versprechen, wenn ihr es hier rausschafft und ich nicht, dann findet ihr heraus, was es mit dem Tod meiner Mutter auf sich hat.«

»Aber das ist doch Schwachsinn«, braust Philipp auf, als die Tür sich öffnet und Homer hineinkommt. Er wedelt mit seiner Waffe.

»Auf geht's, Leute! Ihr habt es selbst gewollt.«

Ich schüttele den Kopf. »Nein«, sage ich und spüre, wie alles in mir leer wird. »Wir haben doch eine Entscheidung getroffen. Ich gehe mit.«

Er mustert uns, aber weil ich seine Augen hinter der Kunststoffmaske nicht sehen kann, kann ich nicht einschätzen, was in ihm vorgeht.

»Oh, ich sehe schon.« Er lacht in sich hinein. »Eine kleine Drohung bewirkt manchmal Wunder. Aber ist das wirklich eure Entscheidung? Habt ihr sie einvernehmlich getroffen?«

»Nein«, murmelt Sophia, aber das hört Homer nicht. Oder will er es nicht hören?

»Emma, dann komm mit.« Er packt mich am Arm und zieht mich hoch.

In meinen Ohren macht sich lautes Rauschen breit, aber sonst fühle ich mich ganz ruhig.

Unvermittelt wirft sich Philipp vor mich. »Nimm mich mit. Lasst sie in Ruhe.«

»Oh wie edel.« Homer schüttelt den Kopf. »Ein bisschen theatralisch, aber edel. Los, los, los, Emma, trödle hier nicht so rum.«

Sophia weint nun noch heftiger und Tom sieht völlig verstört aus.

Philipp, der vor mir am Boden liegt, spannt alle seine Muskeln an, springt wie ein Leopard vom Boden hoch und hechtet trotz der gefesselten Arme und Beine auf Homer zu, der so überrascht ist, dass er zusammen mit Philipp zu Boden geht. Aber er hat seine Waffe nicht losgelassen. Der Schuss hallt in dem Keller wieder, Sophia schreit auf und Philipp fällt laut stöhnend zurück. Blut schießt aus seinem Arm.

Homer stößt ihn grob von sich und springt auf, die Pistole auf uns gerichtet.

Ich lasse mich auf die Knie fallen, krieche zu Philipp, doch Sophia ist schneller. Philipp blutet stark, auf seiner Stirn glitzern Schweißtropfen und dabei ist er bleich wie tiefgefrorener Blätterteig.

»Keiner bewegt sich, alle zurück«, befiehlt Homer und ich registriere trotz meiner Panik, wie unfassbar gut er sich im Griff hat. »Wer ihm hilft, kriegt auch eine Kugel in den Arm. Ist das klar?«

»Aber ich bin Sanitäter«, sagt Sophia.

»Und ich bin Gott.« Homer zielt mit der Waffe auf Sophia, und als sie sich über das schmerzverzerrte Gesicht von Philipp beugt, lädt er demonstrativ durch.

»Lass«, murmelt Philipp und schiebt Sophia weg von sich.

»Gut so. Da rüber!« Homer zeigt auf die am weitesten von Philipp entfernte Wand und ist erst zufrieden, als Sophia dort mühsam hingekrochen ist. »Also, Emma, beweg dich.«

Wieder zerrt er mich hoch.

Ich suche Philipps Blick. »Danke«, sage ich, »danke.«

»Das reicht!« Homer geht einen Schritt vor, packt mich am Arm und zieht mich Richtung Tür.

Obwohl ich seine Hand deutlich fühlen kann, kommt mir das Ganze plötzlich unwirklich vor. Als wäre ich gar nicht mehr da.

So ähnlich war das, als die Polizisten aufgetaucht sind und mir gesagt haben, dass Mam einen tödlichen Unfall hatte. Das war außerhalb von allem, was ich mir vorstellen konnte. Und es dauerte eine Ewigkeit, bis es in mein Bewusstsein gesickert ist.

Ich werfe den anderen noch einen letzten Blick zu.

Tom schaut mich nicht an. Sophia sitzt an der Wand, die gefesselten Arme auf die Beine gelegt, ihr Oberkörper wiegt sich vor und zurück. Nur Philipp ringt sich ein aufmunterndes Lächeln ab, das mich noch einsamer macht.

Ich umklammere das Medaillon und plötzlich wird mir etwas klar. Als ich am ersten Tag auf den Gipfel gelaufen bin, da war es mir egal. Da war es mir tatsächlich egal, was mit mir passiert. Und selbst vorhin, im Keller, als Homer mich gefangen hatte, hatte ich geglaubt, es würde keinen Unterschied machen. Aber ich habe mich geirrt. Das, was hier oben passiert ist, hat mich verändert. Ich will leben. Und nicht sterben. Keiner von uns soll sterben!

32. Kapitel

Homer drückt mir die Waffe ins Kreuz und treibt mich vorwärts. Die Treppen hoch durch die Küche nach draußen. Die Türen sind wieder offen.

»Los, los, Emma, wir haben nicht den ganzen Tag Zeit.«

Aber ich schon, denke ich verzweifelt, ich brauche alle Zeit der Welt, denn ich will noch nicht sterben. Okay. Sprich mit ihm. Lenk ihn ab.

»Meine Arme und Beine sind gefesselt, noch dazu ist der eine Fuß verletzt. Mehr als Trippelschrittchen sind nicht drin.«

Homer betrachtet mich unschlüssig. »Gut. Dann nehme ich dir die Handschellen ab, so kannst du leichter das Gleichgewicht halten. Deine Füße bleiben gefesselt. Ich werde ganz bestimmt nicht hinter dir herlaufen.«

Er nimmt mir die Handschellen ab und verstaut sie in seiner Mönchskutte.

Ich schöpfe Hoffnung. Mit freien Händen kann ich einen Stock greifen, einen Stein, kann ihn schubsen, schlagen.

Aber er drückt mir wieder die Waffe in den Rücken und treibt mich brutal vorwärts.

»Wo gehen wir überhaupt hin?«

»Wir machen einen Ausflug.«

Einen Ausflug in den Tod. Tick, tick, tick, die Zeit läuft, Emma, du musst handeln. Wenn das heute noch was werden soll, überrasche ihn. Greife an! Aber wie? Soll ich versuchen, ihn zu verführen?

»Ich tue alles, was du willst«, biete ich an.

Homer klingt eher amüsiert als genervt, soweit ich das bei der Stimmenverzerrung beurteilen kann. »Was du nicht sagst.« Er schüttelt den Kopf. »Los, weiter!«

Verdammt! Ich komme überhaupt nicht gegen ihn an. Ich habe keine Idee, was ich noch sagen kann, um ihn davon abzuhalten, mir etwas anzutun.

Die Luft flirrt immer noch in der Hitze, obwohl es schon fast dunkel ist. Zum Glück ist der Mond schon aufgegangen und beleuchtet den Weg, sonst würde ich ständig über Steine und kleine Löcher im Weg stolpern.

Er zerrt mich zur Nordseite und dann den kleinen Weg hinauf zur Kapelle, hinter der wir dann auf einen Forstweg einbiegen, der zwischen den Bäumen hindurchführt.

Homer redet kein Wort mehr und das weckt in mir wieder den Verdacht, dass es doch nicht Sebastian ist, sondern Becker. Denn ich bin sicher, Sebastian würde mit mir reden, irgendwas. Aber zu Becker passt diese brutale Pistole nicht.

Nicoletta hingegen beschäftigt sich mit Opfern und genau das bin ich ja jetzt wohl, ein Opfer. Doch es fällt mir schwer, mir vorzustellen, dass sie uns mit einer Waffe bedroht. Ich muss an ihr freundliches Lachen denken.

Homer treibt mich ständig weiter voran, mir läuft das Wasser in Strömen den Rücken herunter und ich überlege verzweifelt, was ich noch tun könnte, um meine Erschießung zu verhindern. Es kommt mir so irreal vor, so albtraumhaft, als ob es nicht wirklich passieren würde.

Der Weg gabelt sich und wir nehmen den linken Abzweig. Merken, alles merken, damit du wieder zurückfindest. Zurück, ja, zurück, Emma, an etwas anderes darfst du nicht denken!

»Gibt es etwas, was dich umstimmen könnte? Etwas, womit ich dich bestechen könnte?

Schweigen.

»Warum machst du so was?«

Schweigen.

»Wirst du benutzt?« Ich denke an den Zeitungsartikel über die Anklage gegen Sebastian und mir kommt ein plötzlicher Geistesblitz. »Steckt dahinter vielleicht jemand, der dich erpresst?«

Homer bohrt mir den Lauf der Pistole in die Brust. Endlich eine Reaktion.

»Wenn du nicht endlich den Mund hältst, stirbst du hier auf der Stelle.«

Vor uns taucht ein lang gezogenes, weiß gekalktes Gebäude mit einem Holzdach auf. Daneben liegt ein eingezäuntes Wiesengrundstück, auf dem Holzscheite zu einem großen Haufen aufgeschichtet sind. Das Haus sieht wie ein Viehstall aus, aber als wir näher kommen, erkenne ich im dämmrigen Licht gerade noch die Drahtseile. Die Seilbahnstation.

»Was machen wir hier?«

»Es ist nur zu deiner Sicherheit.«

Tot ist man sicher, kein Zweifel.

Die Seilbahn wird von einer grün lackierten Stahlkonstruktion gehalten. Im Inneren des Gebäudes gibt es metallene Wandschränke, Podeste und Motoren und natürlich den Einstiegsbereich zur Gondel, ein sogar im Dämmerlicht leuchtendes hellblaues futuristisches Ei mit winzigen Fenstern, das höchstens vier Personen transportieren kann.

Ich sehe mich verzweifelt nach etwas um, mit dem ich mich gegen Homer wehren könnte. Wenn es mir gelingen würde, ihn zu überwältigen, um dann mit der Gondel ins Tal zu flüchten, könnte ich Hilfe holen und uns alle retten.

Wäre, würde, könnte.

Ein völlig blödsinniger Plan, denn er ist der Mann mit der Waffe und ich das gefesselte Mädchen mit einem kaputten Knöchel.

Für Homer ist es ein Leichtes, mich in die Gondel zu zwingen, er schubst mich brutal mit der Waffe in der Brust hinein, schließt die enge Kabine von außen ab, legt einen Sicherheitsriegel vor und winkt mit der Pistole, als wäre das alles ein guter Witz. Dann verschwindet er.

Erst jetzt merke ich, dass es hier nur so beengt ist, weil jemand am Boden unter der Bank liegt.

Jemand liegt unter der Bank?

Mir läuft eine Gänsehaut über den Rücken, niemand liegt zum Spaß in einer Gondel am Boden unter der Bank.

Ich muss mich bücken, um zu erkennen, wer es ist. Ich halte die Luft an und bete, dass es nicht Nicoletta ist.

Es ist jemand, der sehr viel Blut in seinen dunklen Haaren hat, jemand, den ich das letzte Mal im Waschraum gesehen habe.

Mein Verstand weigert sich, es zu verstehen, aber als es mir dann unwiderruflich klar wird, verwandelt sich mein Herz in einen Zug, der immer schneller über die Gleise rattert, meine Beine zittern und ich muss plötzlich dringend aufs Klo. Ich bücke mich zu ihm, schäme mich, weil ich ihm so unrecht getan habe, und streiche über sein Gesicht, das immer noch so schön ist wie das eines Engels.

Ein Engel des Todes.

33. Kapitel

Ich kann es immer noch nicht fassen, dass Sebastian tot ist. Es kommt mir so falsch vor, dass er hier am Boden liegt wie Abfall, und ich wünschte, ich könnte etwas tun, um ihm mehr Würde zu verleihen. Gleich nachdem mich Homer hier drin eingesperrt hat, habe ich Sebastians Handgelenk genommen und seinen Puls gefühlt, weil ich etwas tun wollte, tun musste, auch wenn mir die ganze Zeit klar war, dass es für jede Hilfe schon zu spät war.

Ich versuche zu verstehen, was geschehen sein könnte. Als Letztes habe ich Sebastian im Streit mit Nicoletta gesehen und ich bin automatisch davon ausgegangen, dass sie in diesem Streit den Kürzeren gezogen hat. Schließlich war er viel stärker als sie. Diese Blutspritzer im Bad an den Kacheln, am Becken, müssen von Sebastians Kopfverletzungen stammen, aber ich kann mir beim besten Willen nicht vorstellen, dass Nicoletta ihm das angetan hat. Oder vielleicht Becker? Aber der war auf der Treppe, als die beiden im Bad gekämpft haben.

Doch das würde bedeuten, dass es noch jemanden im

Hintergrund gibt, den wir gar nicht kennen. Ich erinnere mich an den Kontrollraum, in dem ich Becker noch auf der Treppe gesehen habe. Nachdem ich dann herauskam, war er plötzlich verschwunden. Was ist mit ihm geschehen?

Ich muss aus dieser Gondel raus, muss zurück zu den anderen, bevor sie so enden wie Sebastian jetzt. Aber die Fenster sind so winzig, dass sich nicht mal ein Zwerg hindurchquetschen könnte. Und was, wenn Homer zurückkommt? Wenn das nur eine kurze Verschnaufpause ist, bevor er mich doch noch erschießt? Ich brauche eine Waffe, irgendetwas, womit ich mich verteidigen kann. Mein Blick fällt auf Sebastian. »Verzeih mir«, flüstere ich und mache mich daran, seine Hosentaschen zu durchsuchen.

Aber dazu muss ich ihn etwas zur Seite hieven, und weil meine Füße immer noch gefesselt sind, stürze ich dabei. Die Gondel gerät ins Wanken.

Seine Hosentaschen sind so eng, dass ich mit Fingern kaum hineinkomme. In der einen finde ich einen Fünfzigeuroschein und ein Feuerzeug, in der anderen einen großen Schlüsselbund mit jeder Menge Schlüssel dran. Und einem Anhänger. Einem roten Schweizer Taschenmesser-Schlüsselanhänger, winzig zwar, aber trotzdem mit jeder Menge Werkzeuge und Messer. Eine große Klinge, kleine Klinge, einen Korkenzieher und Dosenöffner, außerdem Pinzette, Zahnstocher, Schere, Mehrzweckhaken und Mini-LED-Lampe. Die Lampe schalte ich gleich an, denn hier drin ist es mittlerweile stockdunkel.

Ich schiebe Sebastian so weit und so sanft wie möglich von mir, dann bücke ich mich herunter und fange an, mit der Minischere die Kabelbinder an meinen Knöcheln zu bearbeiten. Mein verletzter Fuß fängt dabei wieder an zu stechen und zu pochen, aber das hält mich nicht auf. Ich beiße die Zähne zusammen, versuche, das Zittern in meinen Händen zu unterdrücken, und schaffe es.

Meine Füße sind frei.

Jetzt muss ich noch hier raus und dann nichts wie zurück ins Schloss und die anderen befreien.

Aber wie bekomme ich den Riegel draußen auf? Die Fenster. Auch wenn die winzig sind, könnte ich mit einem Arm hindurchgreifen, vorausgesetzt, sie ließen sich irgendwie öffnen.

Immer wieder fällt mein Blick auf den toten Sebastian und mein Tun kommt mir pietätlos vor, aber ich bin mir sicher, er würde mich verstehen.

Die Scheibe fühlt sich wie Glas an, was mich mit Hoffnung erfüllt. Selbst wenn sie wie bei einem Auto aus Sicherheitsglas besteht, ist sie nicht unzerstörbar. Als ich mit der Faust dagegenschlage, passiert nichts, außer dass die Gondel wieder ins Schwanken gerät.

Es knackt nicht mal. Wahrscheinlich ist meine Faust nicht hart genug. Ich brauche so etwas wie einen Stein und ein Brecheisen.

Ich schaue mich um, doch hier sind nur Sebastian und ich. Ich versuche es mit dem Schlüsselbund, aber er hat nicht genug Durchschlagskraft. Da bleibt mein Blick an Sebastians Gürtelschnalle hängen. Wenn ich die Eisenschnalle mit Wucht gegen das Glas schwinge, könnte es klappen. Ich zögere einen Moment, dann versuche ich, den Gürtel aus seiner Hose zu ziehen. Ich komme mir wie ein Leichenfledderer vor, gebe aber trotzdem nicht auf, ich muss verhindern, dass es noch mehr Leichen gibt, ich muss, ich muss, ich muss.

Schließlich hab ich es geschafft. Ich wickele das Leder ein paarmal um mein Handgelenk. In der kleinen Kabine kann ich nicht groß ausholen, aber ein bisschen. Ich nehme einmal Schwung, zweimal, dreimal und dann schleudere ich die Gürtelschnalle mit voller Kraft gegen das Fenster.

Es passiert alles auf einmal: Die Gondel gerät so extrem ins Wanken, dass sich sogar Sebastians Körper bewegt, es klirrt und das Glasfenster zersplittert in Einzelteile, Splitter sind überall, auch in meinem Gesicht.

Egal. Ich reiße den Kittel ab, den ich immer noch trage, wickele ihn um meine Hand, breche das restliche Glas aus dem Rahmen, quetsche meinen Arm hindurch und versuche, den Außenriegel zu erreichen. Im ersten Anlauf scheitere ich, ich muss viel näher an das Fenster.

Endlich bekomme ich den Riegel zu fassen, ich ziehe ihn hoch, erwarte, dass er klemmt, aber er hebt sich überraschend leicht und ich kann die Tür öffnen.

Ich stecke den Schlüsselbund und das Feuerzeug ein, lege den Gürtel auf Sebastian und verspreche ihm, dass ich mich um ihn kümmern werde.

Dann springe ich aus der Gondel und atme gierig die etwas kühlere Luft ein, leuchte mit Sebastians Lampe vor mich, dann humpele ich los, während ich darüber nachdenke, wie ich so schnell wie möglich zurück zum Schloss gelangen kann.

Ich verfluche meinen Knöchel, der mich bremst, und versuche, den Schmerz zu ignorieren, was mir immer besser gelingt, je weiter ich vorankomme.

Während ich mich voller Hoffnung vorankämpfe, fällt mir siedend heiß ein, was ich nicht bedacht habe. Die Kameras, die Monitore! Ich kann mich dem Schloss gar nicht nähern, ohne dass ich entdeckt werde, und das wäre das Ende meiner Befreiungsmission.

Ich spüre, wie mir mein Hirn zu diesem Thema irgendetwas sagen will, aber ich komme nicht drauf, was es sein könnte. In jedem Fall hat es etwas mit dem zu tun, was passiert ist. Nur ist inzwischen so viel passiert, dass ich einfach nicht mehr alles filtern kann.

Ich stolpere ständig, weil ich viel zu schnell laufe, die lächerliche Bluse und der Faltenrock hängen ungeachtet der Nachtkühle wie nasse Lappen an mir. Trotzdem treibe ich mich weiter an, aber ich merke, dass ich heute noch nichts gegessen und nur sehr wenig getrunken habe. Dauernd geht mir die Puste aus und ich muss immer wieder stehen bleiben und einen Moment verschnaufen. Also, was ist es, was da in mir rumort und ans Licht will? Womit hat es zu tun?

Mit der großen Liebe, die Mam in dem Buch beschreibt? Daran habe ich seit gestern Nacht nicht mehr gedacht, weil so viel passiert ist. Es war eine verbotene Liebe. Aber das ist es nicht, was mich umtreibt.

Ich bin wieder an der Kapelle angekommen, die in der Dunkelheit wie ein Schutzhäuschen aussieht.

Schutz, den wir alle dringend nötig haben. Und da endlich wird mir klar, was die ganze Zeit durch meinen Kopf gespukt ist.

Die Kapelle bietet Schutz vor Regen.

Sebastian!

Er war nicht nur verstört, als er in der Kapelle aufgetaucht ist, er war auch trocken. Vielleicht gibt es einen geheimen Weg, der das Schloss mit der Kapelle verbindet?

Je länger ich über das Schloss und seine geheimen Kammern nachdenke, desto einleuchtender finde ich den Gedanken. Ganz bestimmt wollten die feinen Herrschaften früher bei Schnee und Eis direkt vom Schloss zum Gottesdienst gehen, ohne die Säume ihrer Kleider zu beschmutzen.

Mein Herz beginnt, aufgeregt zu flackern, und schöpft wieder Hoffnung. Einerseits wäre so ein Geheimgang großartig, weil ich die Kameras umgehen könnte, andererseits weiß ich nicht, wo der Gang endet und wo genau ich herauskomme. Aber dieses Risiko muss ich eingehen. Doch, Moment, das ist schon wieder zu weit gedacht. Ich muss überhaupt erst noch Beweise für meine Theorie finden, sprich den Eingang.

Ich schlüpfe in die dunkle Kapelle und bin überrascht, sogar jetzt noch das goldene Schimmern der Sonne vom Altar zu erkennen. Für einen Moment schließe ich die Augen und versuche, mich zu erinnern. Ich lag dort drüben auf der Kirchenbank und Sebastian kam vom Altar. Der Sebastian, der mit eingeschlagenem Schädel tot am Boden der Gondel liegt.

Aber daran darf ich jetzt nicht denken, sondern nur daran, wie ich die anderen aus dem Keller herausbekomme, bevor ihnen das Gleiche passiert wie ihm.

Von den Kirchenbänken aus wirkt es, als ob der Altar direkt an der Kapellenwand steht, aber aus der Nähe merke ich, dass sich auf der linken Seite eine Lücke auftut, durch die man hinter den Altar schlüpfen kann.

Die Wände dort sind mit dünnen Wandteppichen behängt, die Szenen aus dem Leben der Heiligen Jungfrau zeigen.

Ich leuchte voller Hoffnung hinter jeden Teppich und finde – nichts! Ich vergewissere mich noch einmal, aber die Teppiche hängen nicht dort, um eine Tür zu verbergen, sondern sie dienen nur der Dekoration. Wenn es keine Tür in der Wand gibt, bleibt lediglich der Boden.

Leider ist hinter dem Altar nichts zu sehen. Der Boden besteht aus genau demselben grünlich roten Marmor wie der Altar, da ist keine Ritze, nichts. Offensichtlich verschwende ich hier kostbare Zeit.

Ich erinnere mich daran, dass viele Kirchen eine Krypta haben, eine Art Keller unter dem eigentlich Altarraum. Die Kapelle hier scheint mir für so etwas zwar zu klein zu sein, aber trotzdem gehe ich auf die Knie und suche mit Sebastians Taschenlampe alles um mich herum ab.

Doch erst als ich das Altartuch anhebe, entdecke ich die kleine Tür im Boden. Ich öffne sie und leuchte hinein, sie führt zu einer Treppe. Ich kann nur gebückt durch die Tür klettern, wobei sich mein lädierter Knöchel wieder bemerkbar macht.

Überrascht sehe ich, dass hier unten von irgendwoher Licht kommt. Ich muss vorsichtig sein. Licht bedeutet vielleicht, dass ich nicht alleine bin.

Behutsam gehe ich die Treppe nach unten. Doch mit jeder Stufe, die ich abwärtssteige, gerät mein Herz mehr ins Stolpern und etwas schnürt mir die Kehle zu. Nur langsam dämmert mir, dass es nicht von der Angst kommt, die mich immer stärker überflutet. Nein, es liegt an der kühlen Luft, die ich atme, und dem Geruch darin. Er wird immer deutlicher, je weiter ich die Stufen hinuntergehe. Hier riecht es nicht nur nach Erde und Staub und Wachs, nein, die Luft hier unten duftet viel mehr noch nach grüner Mandarine und Handcreme in dieser einzigartigen Mischung, die nur meine Mutter verströmt.

34. Kapitel

Mam! Mam! Voller Hoffnung steige ich die letzten Stufen herab. Vielleicht hält man sie hier gefangen? Vielleicht war Sebastian deshalb so verstört? Weil meine Mutter mit ihm gesprochen hat und ihm klar wurde, dass er sie freilassen muss? Vielleicht musste er sterben, weil er sie entdeckt hat?

Ich möchte nach ihr rufen, aber etwas hält mich zurück.

Auf der letzten Stufe drehe ich mich um. Von drei schmalen Oberlichtern kommt etwas Licht in den niedrigen Raum, der von sechs glatten Säulen gestützt wird. In der Mitte des eiskalten Raums befindet sich ein kleiner Altar, auf dem große dicke Wachskerzen brennen, deren flackernder Widerschein die gewölbte Decke der Krypta erhellt.

Es ist viel zu gefährlich, hier unbeaufsichtigt Kerzen brennen zu lassen. Also muss jemand hier sein, der auf die Kerze achtet. Meine Mutter! Sie lebt und sie muss hier sein. Aber warum ist es dann totenstill? Ich höre nur meinen eigenen heftigen Atem.

Zögernd gehe ich weiter. »Mam«, rufe ich jetzt doch, »Mam?« Doch es bleibt still.

In die Wände sind Nischen eingelassen und in ihnen stehen alte steinerne Särge. Alle Nischen sind dunkel, bis auf eine einzige, die von unzähligen Kerzen erhellt wird.

Alles zieht mich dorthin. Alles möchte, dass ich weglaufe. Denn es ist immer noch totenstill. Niemand außer mir atmet.

Wachs tropft auf den Steinboden.

Die Kerzen flackern.

Noch ein Schritt.

Dann erlöschen alle meine Hoffnungen, denn das ist sie. Sie ist wirklich hier, sie liegt nicht am Grunde des Sees.

Ich beuge mich näher zu ihr hin, um ganz sicherzugehen. Ihre Augen sind geschlossen, ihr geschminkter Mund ist entspannt. Auf den ersten Blick sieht sie aus, als würde sie schlafen, aber sie hat dabei nie ihre Hände über ihrem Bauch gefaltet, als ob sie beten würde.

Sie hat nie einen blauen Umhang getragen und auch kein solches bauschiges gelbes Seidenkleid, nie waren ihre Haare zu einem solchen Kranz geflochten.

Nie hat sie ihre Nägel poliert und nie hat sie so wunderschön funkelnden Schmuck um ihren Hals getragen.

Jemand hat sie zurechtgemacht wie eine Königin. Wie die Königin des Himmels.

Aber das ist sie nicht.

Diese wunderschöne Tote ist meine Mutter.

Ich greife nach ihrer Hand, Mam, ich will, dass du mich hältst. Ihre Finger fühlen sich viel weicher an als früher, aber sie sind so grauenhaft kalt, dass ich zurückzucke, und erst in diesem Moment durchdringt mich voller Wucht die Erkenntnis, dass sie wirklich tot ist, dass es vorbei ist. Alles vorbei ist.

Tränen laufen über meine Wangen und ich schluchze haltlos, dann nehme ich wieder ihre Hand und umfasse sie jetzt, als ob ich ihr etwas von meiner Wärme abgeben könnte. Ich wünschte, ich könnte ihr all das sagen, was ich nie gesagt habe, wünschte, ich könnte alle hässlichen Worte ausradieren, die ich ihr an den Kopf geschleudert habe, könnte mit ihr in der Zeit zurückreisen.

Ich lege meine Stirn in ihre Hand, denn mein Kopf wird so schwer, schwer wie mein Herz, das mich in einem schwarzen öligen Meer von Fragen und Vorwürfen ertränkt.

Wie ist sie hierhergekommen? War sie freiwillig hier und hätte ich sie noch retten können?

Hat sie während des Unwetters noch gelebt? Warum habe ich nicht gespürt, dass sie hier war?

Auf einmal entzündet sich dieses ölige Zeug in meinem Körper und fängt an zu brennen. Ich möchte sie anschreien, weil sie mich belogen hat, möchte sie wach schlagen, möchte sie in den Arm nehmen und um Verzeihung bitten und vor allem möchte ich, dass jemand bezahlt für ihren Tod. Teuer bezahlt.

Und dann wird mir klar, dass ich keine weiteren Tode mehr zulassen darf. Es ist genug, dass sie sterben musste, dass Sebastian tot ist.

Ich muss so schnell wie möglich zurück zum Schloss

und dafür sorgen, dass alle freikommen. Aber wie kann ich sie hier unten allein lassen, jetzt, nachdem ich sie gefunden habe?

Emma, los, mach schon, geh schon, ich werde hier auf dich warten.

Ich höre es förmlich, wie sie es mir zuflüstert. Hin- und hergerissen lege ich ihre Hand zurück auf den Bauch zu der anderen Hand. Doch dabei erregt etwas meine Aufmerksamkeit. Langsam und mit angehaltenem Atem drehe ich ihre Handinnenseite nach außen und da entdecke ich sie. Ihre alten Narben, von denen ich jetzt erst weiß, was sie wirklich bedeuten. Sie erscheinen mir dunkelrot und es sieht für mich so aus, als würde frisches Blut aus ihnen heraustropfen. Aber das ist natürlich nur Einbildung, denn meine Mutter ist tot.

35. Kapitel

Die Wut brennt in meinem Inneren, als ich mich auf den Weg zum Schloss mache, um die anderen zu retten. Sie allein hält mich in Gang und überlagert die Trauer, dazu habe ich später noch Zeit, mein Leben lang habe ich noch Zeit.

Die Tür habe ich an der Rückseite der Krypta entdeckt, sie hatte kein Schloss. Modriger Geruch schlägt mir entgegen, und als ich jetzt in den Gang hineinleuchte, blitzen mir glänzende Tieraugen entgegen, die schnell aus dem Lichtkegel wegtauchen.

Es ist ein sehr schmaler Gang, durch den nur eine Person hindurchpasst. Die Wände sind aus Ziegelsteinen, der Boden riecht nach Erde und ist sehr uneben.

Je tiefer ich hineingehe, desto mehr umschließt mich der Gang wie ein viel zu enger Neoprenanzug und schnürt mir die Luft ab.

Während ich versuche, nicht zu stolpern, habe ich das Gefühl, es geht bergab. Das ist gut, dann stimmt zumindest die Richtung, denn die Kapelle befindet sich oberhalb des Schlosses.

Der Gang endet vor einer schmalen Tür. Ich lege die Hand auf die Klinke und traue mich kaum, sie herunterzudrücken.

Wenn ich nur schon wüsste, was mich dahinter erwartet. Aber dann gebe ich mir einen Ruck. Ich habe keine Zeit zu verlieren, wer weiß, was man Tom, Philipp und Sophia in der Zwischenzeit angetan hat. Die eiserne Klinke fühlt sich sehr kalt in meiner Hand an.

Sehr langsam, um nur ja kein Geräusch zu machen, drücke ich die Eisenklinke der Tür nach unten, öffne sie einen Spalt, halte die Luft an und spähe vorsichtig hindurch.

Es ist stockdunkel, offensichtlich liegt dahinter ein weiterer Gang, aber die Luft ist etwas frischer.

Ich höre nichts außer dem leichten Wimmern, das ich schon in der ersten Nacht gehört habe und das mir jetzt keine Gänsehaut mehr verursacht. Es ist, als ob all die Toten mir die Augen dafür geöffnet hätten, wovor man sich wirklich fürchten muss und was nur Schein ist. Das Wimmern ist nichts weiter als das Geräusche eines alten Hauses. Und es sagt mir, dass ich hier richtig bin, ich bin tatsächlich im Keller des Schlosses gelandet.

Ich leuchte mit der Taschenlampe alles ab. Das Licht schalte ich nicht ein, einige der Kellerkorridore waren auf den Monitoren zu sehen.

Wahrscheinlich ist Homer im Kameraraum, weil er dort alles unter Kontrolle hat. Das heißt, ich muss zuerst dorthin, denn erstens weiß ich nicht, in welchem Raum die anderen sind, und zweitens, selbst wenn ich sie finde und mit Sebastians Schlüsselbund raushole, könnten Homer oder seine Komplizen uns auf einem Monitor sehen und unsere Flucht verhindern.

Gerade als ich diesen Entschluss gefasst habe, spüre ich, wie sich etwas sehr Kaltes zwischen meine Rippen bohrt. Blitzschnell lasse ich den Schlüsselbund von Sebastian in meiner Rocktasche verschwinden. Hat er es bemerkt? Immerhin ist es stockfinster.

»Emma, ich habe dich unterschätzt. Mein Fehler. Wir gehen zusammen hoch.«

Während mich Homer in den Monitorraum dirigiert, versuche ich, mir über meine Optionen klar zu werden. Homer ist nicht Sebastian, das ist mal klar. Bleiben Nicoletta und Becker. Hätte Nicoletta einen so muskulösen Mann wie Sebastian in die Gondel schaffen können? Möglich erscheint es mir durchaus, wenn ich an die alte Schubkarre im Obstgarten denke. Auch Becker ist kein Riese, eher schmal als kräftig gebaut. Oder es gibt eben doch den oder die großen Unbekannten.

Ich sehe wieder Mam vor mir, so prächtig aufgebahrt wie eine schlafende Maria. Sie ist der Dreh- und Angelpunkt von allem. Homer muss meine Mam furchtbar gehasst haben, wenn er ihr das angetan hat. Könnte ich ihn vielleicht aus der Reserve locken, wenn ich ihn in ein Gespräch über sie verwickele? Ihn zum Reden bringen und dann einen schwachen Moment nutzen, um den Schlüsselbund von Sebastian als Waffe zu benutzen. In einem Selbstverteidigungskurs für Mädchen, in den mich Mam gezwungen hat, habe ich gelernt, wie man einen Schlüsselbund zur gefährlichen Waffe umfunktioniert.

In dem Monitorraum kettet Homer mich mit einer Handschelle an ein Heizungsrohr, aber er geht nicht so brutal vor wie vorhin. Ich muss nicht knien und kann mich setzen, was mich wieder zu der Annahme bringt, dass sich nicht immer die gleiche Person unter der Verkleidung versteckt.

Er kettet nur meine rechte Hand an, und zwar so, dass ich die Monitore sehen kann. Offensichtlich will er mir etwas zeigen.

Und er kommt gar nicht auf die Idee, dass es ein Fehler sein könnte, nur eine Hand zu fixieren. Er denkt, er ist der Schlaueste überhaupt, hält sich für den Größten, obwohl ich ihm doch schon aus der Gondel entwischt bin. Wenn er mich nicht gleich durchsucht, dann kann ich es vielleicht schaffen.

Ich lege meine linke Hand auf die Rocktasche mit dem Schlüsselbund. Ein gutes Gefühl. Ich muss ihn ablenken, meinen Plan durchziehen. Ich schöpfe neue Hoffnung und der Gedanke an meine Mutter in der Krypta entzündet jede Menge Energie in meinem Körper. Sie würde wollen, dass ich es schaffe.

»Interessant, nicht?«, fragt er und deutet auf die Monitore.

»Die anderen haben keinen Mumm, seit du weg bist. Keiner versucht mehr, tapfer zu sein. Aber was habe ich erwartet? Man sieht, wessen Kinder sie sind. Da sind wir zwei doch aus anderem Schrot und Korn.«

»Wir?« Er und ich haben nichts gemeinsam. »Es gibt kein Wir!«

Homer dreht sich zu mir, aber ich kann sein Gesicht nicht sehen, das muss sich ändern.

»Emma, ich habe dich für klüger gehalten. Wir haben sogar sehr viel gemeinsam.«

»Ich habe nichts mit einem verrückt gewordenen Homer Simpson gemeinsam.«

»Da hast du allerdings recht.« Er greift sich an die Maske, als ob er sie ablegen wollte, und ich halte die Luft an, will endlich sehen, wer er wirklich ist.

Plötzlich bricht auf einem Monitor die Hölle los, Sophia, die zur Tür gekrochen ist, liegt auf dem Rücken und schlägt mit den gefesselten Beinen gegen die Tür, was als lautes Dröhnen durch die Lautsprecher zu uns dringt. Von wegen keinen Mumm in den Knochen! Dazu schreit sie wie eine Verrückte und nach einem kurzen Moment fallen Tom und Philipp ein. Gut, denke ich, das ist super, macht weiter so. Mumm, ihr habt doch Mumm!

Damit hat Homer nicht gerechnet, er wirkt plötzlich unschlüssig, als wüsste er nicht, was er als Nächstes tun soll. Er schaut erst zu mir, dann auf das Tastenfeld.

Das ist meine Chance!

Obwohl ich am ganzen Körper zittere, hole ich mit der linken Hand den Schlüsselbund heraus, schaue panisch zu Homer, der genau in der Sekunde seinen Kopf mir wieder zudreht. Ich verdecke den Bund so gut es geht und versuche, ruhig zu atmen, was so schwer ist wie kaum etwas zuvor in meinem Leben.

Oh Gott, ich kann das hier doch nicht.

Homer herrscht die andern an, ob sie gern früher sterben wollen, aber die schreien und brüllen und hören ihm nicht zu.

Homer steht auf und greift zu seiner Waffe, dann dreht er sich zu mir um und rückt seine Maske zurecht. Ich habe das Gefühl, mein Gesicht verrät alles. Denk an Mam, denk daran, was er ihr angetan hat, du musst das schaffen.

»Ich bin gleich zurück.«

Er verschwindet aus dem Raum, ich warte, bis ich ihn die Treppen runtergehen sehe, und klemme den Bund unter dem Kinn ein, klappe die kleine Klinge heraus und stochere damit im Schloss herum. Doch selbst sie ist viel zu dick, sie passt nicht mal ansatzweise in das Schlüsselloch. Verdammt, was jetzt? Ich weiß, man muss irgendwelche Stifte runterdrücken, damit sich das Schloss lösen kann, aber womit? Der Zahnstocher ist zu dünn.

Hektisch starre ich auf den Monitor und sehe, wie Homer unten ankommt und mit vorgehaltener Waffe den Raum betritt. Ich wende mich wieder dem Schloss zu, aber da ertönt ein Schuss, was mich so erschreckt, dass mir der Schlüsselbund aus der Hand fällt, außer Reichweite.

Verdammt!

Ich schaue zum Bildschirm, um zu sehen, ob er jemanden erschossen hat, aber der Monitor ist schwarz.

Ich versuche, wieder an den Schlüsselbund zu kommen, und gehe auf die Knie.

»Noch einen Ton ...« Homers Stimme ist kaum zu hören, verwandelt sich in ein Flüstern und verstummt schließlich ganz. Offensichtlich hat die Kugel die Anlage getroffen.

Ich strecke mich, bis die Handschelle tief einschneidet, aber ich erreiche den Bund nicht.

Es bleibt totenstill, was mir große Angst macht und mich meine Bemühungen verdoppeln lässt.

Ich verändere meine Position, ziehe und zerre, dann endlich gelangt mein gesunder Fuß an den Bund und ich schiebe ihn Millimeter für Millimeter zu mir her, während ich den Bildschirm im Auge behalte. Kalter Schweiß läuft mir den Rücken herunter.

Plötzlich ertönt aus dem Lautsprecher ein unerträglich lautes Fiepen, dann wieder ein Krachen und ich höre ein paar Sekunden Philipps Stimme, danach ist wieder alles still.

Ich habe jetzt jedes verdammte Gerät aus dem elenden Schlüsselbund durchprobiert, bleibt nur noch der Korkenzieher. Ich klappe ihn heraus, meine Hände sind feucht und zittern mittlerweile so, dass ich große Angst habe, das Ding könnte mir gleich wieder aus der Hand fallen.

Ich drehe den Korkenzieher in das Schloss, zumindest geht er rein! Ich halte die Luft an, während ich ihn vorsichtig bewege.

Es klickt, aber ich will mich nicht zu früh freuen. Behutsam ziehe ich an dem Verschluss und kann es kaum glauben, als sich die Handschelle wirklich öffnet. Ich springe auf, mein gesundes Bein ist eingeschlafen, egal. Mein Blick rast zum Monitor, aber ich kann Homer nirgends entdecken.

Entweder er ist schon auf dem Weg nach oben oder noch unten bei den anderen. Dieser Raum hat nur einen einzigen Ausgang und ein Versteck gibt es hier auch nicht. Das Einzige, was ich tun kann, ist, ihn außer Gefecht zu setzen.

Ich greife mir einen der Stühle, stelle mich neben den Plastikvorhang und warte auf ihn. Wut- und Angstwellen laufen durch meinen Körper, in meinem Kopf summt es, ich fühle keinen Schmerz mehr in meinem Fuß, alles ist total angespannt. Ich bin bereit. Bereit zu kämpfen und wegzulaufen.

Da, er kommt, ich höre die Eingangstür, dann quetscht er sich durch die Plastiktüren.

Ich haue ihm voller Wucht den Stuhl in den Rücken und er stürzt, die Waffe fällt ihm aus der Hand und schliddert über den Boden. Ich hechte vor und greife mir die Waffe, dann hocke ich mich neben Homer, zögere nur einen Moment, dann reiße ich ihm die Maske vom Gesicht und bin maßlos enttäuscht.

Seine silberne Brille hängt schief auf seinem Gesicht und hat rote Abdrücke auf der Nase hinterlassen, dort wo die Maske daraufgedrückt hat.

Er blutet nicht und wirkt bewusstlos, aber das ist vielleicht nur ein Trick, vielleicht tut er nur so, als ob er das Bewusstsein verloren hätte.

Mit der Waffe in der Hand schleife ich ihn über den Boden hinüber zu dem Heizungsrohr, was mühsam ist, denn ständig verknäuelt sich die Mönchskutte und bleibt hängen, außerdem ist sein Körper unfassbar schwer. Schweiß tropft auf meine Bluse, läuft mir den Rücken herunter, dann endlich habe ich ihn dort und kette ihn mit meiner Handschelle an. Um nicht den gleichen Fehler zu machen wie er, durchsuche ich seine Mönchskutte, dabei entdecke ich, dass er den Rosenkranz um den Hals trägt, der vorhin auf meinem Bett lag.

Dann nehme ich mir seine Anzughose vor, die er unter der Kutte trägt, und suche nach Werkzeug und auch in der leisen Hoffnung auf ein Handy, aber seine Taschen sind leer, bis auf etwas Glattes in der hinteren Hosentasche. Ich ziehe es heraus und starre fassungslos auf das Bild.

36. Kapitel

Ich richte mich mit dem Foto in der Hand wieder auf. Ich hätte nicht geglaubt, dass mich jetzt noch etwas verstören kann, aber dieses Foto von dem leeren Kindersarg tut es.

In diesem Moment ertönt ein erstickter Laut von der Heizung her. Becker ist zu Bewusstsein gekommen und ich zwinge mich, ihn anzuschauen.

Seine hellen Augen blicken mich so flehend an, dass ich unwillkürlich neben ihm in die Knie gehe.

»Emma, bitte, ich möchte, dass du mich verstehst«, flüstert der Mann, der uns gequält und bedroht hat, der Mann, der so selbstverständlich und interessiert dieses Camp geleitet hat, der Mann, der Nicoletta und Sebastian und alle anderen wie Marionetten in seinem ganz persönlichen Stück geführt hat, der Mann, der ein Mörder ist!

»Dir ist doch klar, warum ich möchte, dass du mich verstehst!«

Verständnislos sehe ich zu ihm hinüber.

»Aber das liegt doch auf der Hand, Emma. Merkst du

denn nicht, was für eine starke Verbindung wir beide haben?«

Mir wird übel. Ich habe keine einzige Verbindung zu diesem Mörder, nicht die allerkleinste. Trotzdem spüre ich ein dumpfes Gefühl in meinem Bauch, ein Gefühl, das mich warnt, ihm keinen Moment länger zuzuhören! Er soll still sein!

Er räuspert sich, eine Träne rollte seine Wange herab. Und ich bin nicht sicher, ob die auch zu seinen Manipulationstechniken gehört oder ob sie echt ist.

Er wischt mit der freien Hand die Träne weg und holt zum ultimativen Schlag aus. »Emma, deine Mutter war auch meine Mutter. Du bist meine Schwester!«

Niemals. Nein!

Fassungslos starre ich ihn an, und während alles in mir aufschreit und ich ihn am liebsten ohrfeigen möchte, will ich doch wissen, was passiert ist, will endlich verstehen. Ich hocke mich neben ihn und er greift mit der nicht angeketteten Hand nach meiner, die ich ihm sofort entziehe, indem ich ein Stück zurückrutsche. Ich lasse mich nicht länger von ihm manipulieren.

»Wie kannst du so etwas sagen?«, flüstere ich. »Wie kannst du behaupten, meine Mutter könnte auch deine gewesen sein?« Unwillkürlich verfalle ich ins Du, als wären wir wirklich verwandt.

Doch schon während ich die Frage stelle, tauchen einige der Puzzlestücke in meinem Kopf auf. Mams große Liebe, die verbotene Liebe, damals muss sie noch sehr jung gewesen sein. Vielleicht ist sie schwanger geworden?

Becker sieht mich unverwandt an, dann schließt er kurz die Augen. »Emma, du weißt so vieles nicht. Aber ... wie sollte ich dir das zum Vorwurf machen? Ich selbst habe Jahre gebraucht.«

»Jahre? Wozu?« Ich versuche, meine Stimme unter Kontrolle zu halten. Ich darf nicht auf ihn hereinfallen, sollte am besten meine Ohren verschließen. Aber wie kann ich das tun, wenn es doch um meine Mutter geht?

»Ich habe Jahre gebraucht, um herauszufinden, wo ich herkomme. Wer meine richtigen Eltern sind.« Becker räuspert sich.

Ich spüre, wie ich innerlich anfange zu zittern. »Dieser Ort – wo sind wir hier?«, bricht es aus mir hervor. Denn damit hängt es zusammen, so viel ist mir klar. Alles hängt an diesem Ort.

Becker schweigt so lange, dass ich schon nicht mehr auf eine Antwort hoffe. »Das Schloss war ein Fürsorgeheim, das von Diakonissen geleitet wurde. Unsere Mutter hat hier einige Jahre gelebt. Und ich bin hier geboren worden.«

Ich fühle mich wie in einem tiefen kalten See. Ein See, in dem ich tiefer und tiefer sinke.

Ich bin hier geboren worden.

Becker spricht jetzt schneller, die Sätze sprudeln nur so aus ihm hervor. »Deine Mutter, unsere Mutter, war erst sechzehn und sie wurde schwer misshandelt. Als sie schwanger wurde, hat man sie eingesperrt und ihr sogar die Nahrung verweigert.«

Ich bin auf dem Grund des Sees angelangt und gefriere zu Eis. Ich kann nicht klar denken. Bilder flackern vor meinem geistigen Auge auf, Bilder, die ich im Schloss gefunden habe. Nein, nicht gefunden, Bilder, die Becker mir zugeschoben hat.

»Später, nach der Geburt, haben sie ihr gesagt, ich wäre gestorben. Sie haben sie in dem Glauben gelassen, ich wäre tot zur Welt gekommen. Sie haben sogar das Kirchenbuch gefälscht, um sie zu täuschen!« Seine Stimme ist jetzt tonlos, ich kann ihn kaum noch hören. »Die Oberin des Heims, Schwester Gertrud, hat nicht einmal davor zurückgeschreckt, mich vor ihren Augen zu begraben. Aber der Sarg war leer. Sie hatten mich längst zur Adoption freigegeben. An echte Christenmenschen.«

Ich höre die Worte, ich verstehe, was sie bedeuten, aber ich bringe sie nicht mit dem Menschen vor mir zusammen.

Ich bringe gar nichts zusammen.

Der verständnisvolle Psychologen-Becker und der grausame Homer, der uns mit der Waffe in Angst und Schrecken versetzt hat. Der verzweifelte Mann, der jetzt vor mir liegt. Und der perfide Verbrecher, der mich drei Tage lang gequält hat. Der Entführer, der Kameraaufnahmen von den anderen gemacht hat, um die Eltern zu erpressen. Der Mörder von Sebastian und meiner Mutter.

Mein Blick fällt auf das Foto mit dem Kindersarg und ich denke an die Plakette unter dem Altarstock mit all den Kindernamen, die nur einen Tag gelebt haben. Sagt er die Wahrheit? Sagt er wirklich die Wahrheit?

Unwillkürlich gehe ich doch wieder neben ihm in die Hocke und betrachte ihn mir genau, aber ich kann beim besten Willen nichts von Mam in seinem Gesicht finden.

»Warum ... hast du?«, flüstere ich und mache noch einen Anlauf. »Meine Mutter ...«

Er schaut durch mich durch. »Ich war wütend auf Agnes. Mein Leben lang war ich wütend auf sie, obwohl ich damals noch gar nicht ihren Namen kannte. Ich dachte, sie hätte mich nicht haben wollen. Aber dann bin ich auf dieses Heim gestoßen. Und auf eine der damaligen Heiminsassinnen, eine berühmte Fotografin, die heute in New York lebt. Sie war die beste Freundin unserer Mutter und von ihr habe ich einen Brief bekommen, der mir die Zusammenhänge geschildert hat.«

»Was hast du Mam angetan?« Jetzt bekomme ich den Satz endlich heraus, weil ich es einfach wissen muss.

Becker greift wieder nach meiner Hand. »Nichts. Das schwöre ich. Oder ...«, er verstummt, »... alles. Ich habe sie dazu überredet, mit mir zusammen Gertrud im Ordenshaus abzuholen. Ich wollte Gertrud dazu zwingen, mit uns hierherzukommen und alles zu gestehen. Sie sollte mir, nein, sie sollte uns hier an diesem Ort erklären, was sie Mutter damals angetan hat, und sie sollte um Vergebung betteln.«

Ich kann es kaum ertragen, dass er von Mam als seiner Mutter spricht.

»Was ist passiert?«, flüstere ich.

»Ich habe die beiden hierher gebracht, aber schon auf dem Weg hat Gertrud uns beleidigt. Hat gesagt, genau das wäre es, was von Agnes' Balg zu erwarten gewesen sei. Unsere Mutter hat sich darüber so aufgeregt, dass ich umkehren und beide in meine Wohnung bringen musste.

Doch Agnes bekam eine so entsetzliche Panikattacke, dass ihr Herz einfach aufgehört hat zu schlagen. Aber sie starb in meinen Armen.« Mit einem kleinen triumphierenden Seufzer wiederholt er: »In meinen Armen!«

In *seinen Armen*, meine arme Mam! Tränen schießen in meine Augen und gleichzeitig schrillen immer noch mehr Fragen und die Bilder durch meinen Kopf.

»Gertrud. Sie war die alte Frau in Mams Auto?«

Beckers eben noch betroffen wirkender Gesichtsausdruck verändert sich schlagartig. Er lächelt wie belustigt wie über einen grausamen Scherz. Und ich kann den Wahnsinn förmlich mit den Händen greifen, der Wahnsinn, der uns die letzten Tage und mich schon seit Wochen in Schach gehalten hat.

»Nachdem deine Mutter tot war, musste Gertrud sterben«, sagt er schlicht. »Jemand musste sie endlich bestrafen, und das habe ich getan. Ich habe sie im See versenkt und ich hoffe, sie hat gelitten!«

Ich möchte ihm sagen, wie unfassbar monströs er ist, aber dann bleiben mir die Worte im Hals stecken, denn plötzlich sehe ich diese Fotos wieder vor mir. Echte Fotos. Die niemand gestellt hat. Die vor vielen Jahren unter Gertruds makabrer Regie entstanden sind. Das Mädchen, das im Waschkeller auf Reis kniet, die misshandelte Puppe, die Kammer, Mams Stigmata und mir läuft ein Schauer über den Rücken.

»Aber was ist mit uns? Was ist mit Tom und Philip und Sophia. Mit mir? Warum hast du uns ausgerechnet hierhergelockt?«

Becker versucht, sich aufzusetzen, dabei sehe ich, dass er eine kleine Kopfwunde von dem Stuhl davongetragen hat, aus der Blut sickert. Sofort habe ich Sebastians zertrümmerten Schädel vor Augen.

»Agnes' Leid war nicht nur Gertruds Schuld. Auch die Eltern der anderen waren damals dabei und haben nichts unternommen. Einfach zugesehen. Sie haben all das Leid verursacht, nicht ich. Und jetzt zahlen die Kinder für die Sünden ihrer Eltern.«

»Die Eltern?« Ich denke an die Videos, die Becker von uns gemacht hat.

Er nickt. »Toms Vater und Sophias Vater waren Erzieher hier in dem Heim. Lorenz und Karl. Ich vermute, einer von ihnen ist auch mein Vater. Philipp ist der Sohn von Ursi, einer Heiminsassin, die gleichzeitig auch die rechte Hand von Gertrud war. Sie hat alle Verfehlungen deiner Mutter an Gertrud gemeldet und darüber hinaus ihr ganzes Leben lang geschwiegen. Genau wie die Erzieher. Sie haben sich nur um sich selbst gekümmert, um ihr eigenes Leben.« Er lacht bitter. »Toms Vater hat sogar eine steile Karriere hingelegt, nachdem er im Kinderheim aufgehört hat.«

»Aber warum die Entführung?«

»Ich habe ihnen ihre Kinder weggenommen. Nichts anderes haben sie damals auch mit Agnes und mir getan. Aber ich war großzügig, ich habe ihnen eine zweite Chance gegeben, habe ihren Kindern im Rahmen eines Spiels die Möglichkeit verschafft, endlich Zivilcourage zu zeigen und Mut. Ich wollte sehen, ob sie etwas gelernt haben.«

Dazu waren also die Inszenierungen mit dem Blut nötig. Für keinen von uns war das ein Spiel. Wir waren nicht einmal wirklich freiwillig hergekommen, sondern hergelockt worden.

»Aber ihre Kinder sind vom gleichen Kaliber. Nur du warst anders! Ich habe den Eltern per Mail Fotos von dir und auch von deinen Stigmata geschickt, um zu sehen, was passiert, ob einer von ihnen sich meldet. Aber nur Karl hat reagiert. Ich musste ihnen also doch die Entführungsvideos schicken, um sie zu einer Reaktion zu zwingen. Ich wollte ja kein Geld, sondern nur, dass sie in die Öffentlichkeit gehen. Alles zugeben, was damals passiert ist und wozu sie immer geschwiegen haben.« Sein Gesichtsausdruck wird nun triumphierend. »Und es hat geklappt. Ausgerechnet Toms Vater, der Feigling, ist als Erster vor die Kameras gegangen. Die ganze Welt hat erfahren, was hier für ein Unrecht geschehen ist. «

Die letzten Worte hat er so selbstgerecht und pathetisch vorgetragen, dass es klar ist, wie egal ihm die Öffentlichkeit ist. Ihm ging es nur um seine eigene Rache. Ohne Rücksicht. Ohne Mitleid. Er handelt genau wie diejenigen, die er angeklagt hat.

»Was ist mit mir?«, flüstere ich. »Warum ich?«

Über sein Gesicht gleitet ein Schatten. »Ich brauchte dich. Du siehst unserer Mutter sehr ähnlich, denn wie gesagt, ich brauchte Fotos, um Philipps, Sophias und Toms Eltern zu überzeugen, dass ich es ernst meine. Doch sie haben genau wie früher stillgehalten und so getan, als ginge es sie nichts an. Erst als die Videos mit ihren eigenen

Kindern kamen, da konnten sie ihre Augen nicht länger verschließen.«

»Das ist nicht alles.« Ich lege all meinen Zorn auf ihn in diese Worte. »Du hast nicht nur Fotos gemacht, du hast mich in Angst und Schrecken versetzt. Gerade mich. Und es hat dir Spaß gemacht!«

Er sieht mich an und auf sein Gesicht tritt ein Ausdruck, den ich nicht deuten kann. Erstaunen? »Aber das verstehst du doch, oder? Du hast dein ganzes Leben mit ihr verbracht. Du hast all die Zeit bekommen, die ich nie hatte.« Er zögert und so etwas wie Bedauern tritt auf seine Miene. »Womit ich aber nicht gerechnet habe – du siehst ihr nicht nur ähnlich. Die Liebe von Agnes – sie zeigt sich auch in deinem Verhalten.« Er schweigt. »Emma, ich habe ... es ist aus dem Ruder gelaufen. Ich konnte mich nicht mehr ... Es tut mir so leid.«

Meine Kehle wird eng. Das ist wirklich mehr, als ich verkraften kann.

Hier liegt mein Bruder, von mir niedergeschlagen, von mir angekettet, ein Mörder, ein Mann, der furchtbare Sachen getan hat. Und ein Meister der Täuschung, der mich jetzt vielleicht gerade wieder manipuliert.

Trotzdem spüre ich, wie sich so etwas wie Mitgefühl in meiner Brust ausbreitet, heiß und quälend strömt es durch meinen Körper, verlangt, dass ich etwas tue, ihm etwas gebe, was er nie bekommen hat.

Unwillkürlich sehe ich den leeren Kindersarg vor mir. Ich verstehe, warum er ein Bild mit Wundmalen von mir wollte. Doch meine Wunden bestanden nur aus Filmblut, waren nur außen, seine Wunden sind viel tiefer und man hat ihm diese Wunden schon zugefügt, bevor er geboren wurde, bevor er seinen ersten Atemzug gemacht hat.

Er hat nie eine Chance gehabt.

Ich kann nicht anders, ich beuge mich zu ihm und umarme ihn, umarme ihn fest und halte ihn, was sonst könnte ich jetzt tun.

Er sträubt sich einen Moment, dann lässt er es geschehen.

Ich beschwöre euch, ihr Töchter Jerusalems, findet ihr meinen Freund, so sagt ihm, dass ich vor Liebe krank liege. Hohelied 5.8.

Agnes betrachtete sich im großen Spiegel ihres ungewohnt luxuriösen Hotelzimmers. Verzweifelt biss sie sich auf die Lippen. Was, wenn ihr Plan nicht funktionieren würde? Dabei war sie so stolz. Zum ersten Mal hatte sie einen Plan für sich, für ihr Leben. Sie wollte das zurück, was man ihr gestohlen hatte. Sie war bereit, es sich zu holen, und Martha hatte ihr dabei geholfen, obwohl sie sie für verrückt erklärt hatte.

»Zur Fotoausstellung in Berlin«, hatte sie am Telefon gefragt. »Und du bist dir wirklich sicher, dass ich ihn einladen soll?«

»Du musst«, hatte Agnes gesagt.

»Du bist verrückt!«, hatte Martha geantwortet

»Das ist ja keine Überraschung für dich«, hatte Agnes geantwortet und aufgelegt und jetzt stand sie hier in Berlin in ihrem Hotel am Savignyplatz und hatte Angst, ihr Plan könnte scheitern. Immerhin war er verheiratet.

Sie strich den Stoff ihres schwarzen Cocktailkleides glatt und drehte sich einmal um sich selbst. Es kam ihr schon sehr gewagt vor, aber die Verkäuferin hatte gesagt, sie könnte das tragen, sie mit ihrem schlanken Hals und der schmalen Taille. Es war aus durchbrochener schwarzer Spitze und vorne hochgeschlossen, aber hinten bis fast zu den Lendenwirbeln v-förmig ausgeschnitten. Allein die Erinnerung daran, wie er seine Hände an ihrem Rückgrat hatte entlangwandern lassen, ließ sie an ihrem Plan festhalten.

Ja, ihre Therapeuten hatten ihr erklärt, dass es keine Liebe gewesen war. Dass er sie, eine Minderjährige, eine Abhängige ausgenutzt hatte, dass er sie im Stich gelassen hatte und dass er ein elender Feigling gewesen war. Aber was wussten sie denn von diesem Sommer, diesem einen einzigen Sommer, der für Agnes genug für ihr ganzes Leben war? Sie hatte erlebt, wie sich Liebe anfühlte, und sie war davon überzeugt, dass nicht viele Menschen das erfahren durften.

Sie ging ins weiß und golden gekachelte Badezimmer und war nicht sicher, ob sie überhaupt Make-up auflegen sollte. Ihre Haare hatte sie, die sonst nie zum Friseur ging, heute in einem von Martha ausgesuchten Salon in Form bringen lassen und sie fand selbst, dass man dort großartige Arbeit geleistet hatte. Ihr üppiges blondes Haar glänzte und war lockig aufgesteckt, einige Strähnen fielen lose über die nackte Haut am Rücken.

Sie betrachtete ihr Gesicht. Sie war älter geworden, ja, das schon, aber sie hatte Glück gehabt, ein paar Linien, ein paar Fältchen und unter ihren veilchenblauen Augen lagen keine Schatten.

Martha, die sie heute zum Frühstück zum ersten Mal seit zehn Jahren gesehen hatte, war sprachlos gewesen. »Du hast dich nicht verändert«, hatte Martha geflüstert und ihr ganzes Glas Sekt in einem Zug ausgetrunken. »Ich meine, es sind jetzt über zwanzig Jahre vergangen, seit wir zusammen aus dem Schloss geflüchtet sind, und trotz all dem, was dir angetan wurde, siehst du immer noch aus wie ein junges Mädchen.«

Agnes lächelte bei der Erinnerung daran, diese Übertreibungen, das war typisch Martha. Sie war attraktiv, aber sie war kein junges Mädchen mehr, und das war auch gut so.

Ein Hauch von Puder und dann werde ich meine Lippen rot schminken, beschloss sie und machte sich daran, aus den neuen Stiften eine Farbe auszuwählen.

Aber die erste Farbe sah auf ihren Lippen aus wie altes Blut, hastig wischte sie sie ab und vermied es, die Narben in ihren Händen zu betrachten.

Sie hatte alle ihre Therapeuten enttäuscht, die in der Klinik und die in der Nachsorge. Alle waren immer wieder zu diesem Punkt zurückgekehrt, aber sie wusste nicht, wie es passiert war, und sie wollte es auch nicht wissen. Ohne die Visionen, die sie in der Kammer gehabt hatte, wäre sie heute tot, so viel stand auch heute noch für sie fest. So tot wie ihr Kind.

Alle hatten von ihr verlangt, dass sie sich zu ihrem Hass bekennen sollte. Hatten ihr Übungen angeboten, bei denen sie schreiend auf Kissen einschlagen und sich vorstellen sollte, das wäre Gertrud, aber sie hatte das nicht gekonnt. Sie empfand keinen Hass, nur Trauer über den Verlust ihres Kindes. Ihres Jungen. Sein Geschlecht immerhin hatten sie ihr beim Begräbnis verraten.

Sie schluckte und zwang sich, wieder an ihren Plan zu denken. Nach vorne schauen!

Doch plötzlich kam ihr noch ein Gedanke. Was, wenn er sich so verändert hatte, dass sie es gar nicht wollen würde? Wenn er ein völlig anderer geworden war?

Nun, dann müsste sie sich einen anderen Plan ausdenken.

Sie atmete tief durch. Das kannst du, Agnes, ganz allein. Und du wirst nicht zulassen, dass deine Vergangenheit Schatten auf dein neues Leben wirft.

Sie war so dumm gewesen, ihrer letzten Therapeutin Frau Lipschinksky von ihrem Plan zu erzählen, hatte gedacht, es würde sie davon überzeugen, dass sie auf dem richtigen Weg wäre, aber das Gegenteil war der Fall. Die Lipschinksky war geradezu in Panik geraten, hatte davon gesprochen, wie unverantwortlich das sei und dass eine erneute Schwangerschaft ganz sicher zu schlimmen Rückfällen oder Panikattacken führen würde. Die Therapeutin hatte auch gefürchtet, Agnes könnte das nur aus Rache tun, um sein Leben zu zerstören.

Aber was wusste sie denn schon? Sie wollte doch gar nicht ihn, sie wollte nur dieses Kind wieder.

Ich tue alles, damit mein Plan gelingt, denn das und nur das ist es, was ich will, dachte sie. Ich will mein Kind zurück. Oder nein, das ist wirklich Unsinn, ich will ein Kind, um neu anfangen zu können.

Ja, das war es, was sie wollte, einen Neuanfang, eine zweite Chance für ein Kind von dem einzigen Mann, den sie je geliebt hatte.

Sie umrandete ihren Mund mit dem Konturenstift und malte ihre Lippen mit einem glänzenden satt himbeerroten Lippenstift aus. Dann warf sie einen Blick auf ihre zarte Armbanduhr. Höchste Zeit, die Schuhe auszusuchen. Er war viel größer als sie gewesen, also schlüpfte sie in die ungewohnt hohen Pumps.

Abermals trat sie vor den Spiegel und diesmal stand sie lange davor. Eine Frau blickte ihr entgegen, elegant, fremd, schön. Ja, so war es richtig. Ihr Plan würde aufgehen. Ihr ganz eigener Plan.

Sie bestellte ein Taxi, griff nach ihrer kleinen Handtasche und machte sich auf zu Marthas Vernissage.

Diese Ausstellung in Berlin hatte Martha auch schon in New York und Los Angeles gezeigt. Es waren Porträts, die sie kurz nach dem Fall der Mauer in Ostdeutschland für die Bildagentur Magnum fotografiert hatte. Sieben Jahre nach dem Mauerfall war es höchste Zeit gewesen, dass diese Ausstellung auch in Berlin gezeigt wurde.

Trotz ihrer Nervosität betrachtete sie die riesigen Porträts eins nach dem anderen und spürte ihre Eindringlichkeit. Die Menschen wirkten so lebendig, als könnten sie jeden Moment aus dem Bild treten und mit ihr sprechen. Manchmal wünschte sie sich, sie hätte ein paar der Bilder, die Martha damals von ihr oder von Karl gemacht hatte. Die meisten hatten sie bei ihrer überstürzten Flucht in ihrem Versteck in der Krypta zurücklassen müssen. Und vielleicht war es auch besser so, denn Marthas Bilder waren entlarvend, man konnte die Seele der Menschen sehen, auch ihre beschädigten Seelen.

Jemand berührte ihren nackten Rücken und stellte sich dicht neben sie. Jemand, dessen Geruch ihr Körper sofort wiedererkannte, noch bevor ihre Augen sein Bild zuordnen konnten. Er lächelte noch genauso jungenhaft wie damals. Ihr Magen zog sich schmerzhaft zusammen, sie zwang sich zu einem Lächeln und reichte ihm die Hand.

»Karl.«

»Du gehörst zu den ganz wenigen Frauen, die mit der Zeit noch schöner werden.«

Er sah nicht schöner aus, nur viel älter als in ihren Fantasien und erfolgreicher. Der dunkle Anzug stand ihm hervorragend. Darunter trug er ein rotes T-Shirt statt eines Hemdes, womit er viel lässiger wirkte als all die anderen Männer. Sie konnte gar nicht aufhören, ihn zu betrachten, sie saugte sein Gesicht geradezu in sich auf.

Kleine Falten hatten sich in seine Stirn gegraben und sein volles Haar war schon sehr weit zurückgewichen. Aber noch etwas hatte sich verändert, das nicht mit seinem Aussehen zusammenhing, sie überlegte, was es sein könnte. Vielleicht wirkte er geheimnisvoller, vielleicht erfahrener, vielleicht verletzter, sie konnte sich nicht entscheiden.

Aber der Ausdruck in seinen petrolblauen Augen und dieses verschmitzte Lächeln waren da wie früher.

»Du warst immer schon so gesprächig«, lachte Karl. »Auch das habe ich an dir gemocht.«

»Bist du verheiratet?«, fragte Agnes, obwohl sie es wusste.

»Schon zum dritten Mal.«

»Oh. Und ist deine Frau auch hier?« Sie sah sich um, als würde sie sie suchen.

»Nein, sie hatte ... einen anderen Termin.« Er zögerte, als ob er noch etwas hinzufügen wollte, ließ es aber dann.

Sie musterte ihn genau. War seine Ehe ein Hindernis für ihren Plan? In diesem Augenblick nahm er ihre Hand, hob sie zu seinem Mund und küsste sie, drehte sie um und küsste dann die Innenseite ihres Handgelenks. »Du warst immer schon so verführerisch«, flüsterte er. »Da ist etwas zwischen uns, Agnes, das ist einzigartig. Trotzdem hätte ich das damals nicht tun dürfen.«

Jetzt sollte er das auch nicht tun, dachte Agnes, er hatte sich nicht geändert, nicht ein bisschen, aber sie.

Und das war auch gut so. Sie spürte, wie alle Aufregung von ihr abfiel, wie seine Gegenwart sie entspannte und ihre Körper schon miteinander redeten. Nichts sonst war jetzt mehr wichtig. Ihr Plan würde gelingen. Sie würde dieses Kind bekommen.

Sie lächelte.

37. Kapitel

Das laute Knacken des Lautsprechers bringt mich zur Besinnung und erinnert mich daran, dass die anderen voller Angst im Keller sitzen und keine Ahnung haben, was hier oben passiert.

Ich löse mich aus der Umarmung, umfasse die Waffe wieder fester und gehe zum Monitorpult. Ich weiß nicht, woher ich die Kraft nehme, nach dem, was ich eben erfahren habe, aber sie ist da. Es ist, als ob mein Körper tut, was getan werden muss. Als ob ein Teil meines Gehirns an Mam denkt und der andere versucht herauszufinden, wo die anderen gefangen gehalten werden.

Die Monitore helfen mir nicht weiter, Becker muss im Keller das Licht ausgeschaltet haben. Ich werfe einen letzten Blick auf ihn, der wie versteinert durch seine Brille zu mir herüberschaut, und vergewissere mich, dass er sich nicht befreien kann.

Dann laufe ich durch das dunkle Treppenhaus nach unten in den Keller, wo ich das Licht einschalte und nach den anderen rufe und an jede Tür hämmere, von der ich glaube, dass sie mich zum Gefängnis der anderen führen könnte.

Dann endlich höre ich sie, meine Hand zittert, während ich einen Schlüssel nach dem anderen ausprobiere.

Endlich habe ich es geschafft und die Tür schwingt auf.

Tom, Sophia und Philipp starren mich einfach nur an. Keiner sagt ein Wort. Sie sehen fürchterlich aus. Philipps Auge ist komplett zugeschwollen, aus seinem Oberarm tropft Blut durch einen provisorischen Verband, den ihm Sophia angelegt haben muss. Sophia wirkt eingefallen wie eine Hundertjährige und Toms verkrustete Lippe hebt sich grausig von seinem Gesicht ab, das so bleich aussieht, als würde er gleich umkippen.

»Wir sind frei«, murmele ich, drücke Tom die Waffe in die Hand und mache mich daran, ihre Fesseln aufzuschneiden. Sie sitzen einfach nur da. Noch immer sagt keiner ein Wort. Dann fange ich an, ihre Handschellen mithilfe des Korkenziehers aufzuschließen, was quälend lange dauert, weil meine Hände so stark zittern.

Immer noch starren mich alle schweigend an wie einen Geist. Nachdem ich es geschafft habe, steht Sophia auf, kommt zu mir, legt ihre Arme um mich und drückt mich an sich, als wolle sie mich nie mehr loslassen. »Du lebst«, flüstert sie. »Du lebst.«

Das ist, als hätte sie eine Schleuse geöffnet, alle Anspannung der letzten Stunden fällt von mir ab und ich muss nicht nur weinen, mein Körper wird geschüttelt von meinem Schluchzen. Ich will etwas sagen, will ihnen erklären, dass ich meine Mutter gefunden habe, dass sie tot ist, dass Becker dort oben sitzt und all diesen Wahnsinn zu verantworten hat, aber ich bringe kein Wort heraus.

Sophia drückt mich noch fester an sich und dann spüre ich, wie sich auch die Arme von Philipp und Tom um uns beide legen, und so bleiben wir stehen, wie ein atmender pulsierender Koloss aus Armen und Beinen, und ich kann gar nicht mehr aufhören zu weinen, auch als Philipp und Tom und Sophia immer abwechselnd sagen: »Schsch, es wird wieder gut, alles wird gut, du wirst schon sehen, alles wird wieder gut. Schschsch.«

Irgendwann zittern meine Beine so, dass ich nicht mehr stehen kann. Und dann bringe ich doch etwas über die Lippen. »Lasst uns hochgehen. Raus aus diesem Loch.«

Philipp und Tom nehmen mich in ihre Mitte. Sophia läuft mit der Waffe voran.

»Ich denke, wir brauchen keine Waffe mehr. Es war Becker. Ich habe ihn angekettet«, stottere ich.

Sie starren mich an und ich wünsche mir verzweifelt, dass sie keine Fragen stellen. Nicht jetzt. Und sie tun mir den Gefallen.

»Wir haben gedacht, du bist tot und wir haben es nicht verhindert!«, sagt Philipp stattdessen. Er greift nach meiner Hand und drückt sie fest.

Wir laufen nach draußen in die Dunkelheit und atmen einfach nur die heiße Sommerluft ein.

Sophia legt ihren Arm wieder um mich. »Danke«, flüstert sie. »Ich habe nicht mehr daran geglaubt, dass wir es schaffen.«

»Leute, wir müssen ein Telefon finden«, sagt Tom und zeigt auf Philipps blutroten Oberarm. »Wir brauchen dringend einen Arzt! Und die Polizei.«

»Okay, fragen wir Becker.« Und obwohl ich ihn gerade noch umarmt habe, habe ich das Gefühl, ich muss die anderen vor ihm warnen. Vor dem, was er ihnen einflüstert. Vor seinen falschen Versprechungen.

Ich führe sie an dem hässlichen Pferdebild vorbei zum Monitorraum. Dort bleiben die drei wie erstarrt stehen und auch mich trifft beinahe der Schlag.

»Unglaublich!«, murmelt Tom schockiert, als er die Monitore sieht, die jetzt alle ausgeschaltet sind. Und mir geht es ähnlich, aber aus einem anderen Grund. Der Platz vor der Heizung ist leer.

Becker ist weg.

»Das gibt es doch gar nicht!« Ich laufe zu den Handschellen, die eine ist noch an das Rohr gekettet, die andere steht offen.

»Er hat ganz sicher kein Werkzeug in der Hosentasche gehabt, ich habe ihn gründlich durchsucht.«

Was ist hier passiert? Ob es sein kann, dass ich vorhin mit dem Korkenzieher das Schloss von den Handschellen kaputt gemacht habe? Oder gibt es ihn doch, den Komplizen, den großen Unbekannten? Plötzlich fällt mir Nicoletta wieder ein. Wo war sie die ganze Zeit?

Eine Gänsehaut läuft mir über den Rücken.

Dann entdecke ich einen abgerissenen Brillenbügel auf dem Boden, hebe ihn hoch und stecke ihn in das Schloss. Es geht ganz leicht. Aber das überzeugt mich noch nicht. Wie konnte ich nur Nicoletta einfach vergessen? Es erscheint mir unwahrscheinlich, dass Becker Sebastian alleine in die Gondel geschafft hat. Also wo ist sie?

Ich informiere die anderen flüsternd über meinen Verdacht.

»Wir müssen so schnell wie möglich hier weg«, sagt Tom. »Die Seilbahn. Philipp und ich wissen, wo sie ist. Wir haben dort Holz gehackt.«

Ich verdränge das Bild von Sebastians blutigem Kopf in der kleinen Kabine.

»Ich weiß nicht, ob wir noch so viel Zeit haben.« Sophia zeigt auf den Oberarm von Philipp, aus dem jetzt wieder Blut heraustropft. Beklommen schauen wir uns an. Sie hat recht.

»Aber hier gibt es kein Telefon. Ich habe alles durchsucht.« Doch im gleichen Moment fällt mir ein, dass ich Sophias Handy unter einem der Bottiche in dem Kellerraum versteckt habe, in dem ich allein eingesperrt war.

»Wir müssen in den Keller«, sage ich und informiere die anderen über das Telefon.

Wir laufen los und bleiben dicht zusammen, immer die Waffe im Anschlag, Becker kann überall lauern. Wir sind zwar zu viert, aber ich habe den Wahnsinn in seinen Augen gesehen und weiß, wozu er fähig ist.

Noch einmal geht es in den verhassten Keller, noch einmal durch die Gänge, von denen ich mein Leben lang träumen werde, das weiß ich schon jetzt. Den eigentlichen Raum finden wir überraschend schnell, doch es dauert eine Ewigkeit, bis der richtige Schlüssel passt.

Als wir die Tür aufmachen, schlägt uns der Geruch von Angst entgegen, den ich ausgedünstet haben muss, als ich hier war. Ich hole tief Luft und zeige auf einen der umgedrehten Bottiche. Tom und Sophia gehen vor und drehen ihn mit einem Ruck um.

Darunter liegen nicht nur das Handy, sondern auch Nicoletta.

Zusammengekauert wie ein Kind, über und über blutverschmiert.

Ich bücke mich zu ihr, dann erst erkenne ich in dem Dämmerlicht, dass sie nicht verletzt ist, und ich ahne, von wem das Blut auf ihren Kleider stammt.

Als ich ihre Schulter berühre, zuckt sie zusammen, dann reißt sie ihre Augen weit auf und schaut durch uns hindurch.

Wir versuchen, sie anzusprechen, aber sie antwortet nicht.

»Sie hat einen Schock.« Sophia beugt sich tiefer, um ihr in die Augen zu sehen.

»Was auch immer es ist, wir müssen sie mitnehmen.« Tom hebt das ebenfalls blutverschmierte Handy vom Boden auf.

Er schaltet es an, schüttelt es, probiert es wieder und wieder. »Das Ding ist tot.« Seine Stimme klingt rau. »Kein Saft mehr. Nicht mal das Startbild geht an.«

Ich schaue vom Handy zu Nicoletta und mir wird klar, dass sie verzweifelt versucht haben muss zu telefonieren, so lange, bis der Akku leer war.

Jetzt bleibt uns doch nur noch der Weg zur Seilbahn.

Wieder versuchen wir, Nicoletta anzusprechen, sie reagiert nicht. Zum Glück lässt sie wie ein Automat alles geschehen. Tom und Philipp nehmen sie zwischen sich.

Ich dränge zur Eile, denn ich habe Angst, dass Becker sich noch mehr Überraschungen für uns ausgedacht hat.

Draußen ist es jetzt vollkommen dunkel. Wolken verdecken Himmel und Sterne, aber wir kennen den Weg.

Während wir so schnell laufen, wie es mit meinem Knöchel und der katatonischen Nicoletta geht, stellen sie mir jetzt doch die Fragen. Und ich beantworte sie, so gut ich kann. Oder nein, ich gebe keine Antworten, denn so fühlt es sich nicht an. Ich wiederhole nur das, was ich von Becker erfahre habe. Bei Sebastians Tod fange ich an und ende bei dem, was in dem Schloss passiert ist, vor mehr als dreißig Jahren.

»Ich verstehe trotzdem nicht, warum ausgerechnet wir hierher verschleppt wurden«, sagt Tom.

»Er wollte sich rächen. Die Kinder sollten büßen für das, was ihre Väter oder Mütter getan haben. Dein Vater, Tom, war in dem Heim Erzieher, genauso wie dein Vater. Sophia. Meine Mutter hat sich in einen von beiden verliebt und wurde schwanger.«

In einen von ihnen. Nein, das stimmt nicht. Ich weiß, wer es gewesen ist. Das Medaillon mit dem Foto von Sophias Vater. Ich habe immer geglaubt, das Foto im Medaillon würde meinen Vater zeigen, dabei war es der Mann, den sie damals geliebt hat. Und dann fällt mir noch ein, was ich in dem Andachtsbuch gelesen habe. Dort wurde zwar nie ein Name erwähnt, aber im letzten Satz stand: *Mein Ritter, lass mich nicht so lange warten*. Ritter. Was, wenn das wörtlich gemeint war? Sophia heißt mit Nachnamen Ritter.

Sophia scheint auch an das Foto gedacht zu haben.

»Wenn es mein Vater ist – heißt das, ich bin auch mit Becker verwandt?« Sophia muss sich mehrfach räuspern, bis sie einen Ton rausbringt.

Ich schließe für einen ganz kurzen Moment die Augen. So viel Leid. Wie sollen wir das alles verstehen?

»Hast du nicht gesagt, dass dein Vater Franzose ist und bei *Ärzte ohne Grenzen* gearbeitet hat?« Tom mischt sich unvermittelt ein.

Und als ich nicke, fragt er weiter. »Kannst du eigentlich Französisch?«

»Nicht besonders. Obwohl Mam wollte, dass ich es lerne.«

»Auf die Gefahr hin, dass ich mich wiederhole«, Tom verzieht den Mund zu einem schiefen Grinsen und irgendwie tut es mir wohl, das zu sehen, »... aber ihr solltet doch manchmal in der Schule besser aufpassen. Hast du mir nicht gesagt, dass dein Vater Charles-Philippe Chevalier heißt?«

»Das hast du dir gemerkt?«, frage ich, und schon während ich das frage, überläuft mich eine Gänsehaut und in meinem Bauch spüre ich, worauf Tom hinauswill. Wie blöd ich gewesen bin! Alle bleiben stehen und schauen mich an.

»Charles Chevalier«, flüstere ich, »oder auf gut Deutsch Karl Ritter.«

Sophia schüttelt den Kopf. »Ihr seid verrückt! Wir sind doch fast gleich alt. Das ist doch Unsinn, meine Eltern sind schon siebzehn Jahre verheiratet.«

Aber das Bild! Das muss ihr doch einleuchten.

»Die Ehe hat noch nie irgendeinen Kerl von irgendwas abgehalten.« Philipps Stimme klingt schwach, als ob er sich nicht mehr lange aufrecht halten könnte.

»Wir sollten weitergehen«, stammele ich.

Ich kann nicht mehr, ich kann nichts mehr aufnehmen, das hier muss ein Ende haben. »Becker ist immer noch eine Gefahr für uns.«

Schweigend laufen wir wieder los, bis Philipp leise flüsternd doch wieder anfängt.

»Was hat dann meine Mutter damit zu tun? Ich weiß, sie ist in einem Heim aufgewachsen, aber dass sie hier war, davon hatte ich keine Ahnung.«

Ich schaffe es nicht, ihm jetzt zu sagen, was ich von Becker weiß. »Ursi kannte wohl meine Mutter. Es gab noch eine Freundin, eine Martha.«

Niemand sagt etwas darauf und ich bin sicher, dass ich auch keinen weiteren Ton mehr herausbringe. Schweigend gehen wir durch die Nacht, kommen aber nur langsam voran, weil wir so erschöpft sind. Ich bin froh, dass wir alle zusammen sind, ich fasse Sophias Hand und drücke sie kurz. Wir sind nur noch davon getrieben, von diesem unseligen Schloss wegzukommen und Philipp und Nicoletta in ein Krankenhaus zu bringen.

»Hey, Moment, seid mal still, ich höre was«, bittet uns Tom. Wir bleiben stehen, leichter Wind umweht uns, aber ich höre nichts, außer dem Knirschen des Gerölls unter unseren Füßen.

Wir setzen uns wieder in Bewegung.

»Schscht. Jetzt höre ich auch etwas.« Ich bleibe stehen.

»Es kommt von hinter uns.« Wir drehen uns alle um, aber ein Felsen versperrt uns die Sicht.

»Ist er uns auf den Fersen?«, flüstert Sophia mit schreckgeweiteten Augen.

»Nein, das ist etwas anderes. Es kommt von weiter weg.« Wir drängen uns dichter zusammen und starren in die Dunkelheit. Ein bitterer Geruch mischt sich in die Luft.

Ein Knistern, das ständig lauter wird, dann ein Krachen wie Feuerwerk, wie das an meinem ersten Abend im Schloss. Ich halte es nicht mehr aus, suche nach einem anderen Aussichtspunkt und klettere auf einen Felsen. Von hier kann ich es sehen. Ich winke die anderen zu mir.

Vom Schloss dringt etwas sehr Helles in die Dunkelheit.

Licht, immer stärkeres Licht, dann erkenne ich, dass es Flammen sind, die das Schloss in eine riesige orangerote Fackel verwandeln, die den ganzen Berg mit ihrem Leuchten erhellt und dabei goldene Funken in die Nacht sprüht.

Plötzlich spüre ich Becker bei mir, als ob er mich gerade jetzt fest umarmen würde, und mir ist klar, dass genau das sein Plan war und dass er, der nie eine Chance hatte, dort in der Hitze der Nacht das Ende seiner Rache auskostet.

Und ich muss schlucken, es ist unfassbar, wie schön etwas so Zerstörerisches aussehen kann.

My poor little darling,

Nun, my Darling, nach all der Vorrede komme ich zu meinem wahren Anliegen. Es gibt zwei Gründe, warum ich dir geantwortet habe. Zum einen bist du der Sohn von Agnes und deshalb vertraue ich dir, ohne dich zu kennen, und zum anderen gibst du mir damit die Möglichkeit, eine entsetzliche Schuld wiedergutzumachen.

Ich wusste, dass du nicht tot bist. Ich wusste, was Gertrud getan hat. Und ich habe der einzigen Freundin, die ich je hatte, niemals die Wahrheit gesagt über das, was wirklich passiert ist.

Ganz ohne Umschweife, ich habe den richtigen Moment verpasst.

Ich glaube nicht, dass ich von dir verlangen kann, mich zu verstehen. Ich kann manchmal selbst nicht mehr begreifen, dass ich in der Lage gewesen bin, so etwas zu tun. Aber damals wollte ich mit Agnes zusammen fliehen und mir war klar, sie wäre niemals mit mir gegangen, wenn sie gewusst hätte, dass du lebst. Sie hätte dich gesucht und so lange nicht aufgegeben, bis sie dich gefunden hätte. Sie wäre bis ans andere der Welt gefahren, um dich zu finden, denn so war sie.

Man dachte, sie wäre sanft und deshalb leicht unterzukriegen, aber sie war sanft und zäh und sie tat immer nur das, was ihr Gewissen ihr befahl. Ich hoffe, du hast nicht zu viel davon geerbt, ein Gewissen kann manchmal hinderlich sein.

Es gab nur einen Moment, an dem ich beinahe schwach geworden wäre, und das war bei deiner Beerdigung, doch er ging vorüber und danach gab es kein Zurück mehr.

Agnes konnte kaum stehen, Ursi und ich mussten sie den ganzen Weg bis zu dem Altarstock stützen, weil sie kaum laufen konnte. Tränen strömten ihr unentwegt über das Gesicht und sie sagte kein einziges Wort. Wir mussten sie davon abhalten, sich in das kleine Grab zu stürzen, und dieses eine Mal hielt sich sogar Gertrud mit jeglichem Kommentar zurück.

Kurz danach sind wir geflohen und ich habe dafür gesorgt, dass Agnes in eine Klinik gekommen ist, wo man sie therapeutisch versorgt hat. Sie hat in der Zeit, in der sie während der Schwangerschaft eingesperrt war, so viel erlitten, dass ihre Seele keine andere Wahl hatte. Ich habe immer vermutet, dass sie sich in diese Visionen flüchten musste, um überhaupt zu überleben. Und die Stigmata, ob durch Autosuggestion oder anders entstanden, waren tatsächlich ihre Rettung, denn erst da hat Gertrud sie auf die Krankenstation verlegen lassen, wo sie sich dann aus Angst vor dem Gerede der anderen Schwestern selbst um Agnes gekümmert hat.

Niemandem ist es gelungen Agnes dort zu besuchen, nicht einmal mir. Nach der Geburt habe ich so schnell wie möglich unsere Flucht organisiert und ich glaube bis heute, dass ich ihr das Leben gerettet habe, weil ich sie in die Obhut von Therapeuten gebracht habe.

Trotzdem lastet es schwer auf meiner Seele, dass ich den leeren Sarg fotografiert, Agnes aber nie ein Wort davon gesagt habe. Ich hatte einen Verdacht und deswegen habe ich gewartet, bis der Totengräber und Gertrud am Nachmittag zurück ins Kloster gegangen sind. Ich habe mich neben das niedrige, erschreckend winzige Säuglingsgrab auf den Bauch gelegt und mit der Hand den Deckel heruntergeschoben. Trotz meiner Vorahnung war ich schockiert und wie geblendet von der Leere des Sarges. Nun, es ist kein besonderes Foto geworden und es war überhaupt eine sehr schlechte Idee, denn ich konnte mein Wissen mit niemandem teilen. Ich hatte große Angst, es Agnes zu sagen, und habe mein Geheimnis all die Jahre mit mir herumtragen. Das möchte ich wiedergutmachen und deshalb verrate ich dir ihren Namen und ihre Adresse, möchte dich aber dringend bitten, sie nicht zu erschrecken oder zu kränken. Sei behutsam, zerstöre nicht die Welt, die sie sich aufgebaut hat. Denn sie hat nie von dir gewusst. Andernfalls wäre sie bis zum Mond geflogen, nur um dich zu finden.

Mit gleicher Post sende ich dir ein Album mit Fotos, die ich damals heimlich und ohne Wissen der Schwestern gemacht habe. Damit wirst du noch besser verstehen, was sie durchgemacht hat.

Ich überlasse es dir, ob du ihr das weitergibst, was ich dir jetzt gestanden habe. Aber wenn du nur ein halb so großes Herz wie deine Mutter hast, wirst du mein Geheimnis bewahren.

Ich wünsche dir alles nur erdenklich Gute.

Martha Eisele

38. Kapitel
Sechs Monate später

Becker wäre mehr als zufrieden gewesen. Wir waren in jeder Zeitung, alles wurde ans Licht gezerrt. Jeder Stein des Schlosses wurde umgedreht und jeder noch so kleine Wurm, der darunter hervorkam, wurde begutachtet.

Man erfuhr alles über Gertrud und die Methoden in ihrem Heim und es gab Artikel darüber, welche Zustände früher per Gesetz, dem sogenannten Züchtigungsrecht, geherrscht hatten, das man erst 1972 abgeschafft hatte. Und ich war sehr erstaunt, dass überhaupt erst seit dem Jahr 2000 Kinder in Deutschland per Gesetz ein Recht auf gewaltfreie Erziehung haben.

Im Zuge der Berichterstattung meldeten sich noch einige der Kinder, die ebenfalls Gertruds Grausamkeit ausgesetzt waren.

Doch schon nach vier Wochen war das öffentliche Interesse an der Geschichte vom Satansdoktor, wie er in der Presse genannt wurde, erloschen und wandte sich anderen Dingen zu.

Uns war das nicht möglich, denn das Leben von jedem

Einzelnen von uns war auf den Kopf gestellt worden und für immer verändert.

Nicoletta verbrachte zwei Monate in der geschlossenen Abteilung der Psychiatrie, bevor sie in der Lage war zu erzählen, was passiert war. Sie hatte Becker geliebt und bewundert, immerhin galt er als großartiger Pädagoge, auch seine Gutachtertätigkeit bei Gericht hatte ihm einen hervorragenden Ruf verschafft.

Alles war echt. Das Psychologiestudium, der Doktor der Humanmedizin. Die Arbeit beim Bestatter. Und auch das Camp. Zumindest teilweise.

Becker hatte Nicoletta bei einem echten *Transnational Youth Foundation Camp* kennengelernt, das er tatsächlich leitete. Er hatte sie lange, nachdem sie ein Paar wurden, zu diesem psychologischen Experiment eingeladen, das er angeblich im Namen der *Transnational Youth Foundation* durchführen sollte.

Sie war begeistert gewesen, bei einem so wichtigen Experiment dabei sein zu dürfen, und hatte bei allem mitgemacht: bei dem Blutbad, bei den Briefen, den Stigmata, hatte Bilder und Sachen in den Zimmern versteckt und dafür andere gestohlen und sie hatte im Monitorraum Protokoll geführt. Nur von Mam und Gertrud hatte sie nichts gewusst und das glaubte ich ihr.

Sebastian hatte Becker durch seine Gutachtertätigkeit bei Gericht kennengelernt. Niemand hatte Sebastian auch nur eine einzige Silbe geglaubt, bis Becker es geschafft hatte zu beweisen, dass die Studentin schon einige Zeit schwerste psychische Probleme gehabt hatte und Sebastian zu Unrecht beschuldigt worden war. Sebastian war Becker dafür so dankbar gewesen, dass er nur allzu gerne für ihn arbeiten wollte.

Nicoletta wiederum hatte Becker die Zeitungsartikel über Sebastian gegeben, um sie vor ihm zu warnen. Ihr gegenüber hatte er behauptet, dass er Sebastian eine zweite Chance geben wolle.

Manipuliert. Betrogen. Ausgenutzt. Becker, selbst extrem intelligent, hatte mit Menschen gespielt wie mit Puppen.

Auch Sebastian ließ er an das Experiment glauben. Sebastian hatte bereitwillig bei dem »Test« mitgemacht, jedenfalls so lange, bis er auf der Suche nach dem Kirchenbuch in der Krypta die Leiche meiner Mutter entdeckt hatte. Das war an dem Tag, als ich mit dem verletzen Fuß in der Kapelle gelegen hatte.

An dem Punkt wollte er aussteigen und genau darum war es bei dem Streit im Waschraum gegangen. Nicoletta wollte ihm die Geschichten von einer aufgebahrten Jungfrau Maria nicht abnehmen, hielt das für eine verrückte Ausrede und hatte Angst um das Experiment.

Ich war entsetzt darüber, wie falsch ich die ganze Szene verstanden hatte, und fragte mich seither, ob man seiner Wahrnehmung überhaupt je trauen kann.

Jedenfalls war es nur deshalb zu der heftigen Rangelei gekommen, deren Zeugin ich ja nur teilweise geworden war. Was ich nicht gesehen hatte: Nicoletta hatte Sebastian schließlich einen Stoß versetzt, bei dem er mit dem Kopf auf die scharfe Kante des Emaillebeckens geknallt war.

Becker war dazugekommen und hatte ihr geholfen, ihn aus dem Waschraum zu schaffen. Da hatte Sebastian noch gelebt und Nicoletta hatte Becker geglaubt, als er ihr versprochen hatte, er würde mit ihm in der Gondel ins Krankenhaus fahren. Doch kaum hatten sie Sebastian in die Gondel geschafft, hatte Becker ihm den tödlichen Hieb auf den Kopf versetzt und Nicoletta freundlich, aber sehr bestimmt erklärt, seine Pläne sähen anders aus.

Schockiert hatte sie versucht, ins Tal zu flüchten, um Hilfe zu holen, doch er überwältigte sie und sperrte sie im Keller ein, wo sie voller Todesangst zusammengebrochen war und nur noch darauf gewartet hatte, dass er käme und auch ihr den Schädel einschlüge.

Sie wurde trotzdem wegen Beihilfe zum Mord angeklagt und wegen Freiheitsberaubung in vier Fällen, und als ich ihr vor Gericht wiederbegegnete, wirkte sie wie ein alte Frau. Ihre dunklen Haare waren von grauen Strähnen durchzogen, rechts und links neben ihrem Mund hatten sich tiefe bittere Falten eingegraben, sie war aufgedunsen und ihr strahlendes, immer präsentes Lachen war verschwunden, als hätte es nie existiert.

Nachdem die Polizei alle Nachforschungen beendet hatte, wurde mir erlaubt, meine Mutter zu beerdigen. Allerdings musste ich warten, bis man sie obduziert hatte. Das war nicht einfach gewesen, denn Becker hatte ihre Leiche nach allen Regeln der Kunst einbalsamiert. Und in dieser einen Sache hatte Becker nicht gelogen. Mam war wirklich an einem Herzstillstand gestorben. Aber wie er Gertrud getötet hatte, wurde nie herausgefunden.

Toms Vater hatte zusammen mit einem Ghostwriter ein Buch über seine dramatischen Erlebnisse im Heim geschrieben, was umso peinlicher war, als nach und nach herauskam, dass er als Erzieher dort einfach nur schmählich versagt hatte. Toms Mutter traute sich daraufhin, ihn zu verlassen, was Tom als großartige Veränderung in seinem Leben begrüßte.

Philipps Mutter Ursi versuchte immer und immer wieder, sich vor mir zu rechtfertigen. Sie brach fast jedes Mal, wenn wir uns trafen, in Tränen aus und sie entschuldigte sich dann bei mir, weil sie meine Mutter damals genau wie alle anderen im Stich gelassen hatte. Sie war es, die mir erzählt hat, wie es zu den Stigmata meiner Mutter gekommen war. Danach hatten wir zusammen geweint und jedes Mal, wenn ich mir später das Foto von ihr ansah, schnürte es mir die Kehle zu.

Dieses Stigmata-Bild war das einzige aus dem Album, das nicht in dem Feuer im Schloss verbrannt ist, weil ich es bei mir gehabt hatte. Und es kam mir wie bittere Ironie vor, dass es jetzt wirklich einen großen Brand gegeben hatte, mit dem ein Teil der Vergangenheit meiner Mutter ausgelöscht worden war.

Doch was Ursi mir gesagt hatte, genügte mir nicht. Ich wollte eine Erklärung für ihre Stigmata finden. Deshalb habe ich alles, was ich darüber finden konnte, gelesen und doch nur wenig herausgefunden. Immerhin so viel begriff ich, dass es tatsächlich möglich war, allein durch die Kraft der Psyche oder wie andere es nannten, durch hysterische Anwandlungen Blutungen zu erzeugen, wenn die Haut vorgeschädigt war. Aber wann immer ich das Bild meiner Mutter betrachtete, hatte ich das Gefühl, keine Theorie der Welt würde mir das jemals wirklich befriedigend erklären.

Philipp fand, ich sollte mich damit abfinden und es als das hinnehmen, was es seiner Meinung nach war: ein Wunder.

Für mich war es ein Wunder, dass wir es geschafft hatten zusammenzubleiben, trotz allem, was passiert war. In seinem Beisein gelang es mir, alles andere auszublenden, und ich konnte für einen Moment glücklich sein.

Wenn ich ihn verlassen musste, änderte sich das sofort.

Nie mehr habe ich in der minzgrünen Kammer meiner Mutter geschlafen. Aber auch in jedem anderen Zimmer hatte ich Albträume, in denen sich Würmer durch meine Handteller fraßen, Blut über mein Gesicht strömte und ich an Rosenkränzen aufgehängt wurde.

Ich war sicher, niemand von uns schlief seither richtig gut.

Sophias Mutter war sehr wütend und hätte sich auch am liebsten scheiden lassen, als herauskam, dass Karl sie mit meiner Mutter betrogen hatte, während sie schon mit Sophia schwanger war, aber dann verzieh sie ihm. Doch sie bekam einen schweren MS-Schub, für den Sophia ihrem Vater die Schuld gab.

Für mich war er immer noch Sophias Vater, auch wenn wir uns jetzt schon öfter getroffen hatten. Ich war jedes Mal schockiert darüber, wie ähnlich wir uns sahen, sogar die Art, wie er die Nase rümpfte, kam mir bekannt vor und ich hoffte nur, dass ich nichts von seiner elenden

Feigheit geerbt hatte. Obwohl ich wusste, dass es idiotisch war, nahm ich es ihm übel, dass er nicht der Ritter war, als den ihn meine Mutter dargestellt hatte. Von wegen, er rettete kleine Kinder im Dschungel vor dem sicheren Tod. In Wahrheit leitete er im Arbeitsamt eine Maßnahme für Berufseinsteiger.

Klar, war er auch von meiner Existenz geschockt, Mam hatte ihm schließlich nie etwas von mir verraten. Schon als er die ersten blutigen Bilder und Videos bekommen hatte, war ihm klar gewesen, dass hier etwas Schreckliches vor sich ging. Denn für ihn sah ich aus wie meine Mutter und er hatte auch sofort die Treppe im Jagdschloss wiedererkannt. Und zum ersten Mal in seinem Leben hatte er nicht abgewartet, sondern war sofort zur Polizei gegangen. Doch die konnten ihm erst helfen, als die Entführervideos kamen. Vorher waren es für die Beamten nur geschmacklose Filmchen, auf denen niemand zu Schaden gekommen war.

Karl gab sich Mühe, nett zu mir zu sein, ich nicht. Dafür hatte er einfach zu wenig Antworten auf meine Fragen und ich kaufte ihm nicht ab, dass er so wenig von all dem, was damals passiert war, gewusst hatte. Es musste ihm doch komisch vorgekommen sein, als ihm von jetzt auf gleich gekündigt wurde. Und warum hatte er sich nie wieder nach Mam erkundigt? Sie war doch damals noch ein Kind gewesen!

Eigentlich sollte er so eine Dreipunkttätowierung haben. Er hatte nie etwas gesehen, gehört oder gesagt, was unbequem für ihn war.

Immerhin hatte er sich mit Dr. Grünbein in Verbindung gesetzt und angeboten, ganz offiziell die Vaterschaft anzuerkennen.

Ich dachte noch darüber nach, ob ich das wollte. Philipp fand, ich sollte ihm eine Chance gebe. Immerhin säße er ja nicht im Knast.

Dr. Grünbein hatte sein Schweigen gebrochen, was er eigentlich erst an meinem einundzwanzigsten Geburtstag hätte tun sollen, und mir einen Brief von Martha ausgehändigt.

Martha Eisele war die Einzige, die wirklich gewusst hat, dass Becker nicht tot geboren wurde, sondern gelebt hat und dass seine Beerdigung bei dem Altarstock gefakt war. Aber sie hat es meiner Mutter nie verraten, weil sie eifersüchtig war. Ich denke, Martha war damals auf ihre ganz eigene Art verliebt in meine Mutter.

Sie war am Boden zerstört, als sie erfuhr, dass es ihr Brief und das Album gewesen waren, was Becker zu meiner Mutter geführt hatte und damit zu all dem Schrecklichen, was dann geschehen war. Nachdem ich ihren Brief gelesen hatte, hatte ich sie angerufen und wollte sie auch gern in Kalifornien besuchen, aber sie war schwer krank. Am Telefon hatte sie sich entschuldigt, weil sie nur noch sehr schlecht Deutsch sprechen konnte. Trotzdem hat sie mir noch einige Fragen beantwortet und mir gesagt, dass der Rosenkranz und das Andachtsbuch meiner Urgroßmutter gehört hatten und Mams einziger Besitz gewesen waren, den sie in der Kapelle vor Gertrud versteckt hatte. Als ich schon auflegen wollte, hat sie sich geräuspert und gesagt: »Emma-Darling, meine Arzt behauptet, ich würde wegen all der Zigaretten sterben, die ich mein Leben lang geraucht habe, aber ich verrate dir, wie ich darüber denke. In dem Heim, in dem deine Mom und ich waren, da haben sie hart daran gearbeitet, uns zu zerbrechen, und das ist der Grund, weshalb jede von uns schon vor langer Zeit gestorben ist.«

Sie wäre gern zur Beerdigung meiner Mutter gekommen, doch die Reise war zu beschwerlich für sie.

Aber ich war froh, dass Sophia, Tom und Philipp angereist waren.

Wir hatten uns alle verändert. Sophia hatte sich ihre Haare radikal abgeschnitten und sie war sehr dünn geworden, sogar ihre Wangen wirkten jetzt eingefallen. Ich hätte mich gern mehr um sie gekümmert, aber sie blockte mich ab, wollte auch nicht, dass ich sie zu Hause besuchte.

Toms Lippe behielt eine Narbe zurück, die ihm etwas Verwegenes verlieh und die er ständig mit dem Daumen berührte, wenn er redete.

Nur Philipp war noch schöner geworden. Seine Haare waren gewachsen und fingen an, sich zu locken, was zusammen mit seinen grün-lila Augen umwerfend aussah. Und jedes Mal, wenn sich unsere Blicke begegneten, spürte ich, wie sehr wir zusammengehörten. Aber er hatte Probleme mit seinem linken Oberarm, die Schusswunde hatte sich infiziert und man musste den Arm zweimal operieren.

Als wir am Tag nach Mams Beerdigung zurück zu mir nach Hause liefen, brach ich unsere stillschweigende

Übereinkunft darüber nie, nie mehr über Becker und die Vorfälle im Schloss zu reden.

»Was glaubt ihr, was mit ihm passiert ist?«, fragte ich und unwillkürlich schob sich das letzte Bild, das ich vom Schloss hatte, vor mein inneres Auge, dieses flammende Inferno. Man hatte Beckers Leiche nie gefunden, nur die Brandursache. Er hatte in vielen Zimmern des Nordflügels und im gesamten Dachstuhl Benzinkanister und Feuerwerkskörper als Brandbeschleuniger deponiert und das erklärte auch, warum das Schloss in so kurzer Zeit lichterloh brannte.

Das Einzige, was diesen Höllenbrand unbeschädigt überstanden hatte, war der Rosenkranz. Er hatte in der Asche gelegen, ohne jeden Kratzer. Und ich hatte dafür gesorgt, dass er mit in Mams Grab gekommen war.

»Natürlich ist Becker verbrannt«, antworteten Tom und Philipp gleichzeitig auf meine Frage und Sophia nickte. »Er war nicht der Typ, der sich einsperren lässt.«

Ich war beruhigt, dass sie das Gleiche vermuteten wie ich. Ich verriet ihnen lieber nicht, dass mich Beckers freundliche Stimme in stillen Momenten oft heimsuchte. Da lief ich dann schnell zum Spiegel, betrachtete mein Gesicht und suchte nach Anteilen von Becker darin. Vielleicht hatten wir ähnlich geformte blaue Augen und vielleicht verzog auch ich meinen Mund etwas zu oft spöttisch nach links, trotzdem sah ich anders aus, war ich anders. Und ich ignorierte die böse Stimme in meinem Hinterkopf, die dann unweigerlich ein »Wie kannst du dir da so sicher sein, Emma?« hinterherschob.

»Immerhin haben wir viel über uns gelernt!«, sagte Sophia, dann grinste sie plötzlich spöttisch. »Und in einer Hinsicht hat Becker sogar recht gehabt.«

Wir blickten sie neugierig an.

»Ich habe keine Angst mehr vor Knöpfen.«

Keiner von uns lachte, denn der Preis für den Sieg über ihre Phobie war viel zu hoch. Ich sah uns wieder im Obstgarten sitzen und schwitzen und fragte mich, ob es einen Moment gegeben hätte, an dem man den Tod von Sebastian hätte verhindern können.

Ich betrachtete Tom, Sophia und Philipp und nahm seine Hand in meine. Wir hatten Narben, aber wir hatten es überlebt. Nur das zählte.

Du darfst nicht zulassen, dass die Schatten dein Leben zerstören, was zählt, ist allein die Liebe. Die Liebe zum Leben, die Liebe zu anderen Menschen und die zu dir selbst, das hat Mam früher immer gesagt und ich hatte es unerträglich naiv gefunden.

Aber jetzt verstand ich, was sie damit gemeint hatte, und ich werde es versuchen, mit aller Macht versuchen, denn es machte mich unendlich traurig, dass ihre Schatten sie am Ende doch noch eingeholt hatten.